蘇偉貞

王德威主編　當代小說家 4

封閉的島嶼

得獎小說選

Edited by David D. W. Wang,
Professor of Chinese Literature, Columbia University.
Published by Rye Field Publishing Company,
(A division of Cité Publishing Group)
11F, No. 213, Sec. 2, Hsin-Yi Rd., Taipei, Taiwan.

◎本書出版承洪範、聯經、時報出版公司協助，謹致謝意。

當代小說家4

封閉的島嶼：得獎小說選

作　者／蘇偉貞
主　編／王德威
責任編輯／黃秀如
發 行 人／涂玉雲
出　版／麥田出版
台北市信義路二段251號6樓
電話：886-2-23517776　傳真：886-2-23519179
發　行／城邦文化事業股份有限公司
台北市愛國東路100號1樓
電話：886-2-23965698　傳真：886-2-23570954
網址：www.cite.com.tw　E-mail:service@cite.com.tw
郵撥帳號：18966004　城邦文化事業股份有限公司
香港發行所／城邦（香港）出版集團有限公司
香港北角英皇道310號雲華大廈4／F，504室
電話：25086231　傳真：25789337
馬新發行所／城邦（馬新）出版集團有限公司
Cite(M) Sdn. Bhd. (458372 U)
11, Jalan 30D/146, Desa Tasik, Sungai Besi,
57000 Kuala Lumpur, Malaysia.
電話：603-9056-3833　傳真：603-9056-2833
E-mail: citekl@cite.com.tw
印　刷／凌晨企業有限公司
初版一刷／一九九六年十月一日
二版一刷／二〇〇二年六月十五日
售　價／三四〇元

ISBN／957-708-446-7（平裝）
ISBN／986-7895-27-4（精裝）

【當代小說家】

編輯前言

王德威

八〇年代以來，海峽兩岸的文學相繼綻放新意，而且互動頻仍。其中尤以小說的變化，最為多彩多姿。或由於毛文毛語的衰竭，或由於解嚴精神的亢揚，新一代的作者反思家國歷史的變化，觀察欲望意識的流轉，深刻動人處，較前輩只有過之而無不及。

回顧前此現代小說的創作環境，我們還眞找不出一個時期，能容許如此衆聲喧嘩的場面。政治依然是多數小說家念之寫之的對象，但「感時憂國」以外，性別、情色、族羣、生態等議題，無不引發種種筆下交鋒。更不提文字、形式實驗本身所隱含的頡頏玩忽姿態。宋澤萊、張承志從小說見證意識形態的眞理，王文興、李永平則由文字找到美學極致的依歸。共產烏托邦裏興出了莫言、賈平凹的《酒國》與《廢都》，而白先勇、朱天文的孽子荒人正要建立同志烏托邦。蘇童《妻妾成羣》，李昂《暗夜》《殺夫》。尤有甚者，平路的國父會戀愛，張大春的總統專撒謊。歷史流散，主義量產。彼岸要說這是「新時期」的亂象，我們不妨稱之為「世紀末的華麗」。

我們的世紀雖自名為「現代」，但在建構文學史觀時，貴古薄今的氣息何曾稍歇？魯迅曾被神化為絕世宗師，彷彿新文學自他首開其端後，走的就是下坡路。而寫實主義萬應萬靈，從當年的爲人生爲革命，到今天的爲土地爲建國，正是一脈相承。所幸作家的想像力遠超過評者史家。他（她）們不但勇於創新，而且還教我們「溫新」而「知故」。阿城、韓少功的「尋根」小說，使沈從文的風采重見天日；林燿德、張啓疆的台北都會掃描，竟似向半世紀前的海派作家致敬。而張愛玲傳奇的歷久彌新，不正來自張迷作家的活學活用？文學史的傳承其實是由無數斷層所組合。當代小說家的成就未必呼應任何前之來者。但也正因此，他（她）們所形成的錯綜關係更凸顯新文學的傳統，原就應當如此曲折多姿。

然而反諷的是，小說家如今文路廣開的局面，也可能是一種反高潮。從魯迅到戴厚英，從吳濁流到陳映眞，小說家曾與國族的文化想像息息相關。他（她）們作品的流傳或查抄，無不成爲社會象徵活動的焦點。影響所及，甚至金庸或瓊瑤的風行或禁刊，也可作如是觀。但曾幾何時，小說家發現他（她）們越能言所欲言，他（她）們在家國「大敍述」中的地位反而每下愈況。經過半世紀的磨鍊，現代中國小說的可讀性與日俱增，昔日的讀者卻不可復求。世紀末影音文化的風靡騷動，不過是問題的一端而已。

一種文類的興盛與消亡，在過往的文學史裏所在多有。中國「現代」小說，果不其然要隨著二十世紀成爲過去？有能耐的作家，早已伺機多角經營。他（她）們或爲未來的作品累積經驗，或藉已有的文名隨波逐流，是非功過，都還言之過早。與此同時，就有一批作者寧願獨處一隅，以千言萬語博取有數讀者的讚彈。寫作或正如朱天文所謂，已成一種「奢靡的實踐」。彼岸的王安憶更以一本《紀實與虛構》，道盡小說家無中生有、又由有而無的寓言。從自我創造，到自我抹銷，滿紙是辛酸淚，還是荒唐言？兩百五十多年前曹雪芹孤獨的身影，依稀重到眼前。而我們記得，

《紅樓夢》寫了原是爲一二知音看的。

這大約是當代中文小說最大的弔詭了。小說世紀的繁華看似方才降臨，卻又要忽焉散盡。以時間的觀念而言，當代意味浮光掠影的刹那，但放大眼光，（文學）歷史正是無數當代光影的投射。〔當代小說家〕系列的推出，即是基於這樣的自覺。以往全集、大系的編輯講究回顧總結、成其大統。這套系列既名爲當代，注定首尾開放，而且與時俱變。所介紹的作者都是以其精鍊風格或實驗精神，在近年廣被看好。世紀將盡，這羣當代小說家也許只能捕捉一時光芒——他（她）們甚至可能是羣末代小說家。但只要說故事仍是我們文化中重要的象徵表義活動，下個世紀的中文小說風景，應由他（她）們首開其端。

在編輯體例上，這套系列將維持多樣的面貌。除了精選作品外，也收入評論文字及作者創作年表。作爲專業讀者，我對每位作者各有看法，也有話要說。這些話將見諸每集序論部分。評者的讚彈，當然是見仁見智之舉。以一己之（偏）見與作家對話，我毋寧更願藉此機會表示對他（她）們的敬意：寫小說不容易，但閱讀好小說，眞是件快樂的事。

王德威，文學評論家，美國哥倫比亞大學東亞系及比較文學研究所教授。

序論

以愛欲興亡爲己任，置個人死生於度外

——試讀蘇偉貞的小說

王德威

蘇偉貞崛起於七〇年代的末期。在彼時政治一片擾攘的時分，她狀寫癡男怨女的愛欲糾纏，淒切淸厲，引人注目。相對於嘈雜的土地與國族前途論辯，她儼然已在省思另一種政治課題——情欲的政治。到了八〇年代初，《陪他一段》、《世間女子》、《紅顏已老》等作品廣受歡迎，不止印證蘇偉貞雅俗共賞的寫作風格，也尤其凸顯她獨特的女性情欲觀點，已經引起共鳴。

女作家的創作，是臺灣文學最重要的資產之一。她們對愛欲疆界的探勘，更已形成一小傳統。郭良蕙的《心鎖》碰觸叔嫂通姦題材，聶華苓的《桑青與桃紅》建構國家與情欲流放的寓言，算是「前輩」裏最重要的示範。而她們所遭受的壓力，也不在話下。除此，歐陽子（〈魔女〉）、李昂（〈花季〉、〈人間世〉）、於梨華（《考驗》）等人的作品，也曾使我們大開眼界；更不提那位神祕而永遠的張愛玲（《怨女》）。八〇年代以來，又一批女作家披掛上陣。廖輝英、蕭颯、袁瓊瓊、蕭麗紅，以及（遷居香港的）施叔青，都要從不同角度，見證女性追逐愛欲途上的勇氣與挫折。

擺在這樣一個譜系中，蘇偉貞的作品算不得煽情大膽。事實上，她給我們的印象恰恰相反。就算寫最熱烈的偷情、最纏綿的相思，蘇的筆鋒是那樣的酷寂幽森，反令人寒意油生。以冷筆寫熱情，這是作家的獨到之處了。文章風骨，各憑天命，強求不得。但我仍以爲蘇偉貞對形式的經營，來自她對情愛，甚或生活，觀點的實踐。蘇偉貞的角色背景影影綽綽，談起戀愛的動機也未必明白。事實上，她並不擅描寫客觀環境的一景一物，彷彿與物質世界無親。這一點，她與張愛玲那種踵事增華的敍事觀大相逕庭。或許正因如此，蘇能讓她的人物「專心」對付情天欲海裏的種種險惡，無怨無悔。情到深處，何庸千言萬語；兩心相許的極致，是一種付託，也更是一種義氣，不勞外人置喙。蘇偉貞筆下的男男女女是情場上的行軍者。他（她）們厲行沉默的喧嘩，鍛鍊激情的紀律，並以此成就了一種奇特的情愛景觀。

我刻意使用軍事化的意象，其來有自。蘇偉貞自己出身眷村，後入軍校（政戰學校），也曾擔任軍職多年。比起許多一路愛憎怨嘆過來的女作家，蘇的「女兵」背景毋寧令人更爲好奇。誠然作家的出身背景，未必就可附會到她們的創作文章上，但蘇的例子似乎不同。就在渲染種種不倫之愛的年月裏，她對軍職的堅持依然一往情深。袍澤之情、弟兄之愛，她一樣寫得得心應手，而且頻頻參賽獲獎，樂此不疲。是什麼樣的因素使她折衝在「老百姓」的文藝與軍中的文藝間，居然進退有據？她如何調停欲仙欲死的男歡女愛與無欲無我的同胞愛、國家愛？她又如何將國家及軍事論述中光亮潔淨、簡單超越的美學訴求，轉嫁到紊亂繁複的情欲論述上？是在這樣微妙的對話關係中，蘇偉貞演義她的愛情故事。「以『愛欲』興亡爲己任，置個人死生於度外。」她看似不染色相的情色觀，畢竟透露著某種歷史因緣。

在數年前的一篇論文裏，我曾推介蘇偉貞的愛欲小說，並視其爲女作家寫「鬼話」的重要表徵❶。所謂鬼話，當然不是說蘇偉貞裝神弄鬼，誇張靈異。她的鬼氣，來自對世路人情的冷眼觀摩，對愛恨生死的幽幽辯證，還有最重要的，對女性獻身（或陷身）及書寫情欲的深切反思。死亡、病恚、瘋狂、失蹤、遊盪是她故事中角色，尤其是女性，一再串演的主題。她們夢遊症般的與情人邂逅或離異；愛恨之間，俱透露著一股「視死如歸」的氣息。死亡有什麼可怕？它根本是這些角色談戀愛的基本條件。她們可貞沒有個人樣，她們是鬼。

但鬼又是什麼？是女性被鎮魘住的回憶與欲望？是被摒棄於「理性」門牆之外的禁忌、瘋狂，與黑暗的總稱？是男性中心社會賦予女性的形象？還是女作家對一己地位的自嘲？做爲鬼話的作者，蘇偉貞寫著寫著，「那些紙頭全飛了出去，從窗口望出去，像梁山伯墳上的蝴蝶，是梁祝的化身。落到地塵，誰也不懂所寫背景，不知道作者是誰。」（〈矮牆〉）這幾乎是作者自況了。那些千百年前殉情的幽魂，輾轉投胎，遊走在世紀末的臺灣都會裏。她們依然盤桓在禮教防閑的邊緣上，試探著又一個人間的情欲尺度。蘇偉貞鬼氣森森的情愛故事可以是極保守而古典的；但即使是最保守而古典的「鬼」故事，也要透露一個社會裏不能說、也說不清的禁忌與戒懼。

蘇偉貞一鳴驚人的作品〈陪他一段〉，就是個好例子。小說中的費敏「人長得不怎麼樣」，卻另有風情：她的「明淨是許多人學不來的，很少有人能像她一樣把事情的各層面看得透徹」。費敏孤獨而寡歡，直到遇見了「他」，「一個並不顯眼卻很乾淨的人」。明明知道所鍾意的男人另有牽掛，費敏依然決定愛將下去。「在下決心前，去了一趟蘭嶼，單獨去了五天。」回來之後，她找到了男人，宣布「我陪你玩一段」。

好一句「我陪你玩一段」。在八〇年代初不知引來多少嗔怪或驚奇的眼光。這樣的表白既像新女性的性愛宣言，又像舊小說中癡情女鬼獻身的回聲。爲了與心愛的人過一段露水姻緣，費敏打的主意正是陽世走他一遭，陰間百死而不悔。但她的對手李眷佟明亮豔麗，哪裏是對手；當「太陽出來了，她的心也許已經生鏽了」。最後緣盡情了，費敏以自殺完成了戀愛終曲。

從女性主義的角度來看，費敏爲一個腳踏兩條船的男人如此付出，未免太不值得。的確，蘇偉貞也寫道，費敏陷入苦戀，因爲「她從來不知道『要』」，而她的男友則是「一個需要很多愛的人」。用當令的豪爽女人「賺賠邏輯」衡量，費敏的愛可眞是血本無歸。我們也有理由相信，〈陪他一段〉廣受矚目，因爲眞正觸動不少（女性）讀者的脆弱心事。然而蘇偉貞的女鬼角色畢竟不是等閒人物。她們也許孤高單薄，內裏卻有一股強大欲力，驅使她們追求至愛。究其極，玉石俱焚也在所不惜。套句〈流離〉中的話，她們是「陰暗中的發光體」，淸冷而光潔；她們其實是最自戀的一種戀人。也因此，費敏是獨處五天後才決定「陪他一段」；這一決定看似奉獻，卻終是一種紆尊降貴的擔待。所謂的「賺賠邏輯」對她們另有意義。費敏愛欲的潛能深邃難測，連她自己也迷惑了。唯有藉著「失去」——情人、身體甚至生命，她反能定義她所「要」的愛是如此多，以及她所「有」的能量是如此大。她從出血的「賠本」中反證她豐饒的欲力❷。

識者或要反詰，這樣的愛情辯證未免過於「阿Q」。命都不要了，還談什麼欲望的實踐？就此，我們可以發掘蘇偉貞作品中頹廢的一面；想像死亡及瘋狂成爲一種耽溺。但強調種種床笫關係的豪爽論者仍可細思，愛欲的力量，摧枯拉朽，可以表現於身體官能的滿足上，卻也可以表現於對官能乃至身體的棄絕否定上。欲望之所以有如此的蠱惑力，正因其永遠置身度外，拒絕被理性的話語、行動「合理」化「合法」化。豪爽式賺賠邏輯可能仍受限於男性的愛欲經濟學吧？明乎此，蘇偉貞對死亡、病、失蹤、瘋狂的執著描寫，固然已不合常情常理，卻是對愛欲規範以外的黑暗世界，發出熠熠呼應訊號。

蘇偉貞的愛情敍事方法如置諸歐美觀點下，並不乏先例。十九世紀的浪漫小說如《咆哮山莊》、《簡愛》等作，想來對她頗有影響。傳統中國文學談情說愛，多半講究發乎情止乎禮。苟有踰越，不是被打入非姦即盜的窠臼，就是被化做鬼狐精怪的臆想。明末湯顯祖的戲劇《牡丹亭》之所以值得重視，即因作者能把情欲的想像由人本出發，推至極限，因而穿透生死的障礙。《紅樓夢》則將類似問題放在神話及哲思、宗教的架構中，予以超拔。但蘇偉貞的作品，既不足以展現這樣的境界，也看不出傳承的痕跡。她倒令人想起像《花月痕》、《玉梨魂》這樣的清末民初小說，這是神話崩潰、時間（歷史）漫漶的時刻。小說中的角色由相戀到失戀，在在洩漏了她（他）們做爲平凡人的缺憾與奢望。《花月痕》中的才子佳人早落難成二流歡場人物，灰撲撲的，他（她）們卻抱定必死的決心，戀將起來，只有死亡才給他們原本平庸的愛情某一實在向度；而在死的誘惑下，性欲的完成與否已不是最重要的事。《玉梨魂》更以寡婦戀愛的題材，震撼一時。但我們要注意的，不再是早已過時的禮教問題，而是一對戀者清堅決絕、死而後已的戀愛「姿態」。夏志清教授謂兩作都表達一種鬼魅也似(Gothic)的氛圍，誠是洞見[3]。

五四以來文學的戀愛話語講求的是衝破藩籬，解放身體。從廬隱到丁玲，莫不如此。唯有少數作者如張愛玲等採取更複雜曲折的角度，觀照此一問題。這是她小說異軍突起的意義所在。蘇偉貞當然有受教於張愛玲之處，我在他文已經屢屢提及❹。但比較起來，蘇卻缺乏張的世故與犬儒。她的角色哪裏能承受「錯落參差」的、「不徹底」的亂世愛情觀？她（他）們都有潔癖。也因此，她（他）們死亡、發瘋、失蹤的「頻率」，要遠高於張愛玲筆下的男女。前引〈陪他一段〉中費敏的「明淨」，更成為蘇偉貞角色的原型特徵。我所謂的潔癖，不是說這些人不沾葷腥，而是說她（他）們對一種純淨愛情形式的嚮往，能使她（他）們不計任何肉體代價，戮力爭取。

於是我們看到蘇偉貞小說中的兩種敍事張力。她的角色熱烈留情做愛，卻予人此中無性的錯覺，遑論生殖。寫家庭與親子關係從不是她所長。而缺乏繁殖意識或目的的愛，從傳統觀點而言，是虛耗與死亡的前奏。其次，她的角色儘管欲力萬鈞，卻不願多落言詮。愛到最高點，竟是種毀身忘言的美學試煉。這是沉默的喧嘩吧？蘇日後贏得大獎的小說，以「沉默之島」為題，不是偶然。

蘇偉貞的創作量極豐，平心而論，水準時有參差。但在她最好的作品裏，上述特色，表露無遺。〈紅顏已老〉不妨視為一個中篇版的〈陪他一段〉，訴說著又一個為愛犧牲的女「鬼」故事。又像是〈舊愛〉，寫一個女人典青與三個男人出生入死的糾纏，更是「蘇記」正宗。典青蒼白荏弱，看不出有什麼能耐。她的眷村家庭暗藏自閉與瘋狂的因子，陰森晦暗。但典青卻要成為叛逆的女兒，「陰暗中的發光體」，不聲不響的就讓兩個男孩子為她血濺五步。時移事往，典青終要以自己肉體的過早銷亡，來償贖，或完成，她為愛投注的代價。小說以死亡及奠禮告終，在一般愛情公式裏，或是俗氣的安排，但比照蘇偉貞的邏輯，卻是最自然不過。類似的情境，在〈世間女子〉中的程瑜之死，也可得見。

〈大夢〉中的父親在母親三十六歲那年就突然失蹤了，留下母親逐漸變成精神分裂的瘋子。〈離家出走〉更上層樓。「無緣無故」的，仲雙文在一天早上就消失了。「反正活著的有些像死了」。這回是丈夫兀坐黑暗中等待妻子的下落：無盡的猜疑臆測，成為他生存的重擔。這且不說，〈斷線〉中的年輕母親原是敷衍的結婚生子，總算離開外遇的丈夫後，滯留國外。兒子猝死後，她乾脆也「徹底失去了行跡」。這些動輒失蹤的男女，也許藉此逃避現實人生的險阻或乏味，換個角度，她（他）們何嘗不是換個生命形式，追逐又一種生命的「不可能」？生育與家庭絕不是蘇偉貞女性角色的避風港。〈五月榴花〉中的女主角希方飄流他鄉，經歷至少五次墮胎，讀來驚心動魄。我們當然看出蘇偉貞對男女不平等戀愛關係的喟嘆不忍。然而，她的女性角色如果都自膺「是一個清清爽爽的人不願置身混淆」（〈流離〉），被迫或志願放棄生殖的義務成為一種詭異的收穫。即如前述，她們從無限的放棄與犧牲裏，艱難的為一己的欲望定義所有權。

二

前此我描述蘇偉貞早期作品中情愛敍述的特徵，這些特徵不少讀者其實耳熟能詳。但我們在傾倒或批評她角色的性格或行動之際，可能忽略了在情天欲海外，還有個蘇偉貞正寫著極不相同的題材。彼時的她身負軍職，綜理政戰。軍中的文藝競賽，她自然要共襄盛舉。提起軍中文藝，我們這些老百姓自然有如下聯想：反共八股、愛國文宣——常人不爲也。可怪的是，蘇偉貞不但（有義務？）寫，而且好像樂在其中。因此得獎，反倒是次要的事了。這些作品，像〈袍澤〉、〈生涯〉、〈重逢〉等，寫部隊生涯、眷村歷史，自成一格。從軍事小說文類觀之，算是應命應景之作。但細讀蘇偉貞的愛欲作品後，我倒覺得兩者形成極具張力的對話關係，足可提供一獨特角度，討論她的創作歷程。

蘇偉貞出身眷村，一九七三年入政治作戰學校。七七年畢業後，擔任軍職長達八年。可以說她生命中極重要的一段時間，與軍旅生活發生關係。放眼當代女性作家中，這一背景還眞不多見。軍事訓練講求什麼？榮譽、紀律、國家；不怕難、不畏死；犧牲小我、完成大我……。種種信條，無非要求戰士們鍛鍊體魄意志，並熔爲戰爭機器的精緻組件。在這樣訓練之後，也潛藏著美學動機。軍隊的生活，兀自形成一生命共同體，相對民間人事的嘈雜瑣碎，別有一番整潔光滑的秩序之美。這一美感自外於時間流變，以絕對的生活及生命形式，凌駕一切：一個口令，一個動作。它當然有極端非人性的部分：個人永遠臣屬於層層上級律令，更不提戰爭與殺伐的暴力動機。但弔詭的是，它也可能誘發強烈意欲。從金戈鐵馬到袍澤情深，從投筆從戎到馬革裹屍，多少壯烈的意象吸引一輩輩青年志願獻身，生死許之。

早期現代文學裏最有名的女兵作家，當非謝冰瑩莫屬。女性從軍，如今固不常見，在當年尤屬奇聞。讀謝冰瑩的《女兵日記》及《女兵自傳》，我們不難了解五四一代女子，爲追求革命所做的種種冒險。之後的左翼女作家如楊剛等，也以不同文藝形式，如報導文學等，見證女性與戰爭的特殊關係。比起這些前輩的歷練，蘇偉貞木蘭村中的生涯是小巫見大巫了。但我以爲承平時日，反使她對上述軍事生活（不健康？）的耽美層面，多有嚮往。另一方面，蘇的眷村背景必早在她入伍之前，就已產生潛移默化的影響。眷村生活是四九年後臺灣文化中極重要的現象之一，下文當再論及。這裏要強調的是，在等待反攻戰爭的年月裏，千百戰士如何胼手胝足，建立起「共同」的家園。有家可歸的感覺把聖戰使命馴化(domesticated)了；但相對來說，軍隊精神又把軍眷生活集體化、制度化了。似戰不戰，非軍非民，眷村兒女所蘊藉的終極歸屬和向心力，自然迥異於村外世界。而包括蘇在內的許多作家對其一再描寫，也就不足爲奇。

既然缺乏實際戰爭經驗，蘇偉貞寫作軍事小說只能就一般性任務或政治風向，多作發揮。眷村人情，當然是現成題材。〈袍澤〉講即將調任的旅長傅剛與部屬間的互動關係。傳出身軍人世家，選擇從軍原是最自然不過的事。他以部隊爲家，帶兵猶如子弟。軍中生活嚴明單調，但傅甘之如飴——這是他的天職。唯一的遺憾是他多少犧牲了家庭生活。但傅的妻子承意也是獨立而倔強的。雖然聚少離多，「但他們的相處之道從來不是以天計算」。正如承意所言：「嫁給你也好，永遠記不清年歲，我就永遠不會老！」

「軍中」日月長。但蘇偉貞顯然認爲軍人與軍人、軍人與家屬間的默契之深、信念之強，外人是不會了解的。傅剛與老士官長江龍多年主從，在一個颱風夜裏江龍爲了搶關洩水閘門，不幸溺死。江龍無家，「在臺灣，就部隊這個家了。棺前無子，捧靈的子嗣遠在他岸。多恨哪！」然而一念思之，傅剛的反應卻是，「就爲了這理由，也要當一輩子軍人！」

對這樣的結局，或有讀者要譏爲又一種八股。我卻覺得不然。傅剛或江龍所追求並實踐的袍澤之情，正投射蘇偉貞對軍中生涯的審美觀照。這裏有一種不盡人情的執著和自苦，但也有一種舍我其誰的抱負與從容。傅剛先公後私，當然是革命軍人的表率，但在江龍的因公殉職上，我們才見識到一了百了，明淨而殘酷的軍事紀律。「就是為了這理由，也要當一輩子軍人！」但我們要問，這「理由」到底是什麼理由？是為「國」、為「主義」捐軀嗎？我恐怕蘇偉貞想像的，反而是一種純粹的、光滑懾人的死亡形式吧？

我無意暗示〈袍澤〉之類作品是蘇的傑作；她的才華絕不是在寫軍事素材上。但〈袍澤〉如果可讀，那是因為它竟然讓我們想起了蘇的另類作品——情愛小說。傅剛與江龍的沉默堅毅，今生無悔式的犧牲奉獻，不也印證在蘇偉貞許多情場女戰士身上嗎？他們及她們對所信所愛，有一樣「病態」的堅持。他們及她們律己極嚴，自毀在所不惜，而相對所追求的，也不是尋常婆婆媽媽版的「親愛精誠」。在蘇偉貞最好的情愛小說裏，竟有極陽剛的、軍事化的精神貫注。袍澤之情與男女之愛的基石，原都是一股歃血為盟式的義氣。於是她對〈陪他一段〉裏的費敏，有如下的描述：她「把自己完全亮在第一線，任他攻擊也好，退守也好，反正是要陣亡的，她顧不了那麼多了」。

在〈生涯〉裏，退伍的胡將軍續弦，娶的仍是軍眷女子，也希望女兒安幗嫁給軍人：「是他知道軍人的好，他了解那份品質，也極為鍾愛。」對他那一輩的軍人，當兵是事業，也「是把它當唯一理想來看，感情的成分居多」。軍人是異類的感情鑑賞家。時間及歷史對他們的考驗如何？〈重逢之路〉擺明了是個探親文學。但故事中的震勉及如湘是軍人夫妻。四十年的亂離夠長夠苦，卻不能打斷他們的互信。年邁的震勉被中共當做統戰樣板放出，而如湘已身罹絕症。兩人香港重逢是夠感傷的，蘇偉貞卻能安排震勉盤桓數日後，留書回到大陸。這封「如湘吾妻如晤」告別書，就像林覺民「意映卿卿如晤」的訣別書一樣，革命加戀愛，合為一談。但蘇偉貞寫來，尤多肅殺決絕之情。震勉拖著殘軀回去，要繼續「啃蝕那壞了的政權」，對如湘「如有來生，來生再報」。反共老手若在此一結局中看出了國與家的壯烈選擇，我倒發現這才是蘇偉貞式「愛與死」軍中版加料演出。

就此我們再回到〈舊愛〉一類作品，看典青與楊照、易醒文、馮子剛等自虐虐人的戀愛，方才了然。生於眷村，原來她（他）們的爸爸媽媽已經以最不尋常的方式愛過恨過。至愛無淚，至痛無言，也就有這麼一羣人可以抱定赴死之心，在情場中匍匐前進。蘇偉貞因此把兩種原無交集的敍事、論述形式——軍隊與私人、大愛與小愛、禁欲與多情——悄悄結合起來。而她在眷村兒女的角色裏，尤其彰顯此一特徵。日後《有緣千里》、《離開同方》等作，都將循此模式，繼續發揮。

三

一九九〇年末，蘇偉貞推出了長篇《離開同方》。這部小說耗時三年寫成，堪稱是她創作生涯中重要的里程碑。小說以嘉南平原上的一個眷村——同方新村——為背景，描述一羣渡海而來的軍人，怎樣建立家園，最終並由聚而散的經過。這些人來自大江南北，被歷史的偶然拋擲在一處；在枕戈待旦的歲月外，他們眞的開始生聚教訓了。他們有了家，有了眷。歷史的任務還未完成，時光已悄悄銷磨。少年子弟江湖老，眷村的兒女又出落成新的一代。面對村外快速變動的世界，村內的人事滄桑，他（她）要如何爲自己找尋安身立命的所在？

這是眷村文學的關懷焦點。如前所述，這類文學成爲臺灣文化上的重要環節，不只因其描繪一特殊族羣的消長而已，更因其直指國家歷史論述上的隱痛。軍人的事業在戰場；反攻復國，曾是多少國軍將士的終極願望。然而年復一年，偉人竟然大去，他的子弟兵也驚添華髮，兒孫滿堂。從文學角度而言，當軍隊文學被眷村文學所取代，我們不能不慨嘆歷史空間想像的位移。朱西甯的《八二三注》後，我們再難見大型戰爭小說。反倒是朱天心（《未了》、《想我眷村的兄弟們》）、袁瓊瓊（《今生緣》）、張大春（〈四喜憂國〉）等，開始回憶他（她）們成長的特殊家庭背景。然而寫得再好，這些小說必須面臨一種尷尬：眷村文學是軍中「後勤」文學，作者所透露的鄉愁，何能道盡父執輩血淚塡成的家恨國讎？軍旅生活家庭化了，聖戰使命瑣碎化了。在這個層面上，眷村文學的出現已銘記時光推移的感傷，但再悲愴也只是一代戰爭神話的渺渺回聲。

或許這也是眷村二代作家失落感的癥結吧？因而有了更多的不安，更多的書寫、回憶欲望。蘇偉貞早在一九八四年就寫出了《有緣千里》。多年之後，她要藉著「離開」同方，再次回到她思之念之的眷村過去。這部小說野心極大，也有不少精采片段，但我卻以爲是力作，而非傑作。蘇生動的介紹了村內許多代表性住戶：好色的袁伯伯、有潔癖的段叔叔、癡情的小佟叔叔等，更不說形形色色的「家眷」們了。然而這許多人物固使同方新村熱鬧非凡，也凸顯了眷村生活既整齊卻又雜亂的特性，蘇並未能進一步探索眷村文化的歷史底蘊。她的重心毋寧仍是在一齣齣或慘烈、或詭異的愛情傳奇上。即如上述，她碰觸到的是軍事生活逐漸馴化的關鍵年月。愛情、家庭、子女、歲月等問題紛至沓來，終使眷村的烏托邦天地，逐漸崩解。但她還需要更多的筆力點出這一羣人相濡以沫、自成族羣的心理及行爲特徵。

在蘇偉貞的筆下，眷村兒女多血性，有義氣，不論是正是邪，俱足令我們驚心動魄。「自閉」的環境恰是最佳舞臺，供她（他）們演練蘇剛烈暴虐的情欲觀。方景心與小余叔叔的愛情，以雙雙自焚疑案達於高潮。另外席阿姨與小佟叔叔的婚外戀曲，一樣是在生死邊緣鋌而走險。只是蘇偉貞這回多有感情，筆下留人，使這兩段故事都有了峯迴路轉的結局。莫非「回到」同方，蘇的愛情烈士們也要稍息了。另外，她以全如意／李媽媽爲重心，一再鋪陳她的飄忽神祕、瘋癲失憶，當是以往「女鬼」原型的極致演出。但放在同方這一史詩般空間中，卻未免嫌沒有名目。

蘇偉貞也不能免俗的沿用了魔幻寫實技巧，來渲染心目中的神祕氛圍。同方的「氣息」可如芳香爛熟的玉蘭，可如綿綿不斷的霪雨。死亡、瘋狂、「亂愛」幽幽滲透日常生活。她極力經營一個眷村的神話世界，我卻要說眷村回憶之成爲可能，正是因爲那個神話從開始就「已經」破碎了。也由於村內老的小的不能也不願放棄回憶，他們的掙扎才有看頭。小說最後在大雨中敍事者捧著母親的骨灰，回到同方，確是令人動容。如果小說不僅汲汲於村內男女情愛，而更著墨於大夥對偉人及信仰一種無以名狀的依戀、對團體生活的陷溺與鄉愁，氣魄將更大一些。

無論如何，《離開同方》應視爲還願之作。彷彿跨過了這一關，蘇偉貞才好收拾心情，重新出發。她下部重要作品，《沉默之島》，果然是令人眼界一新。在《沉默之島》出現以前，蘇必然已經有意識的探尋新的形式，表達她對（女性）欲望及生命的直觀反應。她的《過站不停》把自己一個八〇年代相當煽情的故事，改頭換面，加揷八封書信體的「潛情書」，成了一部充滿喃喃自語的懺情錄。〈熱的絕滅〉雖一仍既往，講了一個女性無償的戀愛故事，故事中的「我」卻越來越有能力，自剖心事，並自療感傷。那八〇年代的「世間女子」經過十載修練，欲力依舊，卻多了份圓轉而自覺的風貌。

於是有了《沉默之島》。小說的題目已足具象徵意味。在話語符號無所不在的天地裏，小說家要寫一種幽祕的沉默：對話語的拒斥，也是對回憶及歷史的拒斥。而島嶼顧名思義，象徵一個狹小而閉鎖的空間，社會關係的隔膜或斷裂。馬修・阿諾德(Matthew Arnold)那首〈多佛海岸〉(*Dover Beach*)中有名的孤島即人生意象，恰可為佐證。然而「島孤人不孤」，蘇偉貞要寫的是沉默之下的無盡騷動，孤島與大千世界間的種種色相引渡。這騷動與這引渡無以名之，只能籠統的說是情欲；而負載這騷動與這引渡的主體，正是女性。

蘇偉貞不是大剌剌的女性主義作家，她不少作品其實充滿「反動」意識。然而袁瓊瓊的直覺是正確的，像《沉默之島》般的作品，碰觸了相當多的女性主義議題❺，且絕不故作囂張。小說的情節望之極繁複，主要癥結在於兩條主線的女主人翁都叫霍晨勉，而圍繞她們旁邊的一羣人物名姓背景也多有雷同。但兩個霍晨勉故事並無交集。為了讀者的方便，王宣一曾專文討論人物、情節❻。事實上靜下心來看《沉默之島》，我們會發覺此書貌似龐雜，其實不難理出頭緒。比起《離開同方》中數十人物呼嘯來去，蘇偉貞果然找到了一種更有效而純淨的敍述方式。

兩個霍晨勉都令我們想起蘇偉貞早期的女性人物。尤其在海外工作的晨勉有個弒夫的母親，後於獄中自殺，背景是夠奇詭的了。要緊的是，兩個晨勉對己身的情欲悸動都有無限好奇與嚮往。她們工作、旅行，從一個男人換到另一個男人，把性愛變做吃飯睡覺般的尋常習慣。她們周遭的男人有異性戀、同性戀、雙性戀、一夫多妻者，種種國籍，洋洋大觀，但兩個晨勉只自顧自的處理身體欲望。衛道之士要視這兩名女子爲花癡的。事實不然。性愛於她們只是發覺情欲的前奏；她們沉湎的毋寧更是種「意淫」。如何想像情欲的形式，如何思考情欲的曲折，反更常縈繞她們胸中。獨處或婚約、禁欲或濫交，於她們而言都是一種情欲存在的狀態，隨時準備流動到另一種可能。只要回想一下〈陪他一段〉、《紅顏已老》中的女士們獨沽一味、死而後已的愛情觀，九〇年代的蘇偉貞可眞不能同日而語。置之死地而後生，信然。

我注意蘇偉貞對文字形式的掌握，越發圓熟，而不爲情節可看性與否所執。但我卻不認爲她對情欲的看法，必然較前激進。詹宏志從另一角度指出，兩個晨勉最後都懷孕，結果一墮胎，一奉「腹命」與男同性戀結婚，是相當保守的做法❼。蘇偉貞應會回應，保守或激進、賺或賠，都是無關宏旨的辯論。她要探勘的是（女性）情欲流淌、永不確定的抽象本質。用她自己的話說：「它永遠有不同的細節部分可以試探，永遠有它的猶疑性。」❽

蘇偉貞大概體恤讀者的悟力，「只」創造了兩個霍晨勉。按照她的情欲心得，霍晨勉的故事應可無限分裂繁殖，既相異又相似吧？性愛爲的不是傳宗接代，可也不是一種浪費。從這裏，女性開始雕塑一己的情欲主體，出虛入實，終底於「一種抽象的完成，純淨感動，令人畏懼」（《沉默之島》）。一種美學觀照，於焉形成。蘇偉貞的新女性在八〇年代已經豪爽過了，她們現在越發明白自己飽滿而無名目的欲望，反而變得謙卑起來。她們是沉默之島——這島卻是由欲望的海洋托負著，陰陰獨立，深沉而傲岸。

❶王德威〈女作家的現代鬼話〉，《眾聲喧嘩》（臺北：遠流，一九八八），頁二二三—二三八。

❷我借用了巴達以(Bataille)另一種愛欲經濟學的看法，強調能「失去」，不是一種匱乏，反而證明「有」的本錢。見 *Eroticism* (New York:Bentham, 1989)。

❸C.T. Hsia, "Hsu Chen-ya's *Yu li hun*," in Liu Ts'un-yan, *Chinese Middlebrow Fiction* (Hong Kong: Chinese University Press), p.p.214—218.

❹見註❶。

❺袁瓊瓊〈每個人都是一座島嶼〉，《中國時報・人間副刊》，八十三年十一月十二日。見本書頁三〇三—三〇五。

❻王宣一〈追蹤愛情的氣味〉，《中國時報・人間副刊》，八十三年十一月二十日。見本書頁三〇七—三一三。

❼詹宏志〈在孤獨的月夜裏歌唱〉，《中國時報・人間副刊》，八十三年十一月二十日。

❽蘇偉貞〈情欲寫作〉，《中國時報・人間副刊》，八十三年十一月十日。

自序
封閉

蘇偉貞

我常想，做爲一個人，當他關閉起自己的時候，是無情還是有情？做爲一個作家作品，我想，我是一開始就在這種關閉的狀態中，別人進不來，我也不出去的空間裏。我放棄生活瑣碎事物堆砌起的人情溫度、理性、知識上學習的能力……沒有生活的痕跡，只有自認爲的生命的注視。我的反應是那樣的緩慢，改變亦是，安於被這樣的內在控制，甘願並且選擇做一名消極的自由主義者，一種狀態，不是所謂的信仰。

寫作兩我，一直也就是這樣的狀態，我親眼看見我的作品予人一種沉默及頑強的兩極印象。沉默使人不抵抗，自由使人頑強。

用這樣單一的情調來解釋我的小說，我當然覺得抱歉，向來我能說的總是非常個人化的意見。我的小說中從來沒有任何主義，如果作品必須被質疑女性主義、魔幻寫實、後現代……的可能，有人要失望；更因爲對個人經驗的保留，使我成爲一名保守者。我這麼說好了，譬如，即使作品被納編爲情欲書寫，延伸的也只是我個人的思考，而非與人共生的經驗。我的小說中一向看不見別人的影子，如果面對寫作生命，還有所謂的尊嚴，我想，「自主性」恐怕是我所想像最尊嚴的句子與狀態。我一向最怕演戲，我知道背誦別人的臺詞，讓我無法理解我在做什麼，那使我覺得寫作這件事毫無自我的成分可言。既無法模仿與學習，我只有推著封閉的星球向前走，處在思考的空間裏，這使得我小說手法、主題幾乎沒有變化，只是向前，如果在向前的路上使人聯想到某些作者的作品，我相信是感覺上的像，而非其他。沒有後天與這個世界交談的能力，只有先天的衝撞，那是我一直依賴我的直覺做任何事的理由。

這個直覺告訴我，完成就是放棄。寫作人物、故事情緒的過程……即放棄的過程，這究竟是無情還是有情？丟棄經驗或儲存記憶才會使自己某個部分堅強？我清楚意識到，「學習」對我是一件非常困難的事。我因此既無意累積經驗、儲存記憶，也就更無法模仿別人，活在他人的書寫能量裏。我想說的是，寫作就是我的性格，等同人格。做爲一意孤行、沉默的「消極自由主義者」，沉默勢將持續擴大。但是，生命也有它的秩序。我因此不能不爲這本集子說幾句話，站到封閉的空間之外，雖然難免仍是喃喃自語，背誦我的臺詞，至少是我自己寫的。

當初這本集子是什麼面貌，我其實不太清楚，不能不看見的是王德威先生的企圖與善意。這過程其實也很短。我印象中我們從沒有把時間浪費在「溝通」上，總是話才開頭，也就完全明白彼此意思。沒有其他原因，完全因爲信任。一開始我就很沒禮貌的「侵權」表示可否編一本我個人得獎作品主題選集，讓這本書閱讀「魅力」集中。他認爲很好，至於長篇和中篇細節部分可以再討論。音是定了，我才「不懷好意」的想，我軍人出身的背景，使我「樂此不疲」的寫了不少主題掛帥的小說，參加國軍文藝金像獎。這些篇章要如何納入「文學體系」？德威要寫序論，我是不是丟了一顆燙手山芋給他？在我非常理直氣壯，不安的是那代表我的寫作面向，但是不代表被接受的「血統」。想想四年軍校、八年軍旅生涯，毋寧只有我獨自在其中，對我是一切。我寫下他們，即收在這本集子裏軍事背景創作部分：〈回家之後〉、〈生涯〉、〈袍澤〉。我要說的是，我熟悉他們，不等於我擅長記錄他們。那關乎「才氣」，沒有什麼好「自省」與自責。寫下他們是自然而然的事，就像我出身眷村，熟悉、創作眷村一般自然。至於那裏頭有什麼使命，不如說是充滿一種恐懼。對一個生命大量依賴不斷新生直覺的人來說，記憶的選擇性衰退，毋寧是一件再殘忍、再無情沒有的事，我必須在我還記得的時候記下。

這本集子最後成為現在我們所看見的樣子，分成三個部分：㈠得獎短篇作品；㈡短篇作品年代抽樣；㈢長篇選段。過程仍然依循「沒有過程」的溝通路線。和德威，我想是不需要向「認知」靠攏，他一切都了解。

㈠得獎短篇作品，包括七十一年國軍文藝金像獎小說〈回家之後〉、七十三年國軍文藝銀像獎小說〈生涯〉、七十四年國軍文藝金像獎小說〈袍澤〉、七十五年中華日報徵文小說第一名〈離家出走〉、七十五年中央日報徵文小說第二名〈重逢之路〉。

㈡短篇作品年代抽樣，選入我從七〇年代末至九〇年代創作以來的三個年代三篇小說：七〇年代末的〈陪他一段〉、八〇年代中期的〈舊愛〉、九〇年代初的〈熱的絕滅〉。

㈢長篇選段，為《離開同方》及《沉默之島》選段，這個部分完全由德威決定，他很滿意。如果看上去還像回事，是選得好。〈離開同方〉的小標「戲班來了」、〈沉默之島〉的小標「飄流的島嶼」，是德威下的。

作品是我經過事情的一種方式，前面說過，我從小就不斷處在「我會記不起他們」的恐懼中，不是恐懼忘記，是對懷疑本身恐懼。我怕忘了家門口有棵樹、一些臉、人的身世……及終有一天會想不起自己名字的宿命……果然我逐漸忘記。有些事的收穫，是失去教會我們以得到的境界去看待的。記憶即是、小說即是。在失去記憶以後，我建立了另一支生命之庫。

在記憶有限的情況下，我所寫作品充滿了自己交談的痕跡，也就成爲一項「不滅定律」。無法改變的視線及思考極限，劃出我小小的國土，完成之後即封閉起來。我要說的是，它們有自己的內在靈魂，是血或只是一塊流通的告示，文章各有造化。這些交談如果日益純淨，我將印證這樣的封閉狀態並非一條絕路。

我將這想法如某種精神潔癖，小心收藏起來，我也明白這份奇特的自尊心，使我更孤獨、封閉，如無菌室。我相信原始狀態，不太相信人爲的力量能改變什麼。我的這一點點心事，使我一些也不願意知道他人是否了解、德威是否會找到一個「理論基礎」。做爲一名有才氣而用功的文學評論家，我一點也不懷疑他事實早已掌握這把主題密道之鑰。足以貫穿我所有的書寫。軍事化或非軍事化。

如果「軍事化」小說是成立的，在這本集子中和「軍事化」任務主題相關的得獎小說，還有〈重逢之路〉。相對於所謂軍事化特質，我自己看到的，絕大部分來自我父母那一代的命運、精神、內在、身體……，反而不是我個人的經驗。我的軍人身分，比率生命重量，相較在家國困頓、流離、分崩中承受絕望、羞辱我父母那一代，不及百分之一。我最無法忍受之輕，他們的全部。

是的，生活的苦對我而言，毫無意義——如此殘忍、如此現實、如此必須，處處充滿無趣與無味，逼得我在這個主題裏，一則只寫精神與意志，其他都是羞恥；一則將他們身陷孤立的世界中。在軍事化的小說中，沒有一個人是「正常」的，他們進入非人的時間之河中，用一種聖潔的水沖擊自己，世界停頓下來，懲罰他們：在他們，這個世界任何地方，都只有一個名字——軍中。與其說他們堅貞剛烈，不如說因爲內在卑微。我是在這裏頭明白，人生沒有絕對的高貴，沒有什麼不可放棄。

　　這也就可以解釋，爲什麼收在這本集子的小說中，「離開」是共同的主題——離開即放棄。得獎短篇小說〈重逢之路〉、〈離家出走〉如此，抽樣三個年代的七〇年代末的〈陪他一段〉、八〇年代中的〈舊愛〉、九〇年代初的〈熱的絕滅〉及長篇選段〈離開同方：戲班來了〉、〈沉默之島：飄流的島嶼〉皆如此。如果我創造情感是爲了完成一種「放棄」的模式，我深信裏頭還具有基本的人性，對我而言，感情不是那麼表面的，它必須經過人生的儀式，至少要愛過，才可以被放棄。我們都是這場儀式的觀衆。這可以納入我還算具有人性的條目嗎？我不知道。在我這就是。當然我也知道，由〈陪他一段〉、〈舊愛〉到〈熱的絕滅〉……我的意見越來越少聲音越來越弱……我已經逐漸發現，有些事無論你使多大力氣，都跟事情本來的面目無干。如果這是學習，是我唯一的學習——情感是什麼顏色、氣息、頻率、聲音……全部是我們原來要的那樣子。當我已經不去抵抗，也就終於明白，其實我寫完他們，也就放棄了他們。我寫完，所有一切，也同時結束。生命沒有那麼大的容量，寫作內在亦然。我在這整件事的過程，找到我寫作中情感部分的底蘊。沒有這樣的寫作心理，我一直以來不會寫小說。

　　轉眼，與寫作行爲並行的歲月，即將和「不寫作歲月」相當。未來是否將超越？我好奇卻未預設，然而一切似乎都在一個「總結」的命定點上。這也可以說明收到這本集子中的兩篇長篇小說選段的基點及微弱的代表性——評論意義上的代表性。若容許我放肆，我想說，對我而言，那只是個人時間上的沉澱。

《離開同方》有「總結眷村經驗」、《沉默之島》有爲情欲寫作總結的評論。就我作品中一向處於的「封閉」狀態，不禁聯想到一種譬如：我所喜歡石頭的表面，另有一己生命的美感。因此各篇表象由我內在出發，各篇自有獨立性已足夠明確——我先前所寫的〈陪他一段〉、〈舊愛〉、〈熱的絕滅〉既不能說明《沉默之島》情欲經驗；《有緣千里》也不該說明《離開同方》。我們不到那樣的境域，不會有那樣的志氣與機緣。時間主要使我明白一些事，不像作品使我經驗一些事。當然我要強調，作者內在無法觸及的狀態，是一項個人財，旁人無法了解也是必然，如此讀者或者可以享受一種「表面」閱讀的自由與快樂，他看到的部分，就是完整的一切、所有內容。這也可以延伸一種類屬的不必要：《離開同方》是不是魔幻寫實或中國傳統的神話誌異小說，我們在說或聽鄉野奇譚、話本小說，那不受時空、季節、天候、晝夜……所影響的故事時，我們沉浸其中，正視文學生命、傾聽作品聲音，尚未發現「魔幻寫實」。

對一個「封閉」的作者，沒有空間可以總結。我只是不斷丟棄思考、發生的一切。我因此想起有一次與「我的朋友」袁瓊瓊閒聊，我說起感覺自己近年來，寫作和生活路越走越窄，彷彿在走一條絕路。她說，妳不是走絕路，妳在拒絕接觸，關閉自己。聽起來有種統一性在裏頭。

我想，也是。人的完整性是自我完成的。小說亦然。至於其他，我只能說，謝謝。

目次

封閉的島嶼

得獎小說選

回家之後

戴天重回北京時，正是冬天。

陰霾、酷寒的風吹在臉上，竟然全無感覺，整整二十年的勞動改造，從東北到華南到邊疆，全國任何角落，幾乎都是一式的顏色——沉重、灰暗；街角萬一不小心鑽出個人，也必定是這樣的穿著，雙重的遲鈍，似乎世界在這裏老了。

他也老了，平凡是福，平反早在意想之外，他活過的環境沒變，進步太遲緩，倒給了他方便；祇有孩子長得太快，他下放時，敬萱才五歲，最需要父親的時候；她現在大了，習慣於沒有父親，父親記憶中的小女兒不見了，兩人都覺得陌生，可是又還有不能抹煞的親子關係。

他在家裏待著，父女相對時，陌生感相對擴大，他便不時逛到外面。

路邊的民主牆周圍聚集了許多人，行人經過往往投以詢問的眼光；下午了，沒有答案的眼神加上黃昏的灰濛，分外的曖昧。戴天腳步一快，迅速離開了現場，他不需要知道更多的人類活動。

回到家門口潛意識停住腳步，閒逛半天，也不過花了三兩鐘頭，這路程也太短了。「四個現代化」政策之後，他被釋放，同樣「知識分子」的理由，他被勞改又被釋放，目前政策如此，下一步呢？可能又再度下放嗎？他還有另一個二十年嗎？這段路也太長了。

門外有人經過，戴天本能低下頭，又看到身上的新長褲，繼以一陣茫然，猛想起自己根本離開勞改場了；他不能置信地四處張望，最後眼光停在雲層濃厚的天空，雙手不安地擦著褲縫，天色低暗，什麼也看不見。整份心情都是陰沉的。

院門突然從裏面被拉開，戴天一驚，低哼一聲：「啊！」也不敢太大聲，像在偷窺被撞見，轉身便要走。

「爸爸！」開門的女孩叫道。

暗影從老舊的院門透出來，噩夢的色彩更濃了，他慢慢回轉過身，眼前是敬萱那張臉，乍見之下，加倍放大似的，他暗暗嘆口氣，半晌無話，他早習慣祇想不講了。

「爸爸回來啦？」敬萱也無話。

是回來了，還沒完全回來的永遠留在別的地方；他點點頭，側身過了一半，停下來也不看敬萱，含糊的問：「要出去？」

敬萱遲疑地：「我去學校有事。」

「都晚上了還有事？」

「去開會。」敬萱說完便走了，是個誰也不能反駁的理由。

他想：「這是我的女兒不是？」可是說了半天話，父女倆的眼光不曾交會過。換在任何一個空間，他絕對認不出她來，她是他的女兒嗎？交會了又怎麼樣？

戴天點點頭，一言不發，背著敬萱慢慢走進屋裏，他不知道該怎麼跟女兒相處，他明白她爲了是「反動權威」的子女吃了大苦，而這事又並非說句「對不起！」就可解決的。

敬萱轉過身，看著父親微佝的身子走向屋裏，她母親所說「他畢竟是你父親啊！」的那個人，他回來了，因爲他的音樂聲望，他們搬到一個新家，他回來之前呢？她被囚禁、遊鬥、幹重活，就因爲她是戴天的女兒。她曾經跑遍學校、居委會、紅衛兵總部申述，以前她不懂事，現在又太懂了，她爲了是他的女兒吃了太多苦，她不恨自己的父親，祇是所受一切記憶太新，她忘不了，變成一層隔閡。她是他的女兒，可是現在看看，這人是她父親嗎？他這麼陌生，卻又爲他而牽累。

多少年來，他們都沒淚了，敬萱重轉過身往前直走，腳步是往學校去，可是她到學校做什麼呢？她出來祇爲避免和父親相對，「也許逛一逛就回去吧！」她想，明天還得見面，明天的事明天再說吧。天色更暗，她漫無目的向夕陽那面踱去。

戴天把大門輕輕地推開，習慣性的躡手躡腳起來，廚房裏射出一道光，他跨過那道光，驚想起又到吃晚飯時候，一天過得好快。他在東北、邊疆那些日子，一天像永遠過不完，生命是無盡的延長，卻完全沒有活的喜悅。

他站在廚房門邊，月娟盛好菜一轉身撞見他，差點失手把盤子跌到地上，想張口說什麼，又嚥了下去。

他懂，換在平時、別人，她早罵了，好端端的背後嚇人，是誰也受不了。

「吃飯了！」月娟輕聲喊他。

「對不起！」襯著寂暗，戴天的話味竟十分淒涼。

月娟搖搖頭，別說女兒對他陌生，他們以前在樂壇因相知而結合，分離後再見，也覺陌生，可是他們的關係是經過選擇的，少年夫妻老來伴，就當他是伴吧。二十年不見，他驟然老了，看到他既陌生又熟悉，想想像以前在他老家看到的公公遺照，比那照片又多了些蒼暮。

「吃飯吧！」月娟擺好碗筷，夫妻倆對面坐下。

戴天端著飯，神情不安，望著菜，偷摸又迅速的把菜夾到碗裏，三兩下扒完一碗飯。

月娟這幾天早看見他的舉動了，每次見到，仍然一陣心酸，她和敬萱是受了些罪，他沒有嗎？比她們所加還要多，整個人像翻過了一面，還是原來的人，祇是面目全非了。

「慢慢吃。」她夾菜放在他碗裏，溫和地說。

戴天突然放下碗筷，垂頭沉默不語，月娟望著他，低聲喊道：「不共！」那是他的字。

空氣似乎像冬天，要冰凍住了，戴天才遲疑地抬起頭：「也許我根本不該回來。」語氣太平靜，有股山雨欲來之前的死寂味。

「別胡說，我和敬萱等你等了二十年，你能回來，我們的心願才算落定。」

「沒有我，你們早也習慣了，有了我，給你們帶來太多困擾。」

「那是以前！」月娟急了，「現在講四個現代化了，講民主、講言論自由，你都平反回來了，以後日子會好過的！」

戴天看著她，他沒力氣說任何反駁的話，「好日子？」他過了二十年勞改生活，再有好日子，就算扯平，還有二十年嗎？

他先是輕微的搖頭，慢慢地，變成大幅度重力的搖動，連帶飯桌也震撼起來。

「不共！」月娟嚇住了，輕喝著。

戴天也不吵，也不鬧，臉色扭曲得比哭了還難看，他站了起來，指著四周牆壁，聲調怪厲地：「妳又被關進另一個勞改營知道嗎？」

她一個箭步上前搗住了他的嘴，急切地：「你小聲點兒。」

戴天止住話，平靜地望著月娟，對視半晌，他才不急不緩的說：「日子好過了不是嗎？妳怕什麼？」

「我怕你，怕你再害我們。」是敬萱的聲音，戴天這下眞正失去掙扎的意願，他看也不看站在背後的敬萱，逕自走回屋裏，背影更加佝僂，似乎受到了什麼重創。

「敬萱——」月娟盯著站在大門口的女兒，一時不知該說什麼。

「我知道，他總是我的父親。」敬萱替母親說了。她緊咬住嘴唇，張開口上面全是齒印，她甩甩頭，一副大時代兒女模樣的說：「可是，我們不能老在他的陰影下生活——」她停頓片刻：「我不想老在外面閒蕩！」

「他受了那麼多年的苦還不夠嗎？他要活下來多不容易，妳會不懂？」

「他如果死了不就算了？現在看到一個這樣陰沉代表了悲苦的人，妳會不難過嗎？媽，我不也受過罪？我不也活了下來？」

「妳不一樣，妳被整被鬥的時候才十一、二歲，沒有什麼歷史，妳爸爸已經是個音樂家、藝評家，妳記憶裏有什麼？妳丟下的是妳自己，妳爸爸要丟下多少東西？」

「一個孩子能受得了多大折磨？媽，我被抓著遊街、跪碎玻璃時，爸爸在哪裏？我被關在牢裏，角落裏一個傷口生蛆的老人在哀哀叫，我逃也逃不出去，這些事我不要記一輩子嗎？這是不是我的歷史？」敬萱幾乎失去控制的說。

「妳要原諒爸爸——」

「我不是怪他——我祇是受不了！」敬萱頭抵在門上沉痛地說。

月娟撫摸著她的頭髮，不知不覺淚流了出來。

敬萱語氣平平地說：「媽，像爸爸有那樣受苦經驗的人，還算個正常人嗎？」

「他還活著不是？」月娟的輕聲，似乎像不太肯定。

「他能做什麼呢？」

「他要擔任推薦音樂出國留學者的評選委員。」

「我是說他行屍走肉，做出什麼事，又眞有人生標準、有溫度嗎？」從母親蒼髮間可以看見父親緊閉著的門，門縫裏沒有透光出來。他在黑暗中做什麼？

敬萱搖搖頭，想搖掉什麼。

「吃飯吧？」月娟叫她。

「我想睡一覺。」敬萱說完往自己屋裏走去，她現在有自己房間了，這是拜父親受苦之賜，她在自己的天地間又能光想自己嗎？

戴天從窗口望出去，因爲黑更覺得冷，外面十分安靜，無聲到時間停止移動腳步，凝聚住了，他忽然十分想念那些闃無人煙的荒地，不停地做工，連思想的時間也沒有，一個人那樣過也是一生；現在日子空多了，他卻早失去思想習慣，苦工做了一天之後，停頓下來，腦子是完全的空白。人的習慣眞可怕。他現在竟然想念那份勞累。

他坐在黑暗裏，害怕這樣的溺水感覺，做工好多了，不停地勞動四肢，人累了，思想也痳木了。沒有以前和以後。

月娟推門進來，客廳的燈襯著她整個人，一張臉陰暗起伏，像拉垂死者報到的小鬼。

「不要！」戴天雙手蒙住臉，喃喃叫著。

「怎麼了？」月娟立刻開了燈。

所有的幻影全部消失。戴天坐在床沿喘氣，不過片刻，整個人卻明顯黯淡不少。

她走到床沿，拉起他的手，無聲地拍著。勞動二十年，祇有這雙手還像個藝術家的手，那些才情、狂狷成了歲月，刻痕在他眉宇、額頭、髮際；無字無語，他到底想些什麼呢？大家都受過苦難，他的一切苦難在人們想像之外。

「不共！不共！」她無聲地叫著。

「明天要去開評選籌備會，早點睡吧！」戴天疲倦了，折騰一天，心情反覆，他拒絕任何心思加在他身上。

「好！」月娟關了燈，又是全然的黑暗，只有在黑暗裏他覺得安全。

清晨不到五點，街坊已經敲起鑼，叫人拿著鏟子去清雪，銀白的大地，灰濛的天色與衣裝，這宇宙就剩下兩種顏色，簡單得離了譜。像水墨畫，天空是留白；墨還分五色呢！

敬萱突然醒了，外面淨是吆喝聲，知道不干己事，也就聽不到了，迷迷糊糊的還想再睡一會兒，突然想到等下又得跟父親同桌早飯，還是早走早好，便倏地起了身，輕輕拉開門，正好撞見母親罩了件厚灰棉襖往外走。

「剷雪去！」看見敬萱，虛應一聲就出去了。隨即院外透進一陣寒風。這些對外活動，永遠是月娟去。

突然外面又響起一陣緊鑼，不知道在吵什麼，大約又是誰要坦白了，永遠是這樣的開始，先把人驚醒，接著是混沌的一天，像夜以繼日的噩夢；敬萱長嘆口氣，心裏倒也沒那麼悶了。

頃刻間世界全醒了，院子裏傳來一聲聲挖地的音響，敬萱從窗口望出去，果然戴天正蹲在院子裏賣力的挖著地。隔層看去，在冰天雪地裏的勞動分外虛幻，大千世界在考驗一個人的耐力似的，不知怎麼讓人想起一句話——人算不如天算。

敬萱拉開大門，踱到院中，戴天穿了一身沒勞改前的衣服，雖然過時了，因爲顏色比較不同，反而刺眼。

地上有堆垃圾，似乎才經焚燒；戴天抬頭看到她，沒什麼表情的又賣力挖地。

「爸爸早，」她看了會兒：「你做什麼？」

「沒事，勞動慣了，隨便動動。」戴天再度抬頭，眼神裏閃過不安。好像他做什麼都不對似的。

「這是什麼！」敬萱指著燒過的垃圾。

「我檢查過了，這裏面沒有寫字、記錄什麼的。」他竟有點得意，接著又喃喃自語：「讓人見到可不得了！」

敬萱一陣心緊，這就是她的父親，已經失去判斷能力的父親，生活中什麼比較危險，什麼可以說，可以不說，他完全不知道。

「爸，你把燒過的東西埋掉，又公然在別人很容易見到的地方處理，那份罪犯得更大，你知不知道？」

戴天蹲在原地半天不響，盯著那堆垃圾看，臉色發白，久久之後，茫然地望向敬萱：「我不知道這會害到妳們。」

「不是我們，是你！是大家！」敬萱接過鋤頭，狠狠地挖著，她一鋤鋤下去，像在出氣。

「我來！」戴天想接過鋤頭。

「要埋就趕快！這不是辦家家酒！」她沒好氣的說著。

戴天不再說話，拿起屋角一把掃帚，胡亂掃著雪，他喃喃自語著：「我祇是愛勞動，我祇是愛勞動！」

「有誰聽見嗎？」他朝天空低喊，是道悶雷，更撼人。

「聽見了正好拿來做你的資料。」

「再去勞改嚇唬得了誰？」戴天顯然豁出去了，對著四周勇敢地說。他實在痛心偷偷摸摸。

「這麼簡單？」她眞恨他的不合時宜。

「我還怕什麼？」他又放小了聲音，像在自問。

「你如果眞死了，我們想不到你在受勞吃苦就算了，媽也用不著守活寡，我被打成黑五類、臭老九家屬，到現在才有機會念點書。你不要再給我們找麻煩，你沒有時間翻身，年紀大了死了就算了，我和媽媽還有日子要過！」

「你們沒有我會過得好嗎？」他們是一家人啊！

「頂多搬回小房子——我們早習慣家裏就兩個人了！」敬萱一口氣殘忍的說著，說完了，卻沒有報復的樂趣，反而有點迷惘。

「可是，我怎麼老想到妳們母女？」戴天被抽空般的低語，眼光投向陰霾的天邊，轉過頭看了一眼自己的女兒，空洞而無力的在反駁：「我每個星期都給妳們寫信，我要妳們知道我還活著，我是這個家的一分子——」

敬萱突然大叫一聲，像是再也忍受不了，她衝進屋內，抱出一束信，信封是帶紅框的牛皮紙；每封一樣，倒像公文封，幸好紅框內一手蒼勁有力的字跡顯示出了溫度，否則這樣一封信和任何人是沒有關係。

「信還給你是不是表示我們沒有任何關係？你給我們寫信代表什麼？你對我和媽媽負責了嗎？」

「敬萱，妳還小，妳不懂得生命——」

「我不小了，我被關被鬥的時候就突然懂了！」

「生命不全祇是責任。」戴天不理會她的激動，有條不紊的說，而且十分沉穩安定。

「那是什麼？是別離？鬥爭？等待？擔心？受怕？是什麼？」敬萱更加無法控制了。

「你們這一代永遠不會了解的。」戴天不願再說了，他一早上說的話，比以前一年說的還多，他寧願寫出來，雖然白紙黑字弄不好就招來麻煩，寫字對他而言，還是有股抒發的平衡作用，他需要知道世界上不祇剩下他一個。

他看著敬萱手上的信，心裏更加親切，就是這些信給了他活下去的勇氣，他伸手向敬萱：「把信給我。」

敬萱遲疑一下，還是遞了給他，戴天仔細一看，每封信的封口都沒拆開，他抬起頭盯著敬萱。

「我們怕再受你的影響，怕知道你在吃苦、捱凍、受餓，那會壓得人透不過氣——」敬萱還想講什麼，可是又能講什麼呢？

戴天把信丟到才挖的坑裏，驀地起了一陣風，吹得人打顫，他巍巍顫顫的走向屋裏，語氣平平地說：「把它埋掉。」

月娟正好勞動回來，站在那兒看到這一幕，習慣性地淚流滿面，她不忍地叫著：「不共——」戴天置若罔聞，留下一個背影。

「媽——」敬萱到底不能避免動情，她也不知如何是好。

「一切都會過去的！」一個是她女兒，一個是先生，月娟哪個也不願失去。

「妳怎麼還相信這些呢？」敬萱空洞的看著四周，茫然地自語。

雪下得更大了，敬萱推開院門，向雪地裏走去，月娟在她背後追問：「回來吃晚飯吧？」

敬萱也不回身，光是搖頭，一道道弧線畫在穹蒼下，像是許多大問號。

月娟抹乾眼淚走進屋裏，不放心的推開戴天的門，很反常的，他正在搜尋什麼似的翻弄著。

「以前那些樂譜呢？」

「都給抄家抄光了。」

戴天聽了愣坐床沿，半晌無聲。

「怎麼？」月娟更不放心了，他還要練琴嗎？

「敬萱琴彈得怎麼樣？」

「我教了幾年，她十一、二歲被鬥以後中斷了一些時間，最近兩年我又教了她一些技巧，彈得還好，就是練習太少，許多大曲子沒機會練。」

「我來教，我抄些曲子給她彈。」戴天鄭重地下了重大的決心。

「你要做什麼？」月娟也迷糊了。

「把她教成一流的鋼琴家，讓她出國留學。」

「然後呢？」月娟有點明白，也有點害怕了。

「當然不必回來了，她有一技在身，不怕餓死，她會正常點，心裏的恨會少些，我也算盡了做父親的責任。」

「我們祇有她一個女兒啊！」

「她這樣活著跟死了有什麼差別？她活在另一個空氣新鮮的地方不也是活著嗎？我在外面勞改了二十年，在妳們心目中，不等於死了一樣嗎？」戴天冷靜而殘酷的分析著，面臨選擇，他完全是當年神情，像他的鋼琴，觸鍵細膩而有節奏感，深具民族靈魂，根本就是一幅深闊醇厚的水墨畫，有他自己的思考層次。

「可是我們祇有一個女兒。」月娟面色發冷的重複，不是告訴別人，而是自我暗示：是的，她已經五十歲，還能再看敬萱多久？

「妳還有我，至於敬萱，就讓她活得像個人吧！」

「她願意嗎？」

不僅月娟懷疑，敬萱也懷疑；但是敬萱傷過父親，爲了彌補，她答應努力練琴。戴天的脾氣每經常是穿過陰森單調的公園、街道，走很長的路到藝術學院的大禮堂去練琴。戴天的脾氣每到練琴的時候便很大，節拍錯了他還原諒，樂曲詮釋偏差，他往往大聲喊停，然後走到外面看看有沒有人，再坐回椅上示範一遍，敬萱沒有想到勞動二十年的父親觸鍵依然層次分明，有那麼多音色，而且，她彈的蕭邦和父親的就是不一樣。

「中國人最好是彈蕭邦，我們的民族浩劫和情感最像他。」戴天很肯定的認爲。有了音樂，他整個人又活了。

敬萱彈出了味道，不到半夜絕不回家。她一遍遍彈著市面買不到的樂譜，戴天的才分從他的記譜、選擇樂曲充分表露出來。

「爸爸！你怎麼記得這麼多樂譜，而且記了這麼多年？」敬萱好奇的問。

「我如果不努力記譜，一味地記仇，我不是早死了，就是變成一個充滿恨心的人，我何必賠上自己。」戴天埋下頭繼續寫譜。

爲了練琴，他們父女倆每每要經過公園，戴天記得公園的一切，現在四處貼著口號和大字報，幸虧是冬天，人少，也減少了些殺氣，雖然蕭條得多，壓力也減輕了；每次經過，戴天總是張望一下便離開。這天，父女倆練琴回家，已經是黃昏了，不遠處傳來一羣年輕孩子的練打聲，上訪者搭的帳篷三兩不定的透出微光，更有偶爾路過的閒人投來的置疑眼光，敬萱是早看慣了，戴天根本視若無睹。

「坐一下吧。」戴天坐定在公園長條木椅上。

敬萱坐在父親旁邊，中間隔了個位子，坐定後，不時晃盪著雙腳。完全像這個晃盪的時代。

「妳小時候我常帶妳來這兒玩。」

敬萱晃得更兇，她不知如何是好，小時候的事誰記得？她記得的事是牢獄裏的不見天日，背後總像有幾十道眼光監視、盯著，一轉身又全部消失，可是知道無形中它還是存在，所以更可怕。

「我不記得了。」她心裏的恨又冒上來。

「妳那時候還小，長得白白胖胖的，像個男娃兒，笑起來咯咯咯的，像串珠子，跟妳現在完全不一樣。」

「我不記得了。」敬萱一聽整個人軟弱無力。

「現在的孩子都沒笑容了。」

「說這些做什麼？」敬萱的警覺性又表露了。

「妳如果能通過明天的考驗，我永遠不再提這些事，就當我自己死了。」

「我不會通過的，有太多人比我好。」她何止不想，祇是得失心太重。

「可是全中國沒有比我更好的老師了，妳彈的曲子，根本沒有幾個學音樂的人記得，他們爲了充內行，必定會選妳。」

「這樣公平嗎？」

「什麼叫做公平？」戴天正視敬萱，一個字一個字嚴厲的吐出，像在考核這個時代。

「我不知道。」敬萱投眼向天，她又去哪裏找答案？

「每次經過公園，我都想，總有一天要妳恢復以前的笑聲，妳要是出國了，寄捲全是笑聲的錄音帶來，讓爸爸開心一下。」

敬萱緊咬住嘴唇，眼淚冒了出來，多少年，她已經無淚了，這次，卻毫無準備的流下眼淚，她想起罵過眼前佝僂的老人，罵他不負責、罵他低能，這人卻是她的父親。

「爸爸不怪妳。」戴天吃力地站起身，摸了下敬萱的臉頰，泛起一道慈笑。父女倆齊步向家裏走去。

天更暗了，卻總有天亮的時候；他這輩子能否見到已在身外，他迫切的要下一代能享受平和的空氣，他太自私嗎？就算是吧。據他所知，高幹子女送出國的不在少數，又爲的是什麼？鄧小平復出後，宣布知識分子是屬於「腦力勞動者」，表示要提高知識分子的政治地位，明天呢？明天又有什麼新口號？

「少玩手段了！」戴天心裏發笑。

這個世界上原本沒有敬萱的存在，他生下了她，萬一她不在眼前，就當沒有生她吧。回到家，戴天沒吃飯就睡了，躺在床上左右輾轉，被壓抑住的念頭一再冒出來。

「萬一有人彈得比敬萱好呢？」他的念頭跟他周旋著。

他閉上了眼，索性明白告訴他的念頭：「我管別人！」

一夜輾轉，戴天整個人憔悴不堪，早飯時，敬萱投來不安的眼光，他又提示了幾處該注意的小節，便先行到評選會報到。

敬萱抽到第九號，也就是最後一名演奏者，戴天可以好好聽完所有考生的演奏。

考場裏十分安靜，考場就設在藝術學院的大禮堂，鋼琴、環境都是敬萱熟悉的。

前五名考生都演奏過去了，戴天知道都沒敬萱彈得好，心安了大半，中間休息時間，他起身出去透氣，一名老者在禮堂外攔住了他。

「不共，我是蕭瑾。」

戴天張大了嘴無法置信，眼前的老人氣息虛弱，會是當年音樂才子——蕭公河？

「我勞改了二十二年，想不到沒死還是見面了。」蕭瑾無限悲嘘嘆道：「文敏死了。」文敏是他的妻子。

「眞想不到，你現在復職了吧？」戴天想到蕭瑾的鋼琴造詣。

「沒有，唯一的希望放在我那兒子身上，他今天也來考試，你擔任評選員我放心得多，至少你還識貨，不共，你多幫忙！」

戴天一陣轟然，思緒完全亂了路線，休息時間到了，他重重握下蕭瑾的手，轉過身後，腦裏還留著蕭瑾殘弱的形象。他想不起任何。

第六名演奏者第一小節音符出來的時候，他就知道是蕭瑾的兒子，完全是蕭瑾的風格，纖細而又深沉，也是蕭邦的曲子，卻彈得更含蓄，也是男孩子比女孩子心胸寬闊的原因。也更具潛力。

他愈聽汗愈似泉湧，當年蕭瑾、文敏、月娟和他交情深篤，文敏死了，蕭瑾照顧孩子一定吃力，他們家一定會發生類似敬萱恨他的情形；當年蕭瑾的琴藝想不到全傳給了兒子，他應該爲蕭瑾解厄，可是敬萱呢？

愈矛盾他聽得愈仔細，一聽就知道是下過苦功而且才情兼具，蕭瑾的文學修養高，想來孩子也深受薰陶，難得的大將之才。

敬萱也演奏完了，他不聽，也知道敬萱差了一籌，但是音樂的差距不是十分內行，水準差不多的時候，根本很難聽出來。

敬萱鞠躬後，很有信心的向父親展顏一笑，完全的勝券在握。戴天暗想：「她聽不出來嗎？連這點修養也沒有嗎？」

眼前同時浮上的，是蕭瑾的悲苦，他太了解的心情：一張表格放在他面前，等著他最後決定。他剛剛被釋放，也許等明年再讓敬萱出去。蕭瑾的兒子蕭平已經少了母親，蕭瑾也苦，讓蕭平出去，文敏在九泉之下也可瞑目了。他一狠心，在蕭平的名字上打個勾，推開椅子就往外走。

蕭瑾正焦慮不安，見他出來，緊張的問：「怎麼樣？」

「你放心！」他硬撐著拍了下蕭瑾手臂。

敬萱正好出來，遠遠站著，不明白發生了什麼，蕭平也出來了，靠到父親身旁，敬萱明白戴天遇見老友了。

「謝謝！謝謝！」蕭瑾激動地說。

「我們哪天聚聚，我走了。」這種重逢戴天也有點受不了，大家都有太多遭遇，見了面分外心酸。

他走到敬萱身邊，站定後深呼口氣，才緩了過來，敬萱從沒見過父親如此不平衡，便好奇地問：「那個男孩子不也參加考試了嗎？」

「他叫蕭平，他的父親叫蕭瑾，是我和妳母親的老朋友，這兩人妳都要記住，父子全是難見的天才。」

敬萱一聽立刻轉過頭看著父親，戴天緩夠了氣，逕自往前走去。

「爸爸，你勾了我去留學嗎？」敬萱追上去問。

戴天沒有回答，敬萱完全明白了，她木然地問：「爸爸，你對我的責任感呢？你不要寄笑聲錄音帶回來嗎？你——你這個騙子！」

戴天搖搖頭：「我們再來，妳總會出去的，我沒法子對不起自己的良心。」

眼前仍是來時的雪路，無邊無盡，像永遠走不完，敬萱毫無感覺的踏出足跡，她也不知道該恨什麼，爲什麼她的出路這麼艱難。

「你贏了，可是整個中國呢？你救得了嗎？」她一個字一個字清晰地吐出，響在無邊的雪地裏，像狠狠括了天空一記耳光，迴盪在大地中久久沒有散去。

但是對於絕望，她早就習慣了。

至於戴天，面向這片廣大的土地，這輩子，他早就不在乎了。

生涯

周參謀送走大半賀客之後，像往常一般，望見將軍已有六分醉意，便適時退下，想先進老長官臥室裏，把寢具備妥。初冬節候，竟已有些肅殺意味，將軍腿疾又該到重犯時候了。將軍退休兩年多，在那之前，他跟進跟出長達十年，沒多久胡師母便過世了，但他有幸得識胡師母幾個月，正逢冬季，將軍犯疾時，胡師母便端盆冷水讓將軍泡腿，聽說這是偏方。師母去世後，這任務不知道落在誰的身上，將軍個性執拗，沒有幾年的相處很難親近，他們師生一場也算有緣。偶爾到此拜望，看到將軍氣色神采充沛，完全沒有退休之態，那多餘的精力，更讓人見之不忍。

周參謀正待伸手推門，不意抬眼迎見門上一對新剪喜字，猛然醒悟到——這已經不是他的事了。

牆面上，依舊掛著胡師母生前的照片，十年了，樸質的臉上，染著一抹永遠不會過去的微笑，彷彿時間在那裏停止了。新進門的師母對這些照片並沒意見，人年紀過了一定界限，似乎實際得多，活著便是一切，而且要好好活著。安幗不知怎麼想，這麼多年來，她是她父母親唯一的女兒，母親雖然過世了，仍是父親唯一的女兒，好像安幗也不小了。這幾年幫父親端水、燒飯的就是她吧？他想。

人事滄桑，眞讓人無法不喟嘆，而牆上那些照片的效果，使得這深宅大院充滿了永生不息的熱鬧和靜止的歲月，似乎都可挽留。

初冬的節候裏，每一貼面的空氣都是冰涼，站久了，彷彿身後有些異溫，似乎背後的流動空氣被擋住了，而且有重重的呼吸，他猛一轉身，原來是安幗，那張和牆上神似的臉，讓人遲滯，彷彿牆上的人走了下來。他搖搖頭，知道時光並沒有流轉到如此從前，將軍故事祇能說是傳奇並非神話。

「周哥！」看清楚了會發現安幗比牆上的照片年輕，因爲是流動的，所以眉宇之間的強打精神更眞實，不似那牆上細看不出的憂勞是永遠的安靜。他輕嘆一聲，人死了，眞是怎麼也來不及了。

「安幗，今天累了吧？」周參謀問道。

「還好！」安幗淡淡笑著說：「你坐嘛！這兩天多虧有你。」

「跟老長官十年，怎麼能不跟下去，師長有人照顧，這也算一樁善事。」他邊說邊看安幗反應，女孩子一向比較敏感，就不知道她怎麼想。

前廳裏傳來胡將軍爽朗的笑聲和一貫的大嗓門，把任何動靜都壓將下去；周參謀跟將軍多年，知道將軍祇是深具軍人氣質，倒沒有別的意思，當然，如果所有問題都可以因此壓下，未嘗不是好事。

從前廳流進的熱鬧轉到休閒室來，不知怎麼像變了壓的氣流，還是彼此的心境不同？

周參謀仍像以前看這小師妹的溫柔眼光：「最近好吧？該為自己打算打算了，有沒有男朋友？」

安幗搖搖頭，臉上一直斷續出現那抹輕微而恍惚的笑，眞不像他父親的精神。

「爸爸有人照顧我就放心了。」安幗那抹恍惚擴大了，竟有些懷疑似的意味，祇聽她輕輕自語道：「眞不懂為什麼有人一再嫁給軍人！」

「嗯？」周參謀問道。

「他們不明瞭軍人嗎？我是說在生活上。」安幗抬起頭，仍然十分懷疑的表情。

「話不是那樣說，少年夫妻老來伴，新師母看得出來也是這打算！」周參謀有些不解。

安幗嘆口氣：「王阿姨很好，很正派，陪我爸最合適不過了。」

「妳呢？」

安幗看著牆上母親的照片，心裏複雜莫解，以往她看照片時，經常會冒起一股埋怨，惱怪母親把父親寵壞了。雖說四十年戎馬，生活上有太多不能更動的習慣，父親每天三餐是按六、十二、六點準時開動，從沒動手做過一件家事。這不知母親為何有那麼多精神照顧。父親的精神何曾稍減，母親過世後，他照常每天快走一千步，一步不差；七點半坐到電視機前看新聞，八時半上床，清晨五點起床。軍旅生涯把父親訓練得如此頑強又如此執意，能問誰呢？

安幗遲遲不知怎麼接周定遠的話，前廳又傳來胡將軍的笑語，更如同打斷了他們的問答。安幗隱隱有些不習慣，家裏人丁一向單薄，以前的繁榮平息多年，好不容易習慣了，父親的身影這兩年擴展為無形大，現在，會縮小一點嗎？還有父親的習慣。

「我沒什麼打算，希望我的對象是平平凡凡的。」安幗轉念至此，脫口說出。

「哦？——」周定遠想說什麼，又有些了解，畢竟不能都淸楚。如果安幗願意說明白就更好了。人會長大，思想會變，連已經定型的人生也難免重寫，安幗感觸的是這個嗎？歡喜的背後，一定要有感慨嗎？

「周哥別亂想，我很喜歡王阿姨，也很高興她來照顧我爸！」安幗低下頭去，語氣竟有些哽咽。

「這幾年累到妳了。」

安幗搖搖頭，其實她自己也分析不出心裏的種種，就覺得好像背了許多年的重擔一旦放下，反而沒有預期的輕鬆，因為人生似乎一下子沒有所爲了。

安幗從周定遠的肩上望到牆面，她母親一逕笑著，無生無死！她從沒聽母親抱怨過，似乎一直很滿意父親。王阿姨的前夫也是軍人，現在又嫁了個軍人。是她這一代的人變了嗎？那麼挑剔職業，又那麼怕不安定。

聽外廳的聲音，客人走得差不多了，這次婚事辦得十分簡單，叫了廚子回來擺上兩桌，胡將軍表示不能對女方沒有交代，事實上，老來求伴，在程序及心情上輕鬆得多，如果以打仗來形容，目前的狀況可以算是出征得勝整裝回國的階段，成敗已定，假設辦的是安幗的喜事，那簡直等於大軍出師般，狀況自是別樣。

周定遠看時間不早了，便對安幗說：「我走了，有事打電話給我。」

安幗笑笑，默默送周定遠走到門口，胡將軍正好邁步前來，見他要走，大聲說道：「坐坐！

坐坐！怎麼？部裏還好吧？」語氣裏有許多急欲知道的意味。

周定遠站得筆直：「剛發布調了上校缺！」

胡將軍臉色一開，又有瞬間的黯淡，輕聲反應道：「哦！那好！」

周定遠立刻體味到了，不禁十分自責，想想這熱鬧沒有將軍，多讓他落寞，便馬上請教一些其他問題岔開了話。

安嶠看這情形還有得聊，她明天一早有課，這裏可以留給王阿姨招呼，便先去睡了。但是在睡覺之前，還是習慣性端了盆冷水放在父親臥室坐椅前面，椅靠上搭了條專用擦腳巾，素色全綠，每天要清洗拿出去曬。不知道當初是誰的意思養成這條暗規，她母親過世前一一交代事項中的一條。

床上鈎掛著蚊帳，這是她父親多年軍旅生涯養成的習慣，是無數次打野外後的結果。野地多蚊蟲，不掛帳子沒有營帳的感覺。都以營帳爲戰管中心。她父親這輩子任何行爲都有軍旅脈絡可尋，想一想，又是個最單純的人。

那帳子現在看來仍然十分森嚴，白色雙鈎，映著墨綠帳面，不知道父親可明白他的戰場已經轉移？

她該高興不是？她更該爲母親九泉之下高興不是？在她印象裏母親這一生全以父親之樂爲樂，典型的軍人之妻。現在有人照顧父親了，她也不必一下班就趕著往回跑，什麼也不爲，祇爲了替父親煮飯。她還年輕不是？才二十六歲，該多享受一下青春。多少次，她拒絕每一個約會，匆匆忙忙在六點把晚飯擺上桌，她在做什麼？練習做軍人的妻子嗎？公車上，每一次擁擠都不會是更麻木，而是淚水往肚裏流過時響起聲音——這是生活嗎？

但是昏黃的燈光下，父親滿足的吃著飯，腰幹挺得老直，對任何上桌的東西都不挑剔，只要是不太油膩的。並且絕不暴飲暴食，早睡早起，自有他生活上的格律。六點鐘的餐桌上並沒有什麼好電視節目，偶爾有電話進來，大多是學生家長來問兒女課業，十分客氣而仔細，正廳裏荒涼一陣陣擴大，終於像窗外的天色，她聽著電話，在手邊留言簿上一遍遍寫著——不要管他們、不要太管他們。

偶爾有人來約她，她只覺得累，人生彷彿沒完沒了的戰場。

但是父親也有他的難得，他在外面言行肅然，從不讓家人丟臉、擔心。她母親不止一次提過。一切一切都如舊，太有秩序的事務眞教人累！安嶠摸摸臉頰，心想：「我還不太老吧？」

客廳裏，胡將軍正和周定遠對坐著，面前各自是王阿姨給泡的釅茶，她默默在旁邊陪著，周定遠有些拘謹，仍不習慣和將軍平起平坐。胡將軍迫不及待問起一些老友下落。

「部裏李先生還好吧？」

「快退了，安了個差事，心情很複雜。」

「哦？那誰來接？」

「傳說是吳顯恆吳老。」

將軍略略思量了下：「那倒不太熟，是哪兒出身的？」

「從國外留學回來的，學養很好，有專門知識！現在很出了些這種人才。部裏人事變動大，許多人都不太認識了。」其實大部分人還是多認得周參謀，提起時總說是胡某某的侍從官，部隊裏有它一貫的體系，許多事不容易脫節。

「有什麼事需要我幫忙招呼的？」將軍很仔細問著。「謝謝師長，等有困難的時候一定請您幫忙！」周定遠一直從將軍做師長跟下來，後來將軍升了軍長、次長，私底下他還是這麼稱呼，將軍也最喜歡。

「你們期上同學有沒有特別突出的？」

「現在還看不太出來，這件事需要點耐力。」依周定遠看來，從軍這件事需要的還有更多的其他，機緣也是其中一項。然而他不會對將軍說的。跟將軍那麼久，他知道將軍那一代軍人，最相信的還是努力。

周定遠稍稍遲疑了下，就在這空檔，將軍突然說：「你要有機會，幫安幗留意一下，有沒有合適的對象。」

不僅周定遠很吃驚，連一旁的王阿姨也很難置信。周定遠頓了頓，用另一句話來回答：「最近我可能要出國進修去。」

「噢！去多久？準備修什麼？」

「去兩年，修應用力學，將來打算回學校教書。」

他的妻子雖然沒說，但是卻一直怕他又要下部隊歷練，孩子小，以前沒孩子時還好，去哪兒都不成問題。軍人妻子的命運和軍人一般難掌握，現代人又不似以前人那般安於命了。

胡將軍一時情急，伸長了頸子，臉都快貼到周定遠面前，急切的說：「軍人的事業在疆場啊！要教書當初念個文學校不就成了，何必那麼辛苦？」

「感情上不一樣。」周定遠小聲辯道。

胡將軍長嘆一口氣：「是你們家裏那個建議的對不對？」

「沒有，樂玲很好，從來不抱怨。」

「要守得住啊！你資歷完整，受訓成績好，又跟過幾個長官，將來會有前途的。」

安幗正好出來，聽見父親這話，心裏不知怎麼，竟有點同情父親，心想：已經晚了，早點睡吧。

她知道他們不會甘心的，就像窗外的星星，總捨不得撒手。在她看來，什麼都會過去的。她知道的就僅限於聽到的那些。

周定遠什麼時候走的，安幗全不知道，更別說她父親什麼時候才睡下的。

一大清早，在亮光裏，安幗猛地直起了身子，床頭鬧鐘忘了上發條，完全停了！她的房間在最角落，平常光線就不佳，慣常是昏天黑地，她也不太注意，反正每天一早就起床，而晚上誰家都要點燈，現在突然起晚了，看到不大一樣的四周，有點怪怪的。

她才想到，她父親再娶了。

客廳裏靜悄悄的，這屋子一直就安靜。

安幗轉到廚房，赫然見到王阿姨已經在了。

「王阿姨早！」

王阿姨手腳麻利，爐子上稀飯已經熬好了，空氣中有股飯香，她正在炒青菜，各樣用具都摸得很熟，彷彿是家事做慣了，又彷彿是在這裏許久了，也不知道怎麼就那樣能適應環境。她想，王阿姨也有自己的歷史吧？

看她傻呆過去似的站在那兒，王阿姨笑了笑說：「女孩子家，怎麼不多睡會兒？」

「習慣了！」

「女孩子家就該享點福，我注意妳幾次，打扮太樸素，沒點小姐味道，以後家事全交給我，妳不要花心思在這上頭，趁年輕多玩玩。」

安嶇一直以為自己是成人，現在卻彷彿還小，這話爸爸從沒跟她說過，一時她也不知道該怎麼表示，便隨口問道：「爸爸呢？」

「還在睡吧？」

安嶇一愣，這現象從來沒有過，她們家一向是六、十二、六點的信徒，她父親是太高興了嗎？不知怎麼，在這個少變化、少喜事的生活裏，她心裏竟有些酸，那一切喜氣都擴大到有些悲涼的味道。

她就是不能解，為什麼有些人命中總那樣。

安嶇轉身急著離開廚房，空氣中飄著絲絲溫香，一寸寸襲人欲倒，她長久以來被養成的規律生活、規律心情，祇讓她更板直，卻忍不了一點點關心。或者他們的世界都夠小，擴大一些何妨呢？因為不知道，所以不敢。

「別叫醒爸爸，讓他多睡會兒，昨晚周參謀聊到半夜才被放行呢！」王阿姨在安嶇背後叮嚀著。

安嶇轉到客廳，放輕了腳步，卻見將軍正從院子進來，穿戴整齊，和平常家居的簡潔自有不同。

「爸早！」

胡將軍神色倒同於平日，彷彿訓練有素的部隊，任何時地都保持一貫的水準。胡將軍回了聲：「早！」便在客廳坐下看報紙，照例先看第一版。退休後，他沒有一天不看報紙，這成了他獲知國家大事的重要來源。

「爸要出門？」

「嗯，有個會要去開。」

胡將軍退休後，在公家機關給安了個名分，久久才開一次會，但是每次寄通知來，胡將軍無分鉅細，全部看個清楚，對於每次召開的會議，無不鄭重參加。

「今天還要去？」安幗直覺地反應道。

「當然要去！公事不能耽誤！」胡將軍仍埋首在報紙上。

再說下去，必然是什麼責任問題之類的話，她不懂父親一生從軍隊那兒得到什麼，何以非要償還不可似的，她自己那些同事、她認識的人都沒有這麼死心眼的。

「幾點開會？」

「十點。」

牆上的鐘指著七點多，安幗輕嘆口氣，發現父親根本走在時間之外，而且是長期以來都如此。或者是父親還有太多精力無法發揮。

吃早飯的時候，餐桌上十分安靜，安幗面對著牆，牆上掛了幅大陸河山地圖，他們家不知道掛過多少幅地圖，髒了或舊掉就重新換一幅，書房裏也有一張，胡將軍做軍人時養成的習慣，他也很會看地圖。

安幗突然想到，抬頭問父親：「爸，您都怎麼去開會的？」

「搭公車啊！」

日常生活上，父親對臺北的路線完全不熟，做軍人時整個投入其中，安幗印象最深的事情之一是父親不記得自家電話號碼、門牌，退休第一天，他拿起電話說：「給我接×××辦公室。」軍用電話接線生大都有所訓練，軍用電話拆線後，對於自動電話，父親有好一段日子不適應。最不適應的，是安幗看父親跟人講話的神情，帶點矜持、平穩、沉重，彷彿說的內容永遠很嚴重。安幗往往冒出一股說不上來的心痛，她眞希望父親放輕鬆點。

原來現在父親出門都搭公車了。前一年，老陳還在時，去哪裏，老陳都熟，後來老陳患風濕，北部太潮，胡家人口又簡單，胡將軍便託關係讓他到南部榮家去，身體養好後，白天找了個工廠的門房做，偶爾來一次北部，總是看看老長官便走。眞是「看看」而已，陳班長和父親一句話也搭不上，奇怪也可以相處那麼久。

安幗皺著眉問：「您會搭車啊？」

「怎麼不會？」

「坐計程車去嘛！」安幗不知怎麼突然想哭。

「那又不是什麼難事，還需要如此費周章？」說完便起身走進書房，約是看了報上有關戰爭的發展，回書房研究去了。

安幗放下碗，吃不下去了，抬頭看著王阿姨，想說什麼，倒是王阿姨淡淡一笑：「軍人很多脾氣是這樣的，直來直往，我家以前那個也是這樣。看久了，倒覺得他們滿可愛的。」

「周哥就不會這樣！」

「不一樣，妳爸那時代軍人是把它當唯一理想來看的，感情的成分多，現代人總是有現代感，理性多了！」

安幗動容問道：「王阿姨，您不覺得委屈嗎？」她一點點瞧不起的意思也沒有。

王阿姨用抹布擦著桌面，臉上浮著笑：「每個人都有每個人的樣子，強改不得的。而且這是命嘛！我習慣侍候軍人了，我覺得很好，不必在金錢和人格上爲他們擔心！」

安幗立刻接道：「我是不嫁軍人的！」

「妳們這一代女孩子想法不同囉！妳自己看嘛！」王阿姨的個性中有十分透徹的成分，所以整個平和、安詳得很，使得跟她接近的人都沒有壓力，不知道她是從哪兒訓練來的，是因爲經過了軍眷生活的嚴肅嗎？

而她本身，基本上又是在排斥什麼呢？

安幗終於不放心，便和父親一起出門搭車。她覺得站牌下的父親有一點漠然的緊張。四周都是人，上早課的學生們在那兒照例是推來擠去，把車站弄得好不熱鬧，也有毫不動容的，眼裏祇注意來車，每開近一輛車，那些人全窩蜂似往上擠。安幗終於擠到車門，人羣中沒見到父親，轉身向後看，才發現父親在人堆之外，臉上有份尷尬，安幗退下擁擠的行列，走到父親身旁，看了眼腕錶，注定是要遲到了。緊跟著又來了班車，胡將軍仍按兵不動，祇對安幗說：「妳走啊！妳別管我，我不急。」

安幗既沒走也未開腔，公車走了，站上人頓時少掉許多，像一塊招蒼蠅的蛋糕被挖走了一半，連蒼蠅也跟著挖走了。

安幗語氣平緩的說：「我坐計程車先送爸爸好了。」也不顧父親是不是同意，自行伸手招了部車坐上去。

車窗外有早起仍在溜狗、散步的老者，安幗抱皮包的手捧在胃前，那痛又來了，她重力按在胃上，皮包擋著，完全看不出來，她臉上更沒任何表情。這症狀從母親過世後已經持續好幾年了，怎麼說也打她不垮，倒是那些車窗外自得健朗的老者望之讓她更痛。那痛是抛不掉的，不像什麼有形的東西，恰如她和父親的關係。

車到開會地點後，胡將軍跨下車後，臨窗問了句：「晚上回家吃飯吧？」又是那股漠然的緊張。

「回家。」安幗輕聲應道。

晚上不必趕回家做飯了，王阿姨靈巧若此，會逐漸摸清父親的胃口，說來簡單，哪個軍人不愛吃合炒的辣椒、魚乾、大蒜、蔥，就那一味。別說打野外、演習，終於是非有才能下飯。也把父親的胃吃垮了。

望著父親的背影，安幗覺得父親並不具老態，但是似乎多了什麼，是她自己的心情加諸在父親身上嗎？

直到算計車子完全走遠了，胡將軍才轉過身子望著不甚清楚的車影，他承認和安幗相處的時間不多，所以經常有點不太了解女兒的心理，基本上，做父親不能從孩子成年以後才開始做，他雖然關心安幗，但是遲了點嗎？

離開會實在還早，胡將軍便沿著馬路慢慢走，他記得這附近有個小公園，但是找來找去也沒有找到。這麼早離開家，祇因爲不願意讓安幗有個印象，以爲他多喜歡留在家裏跟王阿姨相處。

當年安幗母親過世，他著實失神一長段時間，這事他一直沒對安幗提起，也覺得沒這必要，軍人嘛，感情上總是比較內斂，他現在知道安幗根本不以爲然，也由她去吧！安幗母親把家理得很好，向不用他操心，因此他一直把全副心思放在軍隊裏，他終生對安幗母親有說不出來的感激。退伍以後，才發現一直少的就是家庭生活，安幗母親過世了，他因此才有再娶的打算。那些年多虧得有安幗，不是做父親的自私，實在他不懂怎麼安慰女兒，要他帶兵他會，親子關係這學問從來沒有念過，堅硬了幾十年，就柔不下來，像一把年歲徒長的老骨頭，彎不下來。

胡將軍在走廊下站了會兒，發現行人比他想像的還多，他瞇起眼睛想看仔細點，總看不清楚，但是可以確定的，人是比以前多。全部是便裝打扮，也都過了下來。他應當經常出來走走，做那麼多人中間的一個，他一點不認爲在精力上輸給任何人，他觀望四周，覺得自己還改得過來。

開會程序並不長，但是席上有諸多老友，胡將軍急於和他們敍舊。退休後沒想到在另一個場合大家又都到得差不多，祇是脫下了軍服。

中間休息時分，胡將軍忙上前和遲入場尚未打招呼的陳永庭握手爲禮。陳先生他一向很敬重，金門兩次戰役把一隻耳朵震聾了，但是並不妨礙在做人處事上的靈敏、耿直，他們曾經在陸軍總部同過一層樓，彼此十分熟稔，因爲並沒特殊屬同，誠然是君子之交。

「胡老氣色紅潤，眞不容易！」陳先生仍是一逕平和、氣派。

「哪裏，聽說李公要退了，我們給他打打氣！」

「哦！這樣好，多一個位子讓給年輕人，應該慶祝！」

來往的人不斷打散他們談話，幾乎每人都有發洩不完的精力。

「陳公平常都做什麼消遣？」

「以前老覺得學問不夠，現在正好有點時間研究點問題，我沒事就看看兵學和史册，打算去大學旁聽。」

胡將軍一驚，急切問道：「陳老打算復出？」

「不！不！不！歲月不再，現在生活上很愉快，沒有負擔。」

「現在軍隊裏人事異動很大！」胡將軍不無感慨，想到周參謀說的人事，他大多陌生。

「哪裏都一樣，我們家不也一樣，大兒子娶了，女兒嫁了，就剩下老么還在軍中，他們現在好，有體制得多。就是要他成家推也推不動。」

胡將軍突地臉一紅，他再娶的事不知道陳老聽說沒有，又同時想到問：「令公子今年貴庚？」

「近三十囉，現下有些女孩家眞嬌，我希望他謹愼些。」

胡將軍直起腰幹：「那是對的，看我們的背後就知道。」

休息時間已到，會議又將繼續，兩人握手表示再談，胡將軍抓住一個陳公無法多言的時間，短暫地說：「陳公看過我那小女吧？」

陳先生點頭如浪鼓：「你不提我也早想問。」

兩人相顧一笑，意思到了，便各自回座。

桌上放了發言紙和筆，除非眞有話說，胡將軍泰半是不用的。現在有了心事，不由自主在紙上塗寫起來，從沉思中恢復意識後才發現滿紙竟是——「雪珊」二字，是安幗母親的名字。

這是他再娶的第二天，但是他毫無大喜之心，祇覺得安定了些，而且安幗也可以放心交個朋友決定自己的終身大事。他絲毫沒有愧疚王阿姨之意，大家都是有歷史、年歲的人，要的，不就是份諒解。他相信安幗的媽在天之靈會諒解。他滿紙「雪珊」背後，是對安幗的一份愧疚嗎？

胡將軍不自覺搖頭如鐘擺，他縱然有萬千戰場雄壯經歷，難堪的是無法在女兒面前說一句感情度稍夠的話，也很難在別人面前稍事託情，然而他自己後半輩子有了照應，不想這兩樣難堪卻撞上一起，他暗暗下定決心，要把這事辦好，因爲人生所求已不能再多，而機會更不可多得。做父親的要女兒嫁給軍人，是他知道軍人的好，他了解那份品質，也極爲鍾愛。

近中午時分，會議終於結束，胡將軍刻意和陳公相偕跨出大樓，四周人多，兩人不方便談什麼，一路無話直直走到路旁。

胡將軍打算徒步回家，反正時間還早，或者走一段路再搭一段計程車。

身後仍有參加開會的舊識相繼步出大樓，胡將軍與陳公一一擺手爲禮，胡將軍心中有事，完全沒留意安幗正站在他身後不遠。

「陳公！」胡將軍愼重其事，十分嚴肅的說：「我就這麼個女兒，她嫁別人我不了解也很難考核，我希望她和令公子的事可以成，我自己當了一輩子軍人，就了解軍人，我才能安心。」胡將軍用了「安心」二字，而非「放心」，安幗沒想到父親對她的感受竟是如此，在烈陽下、羣衆熙擁中，她父親的表白竟有些哀求的味道，她這一輩子也沒聽過的話。安幗呆站在原地，她父親的話像軟體塑膠罩得她走不動。

「我有這個誠心，我來安排！」陳公伸手和胡將軍重重一握。

「那我們再聯絡。」

陳公先上了車，胡將軍揮手再見，長噓一口氣，正要離去，才發現站在身後的安幗。

「咦，妳怎麼來了？有事嗎？」

「沒啊！下午沒課，想順道接爸回去！」安幗努力保持平常，似乎很不容易，因爲平日父女倆很少有感情的場面出現，也不習慣大的衝擊。

胡將軍在車堆裏尋找陳公坐的那輛，口中念道：「妳早點來就好了。」

「爸爸找誰？」安幗明知故問。

「沒有，一個老朋友！」胡將軍也極力在掩飾。

安幗柔聲說道：「爸，我們回去吧！」

家裏王阿姨已經擺上午餐，時鐘正敲了十二響，他們三人上桌吃飯，王阿姨細碎的說著早晨在市場上的見聞，許久以來，餐桌上才有了點家的味道。

安幗出神看著王阿姨，覺得王阿姨比任何女人都像家庭主婦，並不因爲她嫁了軍人而稍減她那份意味，她母親當年似乎也是這樣。

安幗又用眼角看到父親，父親正很專心的吃著飯，突然抬頭對王阿姨說：「我想喝點酒呢！」王阿姨連忙起身去拿。

她想想父親眞幸福，而父親所求及心願一向不多，爲什麼要教他失望呢？她父親的生涯當中有她的一份。她現在知道了。

王阿姨把酒拿來了，安幗也要了個杯子，自己斟上了一小杯說：「我也喝一點，陪爸爸喝一點。」

胡將軍笑了，安幗也笑了，日子好像眞的很好，她不必爲反對而反對。軍旅生涯不也是份生涯。任何人的都一樣。

「一切順其自然吧！」她想。

安幗打算守住父親的祕密，也許見見對方也不是什麼壞事。像父親一樣。

袍澤

傳剛抬頭檢閱桌前報到的八名中尉軍官。有關資料早在先前送達他手上。八張沉毅、結實的臉，目前人事資料上祇有他們的簡歷、照片、背景，至於一個沉毅、結實的人爾後會不會成爲好軍人，就不是資料可解的了。

順著他們野戰服肩上兩條槓往外望去，師部高地外的低邊景物盡收眼底。他在這個師待了十五年，時間不謂不長，卻仍然給他強烈的感受，或許因爲兵員常更遞的原因，更或許因爲他離職在即。

他畢業那年尚未修編新的任官條例，他以少尉任官，一路中尉、上尉、少校、中校、上校；從排長、副連長、連長、副營長、營長、旅長。除去受訓，他沒有一天離開過這個師，是他運氣或者人事經管原因他不得而知，應該兩者皆有，總之兩者亦不可分割。

從十五年前跨出校門等候派調、第二年下一期學弟分發到師裏，頭幾年還有相識的學弟可話舊；後來期別漸高、階級漸高，現在，他每年這時候爲新進人員作職前講習、布達，每年這時候，是他心情最複雜時刻。

在這之前，他會反覆再三默研手頭上相關資料，記住他們的姓名，經由照片、簡歷分析他們的個性、態度，甚至未來。他總希望在見他們第一次面的時候，可以很正確的指認他們，考驗自己這些年來的「閱兵之術」。

人形種種，何況軍人。軍人就是要有旺盛的企圖心。在等待新幹部報到期間，他會按照年年歲歲以來的作息表訓練部隊、巡視各地，這些，都不用提醒。未列出的作息，是他心底的一些項目，像是到江龍的排哨那兒坐坐。江龍是師裏一位士官長，資格更老，彷彿有這個師起就有他。

到他們報到點名那一刻，如果眼前是精神武揚、志氣高昂的後期學弟，他會打心底湧上一股熱流，若不然，不免深自惋惜，以致情緒低悶。

是他要求太高了嗎？不如說他太愛這個師了。從眼前年輕而朝氣的臉緣、肩頭往外平視出去，就是整個師部前操場、卡車、防禦工事，觀照他對這個師的感情、感覺、感受，那是不是一個軍人該有的情緒？他很少去研究。

他從桌前站起身，直走到報到排列，站穩在第一名身前，看到兵籍名牌上——周成斌。其實不看名牌他也知道名字。兵籍牌上的焊字向來給他一種鐫刻如勒石之感。

同時，周成斌收手、靠腿立正，眼光平視正前方，姿勢標準、正確而有力，雖然是一個操典上最基本的動作。他不由在心底暗喝：「好！」

排二、排三，以至排尾他快速走過，排面繼之而起的反應一如周成斌，他的眼光犀利，當下已經一一對照過各人兵籍牌上名字，一個不差，盡符他先前所記。那一列胸膛挺得堅實，有若金湯，可以一拳打下如如不動、不退縮。絕對可以打出一個擔當！

「周成斌！」他翻開點名册，簡單有力喊出。

「有！」短捷宏亮。

「李子敬！」

「有！」

那一聲聲「有」，就像小孩在外面玩，父母去喊，孩子的答應，由家的感情蛻變而爲國，階段不同而已，都能直入心肺。

他掩上點名册，重新望向他們的兵籍牌。總有一天，他們會記起在下部隊的第一天，曾經點過名。

十點，營區每個角落依時吹響熄燈號，號角聲在夜裏聽來有分安詳、平遼的味道，而且傳得遠。這號音傳剛小時候便總在耳邊。

對軍人而言，熄燈並不代表一天的結束，祇是休息。

他放下手邊正批的公文，抬起頭止息凝聽熄燈號，今天的號音所透露出的訊息自有一分清越，那是興奮，代表號手今晚心情滿好，恐怕是因爲有新排長報到。每天這時刻一直到破曉吹起床號是他一天中最警覺的時段。白天部隊作息、運作一切看得見，晚上這時辰在外面繁華社會正是開始，無所不在的社會過速進步，氣息徘徊營區四周，蠢蠢欲竄，流風所及，不能不防。他並非過度擔心，祇是身爲部隊長的一份職責、心事。營區中，有太多年輕人和年輕的心，要轉化成軍人氣質自不易。

步出辦公室，隔室副旅長也正現身，亮潔的銅環閃著柔和的光，副旅長敬了禮：「旅長查哨？」他笑笑點頭，兩人一前一後朝前走去。

副旅長在學校低他三班，預備班上來的，反應很快，所有經歷都銜接他之後，如果他調職成事實，他會向師長力保副旅長接任。副旅長對各連狀況十分進入、十分熟悉，帶兵也有一套。

高地似乎離天邊較近，所以日常景象比其他地區天空多變，有時風起雲湧、有時晴空無涯，但是今晚景象透著怪異，天邊布滿著暗藍夾紅，像颱風天。

「氣象報告說有輕度颱風接近！」副旅長不虧反應快，立刻就知道他端凝天邊的疑惑。至於要加強哪方面整備，就不必他再下達，這是兩年多來他們培養出的默契。

「靠近高地周邊的樹木和崗哨站要多加注意。」他指示重點。

「是！」

黑暗中迎面而來三個人影，些微光照下，看出是旅部訓練官、政戰官、本部營副營長。

「查哨？」他問道。

「是！」

今晚他想單獨靜靜，便對副旅長及三人說：「你們去吧！我四處看看！」

營區裏幾乎沒有一塊地他未踏過，是時間和腳下運動累積起來，投機不得的。

四下全部陷入黑寂，除去幾點微明——有些是營舍的門燈，有些是尚未入睡的長官房間盞燈。不起眼的燈火，卻指標似引在前方，忽前忽後，近了又遠，軍人的路應該是沒有終程的。祇有永遠走下去。

繞過小路，立刻有衛兵大聲喝道：「站住！口令？」

「余勝利！」

衛兵聽出是他，口令也無誤，端槍敬禮：「旅長晚安！」

「晚安！」

問了彈藥、裝備，不用查對，他也知道衛兵講得正確無訛，營區裏的一筆賬全在他腦裏，記得比他們家電話、門牌，甚至結婚紀念日都清楚。承意就常說他：「嫁給你也好，永遠記不清年歲，我就永遠不會老！」承意的溫厚、樂天，是最好軍人的妻，實在說，他對他的婚姻是很挑剔的，更考量得十分清楚，都因爲他禁不得家庭來磨，而軍人的妻太難爲，先就要獨立。承意本性是否如此，他不知道，至少她在婚後一天天學會了。

他在新婚期正逢部隊換防外島，他不放心，提早收婚假回部隊，他那時在當連長。部隊安定後，他休假回臺灣，在村子巷口遇見承意伴著父親，一老一小，一弱一婦，這畫面他首次看到，不禁鼻酸，並非悲涼，更覺得生命的尊貴。

回到新房，新的喜氣還沒沖散，承意倒是滿身、滿臉素淨。他換下軍服，無意中發現衣櫥門內玻璃鏡上有四條紅筆槓，有一筆似乎還特別新，好像剛剛才畫上去。

「這是什麼？」他問承意。

「好玩的！」

他那時年輕不耐多問，就到客廳陪父親聊天，走出房間正聽見父親在陽臺上衝對面陽臺上的人說：「我兒子升了少校哪！」

他們家對門住了以前的舊鄰居，其中有個兒子當了電視明星，做父親的轎車進、轎車出，跟著露臉；再如何，似不及他父親報導他晉陞時的得意。父親規定他回家必穿軍服，說很精神。但是當著他面說得那般大聲而得意，傅剛倒是第一次親耳聽到，祇有傻笑的份兒，當然不免有些酸。他父親的得意多少有些建立在他青年離家，成長後鮮少回家的生活上。

傅眞轉過身看見兒子站在身後，對他說：「兒子，那是李伯伯！」

他隔著陽臺問好：「李伯伯好。」

「怎麼樣，老李，虎父無犬子，我這兒子還可以吧？」

「比你是好太多了。」

傅眞仰天大笑起來：「那倒是眞的！不過你的也不錯！」笑聲開朗，中氣十足，傅剛跟著笑了。

婚前交往、新婚期他一直也沒向承意提過自己爲什麼會去念軍校；他是高中畢業後才考的軍校，不是預備班直升大學部的。

高中畢業聯考放榜後他同時考取一所公立大學電機系，父親拿著兩校的錄取通知單問他：「你自己意思呢？」

他自由慣了，當然喜歡念文大學，但是身爲軍人出身的父親面容嚴肅的告訴他：「你要念文大學我一毛錢不支持你，你念軍校，我先發你兩千塊，隨你玩幾天再去報到！」那時候父親一個月薪水還不到三千呢！

他是家裏的老大，父親對他要求一向較嚴，但是爲什麼老大就該承父志呢？而他父親又祇是幹到士官長退役。

他是在外面狠玩了一頓才赴軍校報到的。他後來慢慢發現因爲他的倔強，他父親早看準了的，所以非教他當軍人。因爲他的倔，所有訓練項目、任務他一一承受、完成。後來，他就沒再離開過軍職。

夜裏回到臥房，他要找睡衣，又看到那幾條紅槓。後來那些紅槓逐次增加，他發現他多回家一天就增一筆，原來是承意記載他結婚後在家的天數，他沒有點破，承意也沒有說明。他一直記得新婚，他祇在家三天。

後來他們生了一兒一女，十年，那扇玻璃鏡還沒塡滿，愈來愈紅便是，因爲範圍擴大了，恐怕再十年也不會塡滿，他於是叫承意擦掉算了，當他們的相處之道從來不是以天計算，承意便擦掉了。

階級愈高、責任愈大，不能經常在家既是事實也是必須，見她擦了，他到那一刻才鬆了口氣。彷彿背後一雙眼睛閉了起來。

也許調到總部，回家的機會會增多。他心裏的疙瘩在於坐辦公室當參謀眼前沒有弟兄，那算個什麼軍人。

通過崗哨，右前方即有一排營房，最旁邊那間透出亮光處便是江龍的房間，有時間，他總會到那兒坐坐，他畢業那年就認識了江龍，江龍那時還是個士官，兩人同連，江龍脾氣滿大，難得是並不怪。

他走進亮燈的房間，江龍正背著門不知道在看什麼。傅剛伸手在門上敲了一記，江龍竟沒聽到似，傅剛心裏不禁奇怪，這眞是少有的現象，江龍一向很機警。

「江班長！」他有時仍會脫口叫出江龍以前的職稱。

江龍猛然回頭，發現是他，連忙說：「呆的脖子都要被抹掉！」

他一腳跨進房間，房裏陳設簡單明瞭，標準的軍人房間，就不知三十多年的生活，怎麼就這幾樣身外物？江龍又沒有家好放。他沒有問過江龍在他的生活中什麼才是最必需品？

他看到江龍手上的信函似的紙張，頓時明白了：「有家裏的消息？」

「是！」便沒再多說。

江龍端出茶具、茶筒泡茶，他這兒有傅剛專用的茶杯，簡簡單單的淺綠色，傅剛最喜歡的樣子。

泡好茶，兩人對面坐下，傅剛覺得有滿腹話不知從何說起，倒又想聽江龍說說。

「我們連上分到一位新排長。」江龍泡茶十分熟練，到時辰就把第一道水倒掉，說是否則火候不夠。

「周成斌是不是？這小孩不錯！」

「是不錯，動作有點像旅長當年。」

「就是欠磨練！」傅剛接話快，說完兩人都笑了。

他剛分發到江龍連上時，連上士官仍多，行伍出身，有幾個不太看得慣正統軍校出身的，對他抱著觀望的態度，加上有些隨部隊出來的資深士官想家，性情難免不穩，他那段時間因爲銳氣太重，又自以爲是小吃了些苦，他們磨他，他相對發現資深士官經驗豐富，很可以倚仗。度過那段考驗期，他一直和他們情誼良好。他剛下部隊便碰上師對抗、下基地，沒有他們，他會受更多冤枉罪。

尤其江龍，文的武的都來，過年舞龍耍獅、寫春聯、精神布置；換防時器材裝箱、轉運步驟、武器保養，甚至碰上逃兵如何處置，如何辦伙，積數十年經驗，江龍幾乎從不犯錯，而且抱著分外謹愼的態度。這兩樣都很難得。

但是一直待在野戰部隊也不是辦法，前四年總部下公文來調查可推薦士官長到總部服務，不必再換防、下部隊、查哨，他要江龍考慮，江龍一口回絕，根本不予考慮，後來師裏推薦別個士官長去。並不是師裏就多累，總部就多舒服，完全是每個人都有自己嚮往，待得最慣的是最好的。江龍顯然清楚他最好的地方是這個師。

現在輪到他自己要離開，不論爲了經營、爲了資歷，他都不免有些悵然。

「我有個隔房叔叔從大陸出來轉到美國養病，他七十四歲了，沒幾天好活，急著要把我父親及家小的消息告訴我。」江龍突然冒出話，一時間讓人反應不過來，傅剛知道他這樣接前幾句的話題，是忍不住，也是要他分憂，畢竟出來近四十年，這的確是喜而不喜的消息。

「老人家還好吧？」

「前年去世了，我們家就我這房。我叔叔說死了也好，少受罪！就一直不甘心沒看到我。」

傅剛知道江龍祇是說出來便好，不需要他任何意見；想想，恐怕自己父親活得還好，就因爲可以看著他一步步往上走，穿著他喜歡的軍服，所以滿意。

他背脊不禁一直，慶幸有這麼好——家而且國的機會。

「你家裏還有人？」

「嗯！我媳婦和個兒子！」

傅剛想笑，卻笑不出來，原來江龍是有家及子嗣的，祇是看不到。

一個人身上背了兩代的悲劇。幸好他父親立志要他當軍人，承意也少抱怨，否則這如何去比？

他雖然少回家，至少家在那兒，而且他還有太多弟兄家庭要顧，江龍呢？

「怎麼從沒聽你提過？」

「變亂裏這情形太多了，不勝舉例，就不太提了。我來臺灣幸好是在部隊裏，如果做的是別的事，在別的地方待著，大概早瘋了。」

茶放放就涼了，這回江龍忘了兌水。是在時間的空檔中江龍體味出如何泡一壺好茶？是這原因江龍不願意離開部隊？是部隊更像一個家庭，更適合一個想家的人駐足？

原來「部隊即家」不是一句口號，是多少人的經驗、親身擠壓出來的感受。他們這一代軍人很難了解的，他們太多祇有國仇沒有家恨，不過一名純粹的軍人而已，肩上並無其他負擔。

他望著肩上三顆梅花，眞覺汗顏，發現比起許多前輩軍人他是有資歷而無經歷。

江龍站起身說：「報告旅長，我該去巡防了。」

天邊殷紅更重，有股分外的寂悶，江龍望向天色：「很快要起颱風了！」

是經驗，也是江龍以前被土八路一槍打中腿肚的後遺症，怎麼也好不了。傅剛拍拍他肩頭，兩人都搖搖頭無奈十分。

「這次是幾級風？」傅剛問。在測試那條傷腿的反應，江龍很少測錯的。

「起碼八級風！」

「風姊還是風爺？」傅剛玩笑問道。

「這條老腿早免疫於男女了。」江龍反應仍然快。

遠處傳來狗吠，伴奏得這營區極陽剛的男性世界更明顯。一年年新兵調撥進來，然後退伍，眞不覺得快，又常猛然想到確實快了點。一年一年，他在新兵身上看到了時代的腳步。

「好好調教周成斌！」他近乎自言自語。

「那是當然！」江龍承諾道。

「我可能要調職了。」

江龍頓了下：「要去歷練高司幕僚？」

「你聽到消息？」

江龍雖搖頭，卻十分肯定地說：「多少年來都是這樣，否則你比不過別人，自己吃虧。老太爺曉得吧？」

「不曉得。我也在等人令，早的話下月一號就生效了。」他苦笑了一下：「我自己也很複雜！到底在師裏待了十五年！」

「你放心，你還會再回來的。當軍人嘛，就是要當現代軍人，現在有體制多了，也好遵循，哪像以前！」

「我知道！」面對江龍種種，他經常會興起「風義兼師友」這話頭，因爲江龍比起他們這一代軍人，更見義氣、更把部隊拿來當家、更固執死守；江龍那一代是停住腳步，望著前面，等待後來。他們則注定繼續要往前走，而且經過江龍等等。

他無聲地拍拍江龍肩膀，不遠處傳來哨兵的聲音：「誰？站住！」

回到辦公室，一時風雨交作，來得既快且猛，出乎意料。師長已經指示各單位注意防颱，氣象臺原先發布的輕度颱風已經迅速轉爲強烈，而且跡象怪異。

各連連長很快集合在旅部辦公室，等候指示，並立即成立防颱中心。他們旅裏兼有外圍區，一般民房、民衆安全也在防區任務內。附近還有個疏導高地積水下流用的水道，經常有主婦、小孩洗衣或玩樂。平時還好，如果有水洩流而下，經過水道旁邊都很危險，別說是湍流之外還有風。事項交代清楚，傅剛特別重複要注意水道，不知道爲什麼，他總覺得那裏要出事。

「誰對那裏地形最熟？對附近居民也最熟？」他詢問在座連長。

「江龍！」

他鬆了一口氣，江龍性格穩健，辦這事應該沒問題。

「明天早上要江士官長帶些弟兄去看看水道有沒有要加強措施的地方，另外請士官長向附近居民說明，要他們全部疏散開水路四周。」

夜裏風雨更大，傅剛僅在床上寐了下，心緒不寧，其實是被外間的風雨聲給吵醒的，總像思考也在翻騰！

接近黎明，意外地雨速突減弱而至停歇，天邊現在不是殷紅而是渾濁、灰黑，使得黎明也不太明顯。

起床號隨渾濁天色響起，也是悶悶的。昨晚的明淨、清越不復，這樣的陰鬱，恐怕亦是天氣緣故。

營區內，可見到的地方全是著裝全副的弟兄們在做工，或在清排水設施、或將機動裝備駛入安全地帶，對弟兄們來說，這些根本家常便飯，他想到剛剛報到的幾個排長，倒也好，有機會可予教育、磨練！

是他們有誰命中帶風、帶水？資料中倒記載不到此。

乾風急吹，沒有雨，彷彿風更大了似的！已經有些樹被吹得面目全非。

他整個人的疲倦給風一吹，吹翻到身後去一般，完全消失。安靜的營區現在充滿了風的呼嘯，不是很吵，倒像大喇叭效果，全走低八度音調，臥底似的，有另一種吵的意味、成色。四周全給風吹得蒙塵。

他一個據點一個據點去看，腦裏偶爾冒上念頭——家裏不知道怎麼樣？

女兒還小的時候最喜歡風鈴聲音，一響她就笑，承意說她「命中帶風」，意思是靜不下，遲早要走得老遠；承意自己是風、雨都不喜歡，因爲不像平常日子，那是變奏；兒子呢，是不用上學更好。當然，最受影響的是他父親，步也不能散了，晨操也取消了，電視收播更受影響。

有一年颱風過後一個星期他才休假回家，家裏因在三樓沒淹水，乾淨如昔，空氣中有濕氣過重又因颱風甫過帶來的泥味，表面上看來還好。

快睡覺的時候，兒子、女兒全擠到他床上不願意走，承意說每個人有自己的房間啊？兒子快嘴接到：「那爲什麼吹颱風媽媽要我們全擠在你房間？」

想像中是一窩雞似的擠在一起，恐怕一晚上承意都沒法闔眼。這些，表面上是看不出來的。承意何曾怕過風？應該是怕風中是否安全吧？

不遠處江龍正率隊往營區外頭走，周成斌在旁邊，江龍年紀不小了，身手頂風而行反倒看出滿矯健，他目送隊伍遠去。不久風中再度夾有雨絲，打在臉上有點刺痛。

開完早飯，營區環境已經整理得差不多了。現在是風反而減小、雨量增大了；氣壓比先前正常，空氣中仍覺太潮濕。

氣象報告說陸上颱風警報已經發布，有關單位正在宣布停課、停止上班的消息。祇有他們不停止。

承意應當也不必上班。奇怪，他今天怎麼一直想到家裏種種？

風雨中電話驟然響起，傳令已經問清，幫他接了進來，是師長親自打的：「傅旅長，你的公文已經批了，下月一號生效，按時報到，恭喜！」

「是！我會準備好交接！」

一時之間他愣在桌前，其實早知道結果的消息一經證實了，反而更像夢，惹人惘然！

風雨吹打在玻璃窗上，如叮嚀，父親型的，比較直截了當。他突然想起江龍他們怎麼還沒回來，這時候再在水道邊就十分危險了！

桌上電話再度響起，是副旅長的聲音，聲音急促定有要事，偏偏時續時斷，隱隱聽到江龍兩個字！然後就完全沒聲音、光剩下刺耳的頻率。

他隨即一念：見到師長，要提力保副旅長這件事。好像還有什麼其他事要交代副旅長的——

江龍已經快到屆退年齡，也許退以後可以搬到他們家住，可以陪陪他父親。

傅剛從桌前猛地站起——怎麼今天腦子這麼雜、想這麼多？空想有什麼用？快速抓起電話筒想問問江龍他們情況，電話線內混雜聲音更刺耳了。

風雨中有輛吉普車直駛到旅部辦公室急停住，跳下的正是剛打電話進來的副旅長，急忽衝進辦公室，邊喘氣邊說：「江龍掉到水道中去了。」

原來眞是這事，種種現象似乎是個徵兆。死一個江龍抵得過三個新制畢業軍官，可是誰又該死呢？

他衝出風雨上了吉普車，坐在前座凝望前方或更遠的前方，都瀰漫風雨。認識一個人十五年已經足夠成爲至交，若兼有從屬之義——他幾乎每天都會看見江龍，那更夠了。江龍的不欲張顯，使得他成爲一個十分耐味的軍人。對於自身慘絕的背景，江龍早就認了！

「我來臺灣幸好是在部隊裏，如果做的是別的事，在別的地方待著，大概早瘋了。」江龍說。言猶在耳，卻彷彿被眼前的狂暴風雨一氣抹煞了；恐怕江龍也希望自己從沒說過。

車行很慢，一條樹枝橫飛撲到擋風板上。從風雨中回神過來，傅剛問副旅長：「怎麼發生的？」

「周成斌不懂風性，強要去關水閘門，不小心掉到水裏，江龍爲了抵住水勢拚命搶上去關水閘門，水勢太強，幾個浪頭似的把他打暈，墜入水道中。」

「周成斌呢？」

「他掉下去的時候幸好人還清醒，而且水勢即刻被水閘口減弱了，我們抛繩子下去救了上來。」

「好好教周成斌。」他說。

「那是當然！」江龍承諾果然做到了。

他是該責斥江龍呢？還是該嘉勉？也許，他們都把話說得太滿了。

風雨更大，他問副旅長：「其他弟兄呢？」

「已經撤離水道邊，留下幾個繼續觀察搜救的，盡量分布到下流道去，我囑咐過不許單獨行動！」

他點點頭，畢竟一個部隊不止一個人。不止江龍一個。

車開到水道下游處，在距離不遠時，由車窗透視外面，幾條墨綠人影矗立在狂雨中，四周除去風聲，即雨嘯，夠大聲的了！

幾條人影在風雨中，彷彿大地的靈魂，頂受風雨，仍逃不過生命的肆虐！

除此，沒有多出一條活著的靈魂。江龍的靈魂。

江龍的氣象腿此後可以不必再受風雨欲變天時的痠楚而大作預報了。

一個從來沒有提起要回家的老兵，這次是提早回去了！那些堅持是爲了什麼？

江龍的屍體在風雨停息後尋到，傳剛親自坐鎮殮屍。江龍排上幾個較接近的小兵，忍不住人前掉下淚來，周成斌希望能行孝子禮，爲江龍捧靈。江龍在臺灣，就部隊這個家了。棺前無子，捧靈的子嗣遠在他岸。多恨哪！

「就爲了這理由，也要當一輩子軍人！」傳剛在主持追悼籌備會議時望著一張張年輕或風霜已見的臉孔時，止不住悲涼爲江龍一生下了註腳。

部隊在風雨後環境迅速整理完畢，陪師長檢視過部隊後，回到辦公室坐在桌前，一切像夢。部隊的還原能力向來極快，因爲他們的動作不能停下來。

傳令敲門報告說有電話要接進來，他抓起話筒，線路已經修復得十分清晰，是承意的電話。

「家裏還好吧？」已經有好幾天的忙碌，來不及想到家，他又追問：「爸爸好吧？」

「都很好。你放心。你呢？部隊裏沒有事吧？」承意沒有一句要他回家的話，就是問問平安。她也早習慣了。

「很好，沒事。」他淡淡的說，一個軍人祇要正正當當的赴難，沒有什麼好說的。掛掉電話，眼光落在桌面訃聞上，簡單明瞭的一紙訃聞，很像江龍一生軍人。江龍凝肅端正躍然紙上，彷彿也在看他，讓人很難忘記的一張臉，十分中國典型。他得處理完江龍事後再離職，交接事宜同時進行，他已經向師長力保副旅長，一切都在正常運作中。

江龍的追悼大會在兩天後舉行。

離家出走

那天凌晨，儲永建夢見時鐘的分針掉落，秒針仍照常跳走。他由夢中轉醒，窗外天色灰濛，他再睡不著，他的妻子仲雙文正沉睡中。他看完早報，便空著肚子離家去上班。那天仲雙文出門後沒再回來。

儲永建等了兩天，確定雙文這兩天沒有在他上班時間回來過，開始找她。雙文能去的地方全問過了，或在街頭佇立，人羣熙攘，不乏徬徨路口者，或四處打聽，並不隱瞞。雙文會去哪裏呢？儲永建無法相信雙文離家出走了。

儲永建耐心繼續等了幾天，一無所獲，連通電話也沒有。

雙文娘家知道後，十分焦慮，幾乎是全家動員四處去找，原以爲是平常性鬧情緒，鬧兩天就出現，後來發覺整個事件平靜得出奇，雙文母親因此急出了病；雙文雙胞胎哥哥雙武，更急如熱鍋上螞蟻。雙武不知由何處聽說雙胞胎是一命相連，同生同死，他找得愈心切，愈不得要點，不免和母親連氣懷疑儲永建人品，是否儲永建背地虐待雙文而雙文好強不願張揚壓積以致出事……

儲永建最清楚事實非如此，卻不欲爭辯。他悄悄離開臺北到雙文念的大學及研究所之地，希望在雙文租住宿舍、念書環境中尋覓到蛛絲馬跡。

臺南，儲永建極陌生小城，他在學校四周奔走，發現自己老是在小巷中穿梭。往往走出路頭時，發現竟是條古蹟之巷，停著靜止的歲月，斑剝的磚牆，老樹抽枝，橫臥半個天空，牆角多樹，大半為金龜樹及一種不知名的樹，葉片圓大，幹身粗皮結塊，形狀樸拙。雙文竟在這樣地方生活六年——大學四年、研究所二年。以往他偶爾來訪，難能停留一天以上，周遭事物，鮮少興趣，現在一下子看清了這個小城，竟透出幾分深沉與神祕。

雙文交遊向不寬廣，訪探的難處似不在此，雙文電話簿留在家中，儲永建照碼依人打去，態度不免有所矜持，其中有雙文甚久未聯絡，對方即刻猜到八分，三分驚異、五分好奇。儲永建匆忙掛下電話，最後不得已仍託以若有雙文消息盼能相告。

面對雙文留下的淺灰色電話簿，一頁頁翻過，像一張張告示牌，透露著什麼。儲永建收妥雙文的電話簿，每忍不住拿出端詳。所列名、碼並不多，本子用之有年，滲出屬於雙文的氣息。雙文行事一向顧後，不過難說，這種人也會做絕事吧？

空洞的客廳，因為家起變端，亦顯得陰森，靜得像聽得到時間過去，莫非心境，將人罩住，人像鐘座的軸。該沉重而非對生命充滿好奇。

雙文為什麼留下電話簿？

壁櫥中雙文的衣服排掛整齊，冬夏兩式分列左右。冬季服顏色深、重，夏服淺、薄，僅此而已。儲永建實際不清楚雙文有些什麼衣服，所以不能確定雙文是否帶走了衣服。

室內一貫整潔，書桌臨窗處沾鋪了少許灰塵，筆揷在筒內，盆景已澆過水，煙灰缸清洗乾淨，如果要找尋線索，不過這些。宛如一個有心人處理身後，一切妥貼。然而雙文素性潔淨，收拾靡遺，豈非心態正常？

小城正是鳳凰花火紅季節，花頁高漲，老遠可見，巷弄盡處多有這樣兩棵樹，殷紅得不能解。儲永建對自己執迷尋來此地的念頭亦不能解。雙文三年前離開後便很難得重回小城，更少提起，友朋一一離開小城後，以往歲月其實祇像任何階段記憶，已經過去。祇有幾次他於雙文留在桌面的便條紙上，瞥見「臺南」字眼，好奇心使然，仔細看了內容，字裏行間淨是對小城日子的懷念，句中甚而有——「緩慢的腳步讓人放心，有著人的尊嚴和眞正的生活品質」之類。

是這樣字眼教人不安嗎？他當時看過後以為隨即忘掉了。

雙文的老房東陳太太還認得他，盛了碗青草冰給他消暑。雙文六年求學生涯，第二次換房子便碰到陳太太，和房東一家相處甚歡，陳家小兒子的英文是雙文給補習上的軌道，從國二補到考大學。有好吃、新上市東西，陳太太總是叫兒子端給雙文嘗鮮，雙文離開臺南時，陳家打條金項鍊謝師。

但是雙文並沒上陳家，雙文以前舊居房間早換新主，門上沒鎖，儲永建推門而望，在門外站了會兒。房間重新粉刷過，雙文以前住時是藍色，她則最偏愛灰色。現在為一列素白。房租也漲了好幾倍。陳家小兒子已念大學，早不需要補習了。陳太太說：「房子有人住，氣也旺一點，熱鬧比較好。」

「雙文最好，再找不到她那樣穩重、沉靜的女孩子。」

雙文是個穩重、沉靜的女孩嗎？他幾乎忘了。祇知道雙文隻身在陌生小城一住六年，有關她生活方式、學業狀況一概模糊。雙文六年小城似乎頗順暢，她甚至暑假大半時間都留在小城。

儲永建原不打算將雙文失蹤的事告訴陳太太，站立房門口，強烈感覺到雙文的氣息，彷彿一條舊路，難保不循味重回。這到底不失爲一條線索。他留下地址、電話，簡單告訴陳太太：「如果雙文來這裏，麻煩盡速通知我，謝謝！」

「雙文不見了?!」陳太太瞪著雙眼如銅鈴。

「也不是，鬧小脾氣鬧大了。」

「她不像那種人！」陳太太極力辯駁。

「我知道！」他安慰陳太太。青草冰黑黑的仍浮碗內。碗外一層水珠，眞不能相信那般黑的東西可以清心。

從陳家巷子走到大馬路，抬頭猛地望見學校的鳳凰花和其他的樹，雙文當年從巷子出來對正樹標便可直驅學校，她或許也去別的地方。他當然不知道。

因是週末，校園內走動著無課的學生，神色輕鬆，樹搖淸風，人的腳步因此輕緩了下來，當年這就是雙文的步調吧？

系辦公室內冷淸，唯一的一個人面埋桌面，看背影是個女孩。天花板上吊扇老舊，有氣乏力的旋轉，讓人幻覺更熱。他在門上輕叩三聲，趴著的女孩抬起頭回神半晌才問：「什麼事？」

「程老師在不在？」

「他今天沒課，星期一才會來。」

「有沒有他家裏電話？」

「有，但是鎖在助教抽屜裏，他也不在，現在沒鑰匙，星期一才有辦法。」說完重新趴下，這人八成是個工讀生，不知怎麼如此睏。

他愕然佇立無法即刻依言轉身。看光景祇有星期一再來了。程介煦是雙文的指導教授，雙文曾經由衷推許程介煦道德文章皆屬一流，爲人溫和敦厚，是現代人中少見。他現在抓一個是一個了。

雙文個性上的溫沉、嫻靜可說得於多年修練，直追程師樣張。雙文回到臺北進入報社資料室，因所學專長符合，加之爲人篤信，很快晉陞爲副主管。雙文工作方面他所知有限，每次打電話去，雙文不是開會，便正忙於新聞供應，他略略知道雙文負責一個計畫，報社責成她將所有資料輸入電腦，以應資訊時代所需，這工作可想而知繁瑣；然而雙文回到家舉止有條，不見絲毫躁亂。家中每天平貼妥當，家事上雙文用了點科學管理方法，他們居家生活再平常不過；辦公室他不知道，他們家中沒有一樣東西不在定位，當然，雙文出門時選穿衣服後例外，也祇亂那一張床。於公於私，雙文眞沒有厭倦這份生活的理由！不是她自己所選擇的嗎？

儲永建步出幽邃的校園，小城不愧文化古都，花木多具年輪修養，高樹濃蔭，涼風習習，儲永建不禁打了個寒顫，渾身泛起疙瘩。人在生活中眞不是那麼回事，一點一滴化於歲月中，高濃的樹影壓下，竟像一隻手，感覺到了生存的壓力。每棵樹似有自己的祕密，呈現出不同的面貌，儲永建停佇樹下，烈陽耀眼，他仰眼直視，天地逆轉，每棵樹或笑或憂鬱，定睛再望，萬里無雲，悶熱異常，標準南臺灣氣候，哪有雲臉。約是氣壓太低，壓得人心頭昏悶。傍晚時候應當有場大雨。

步出校區後，他依校園周邊繞迴數匝，眼睛望著學校外圍，躊躇回家或留下，左繞右繞，彷彿這樣便過六年。離開仍得再來，他決定留下。

他隨意在學校附近找了間小旅館，櫃檯登記證件時，服務生書寫緩鈍，他瞥見身分證上大頭相片，及配偶欄上的仲雙文，驀地陌生，這證件約是代表什麼？

服務生抬頭睇見他的神情，不免暗中打量起他，職業性生出疑惑心問道：「朱先生，你住幾天？」

念錯了的姓喚的仍是他，雖然顯得可笑。

「一天！」他偏少於外宿的經驗，老覺得服務生平白臉上塗得太紅。讓人看著累。

果然傍晚時分天邊滾滾雷鳴，夾雜雨點，迅速呑沒晴空，雷雨驟至。

儲永建心裏沒過夜準備，因此行李竟件未帶。小旅店設備粗陋，毛巾疏薄，牙刷掉毛，他隨意洗了把臉，拿衛生紙將水吸乾後倒頭便睡去。連日奔波擾心，尤其異地觸目陌生，使他直線進入夢鄉。他在小巷中穿梭，不止一次進入一條熟悉、背景人物全然陌生的路，完全的陌生，連似曾相識的感覺都沒有，直教他吃驚。他正要往那裏去，雙文拿出一紙契約似問他：「你出事的話，受益人塡誰？」

「當然是我母親！」他一驚，陡直醒來。言猶在耳，尙有迴音似未完全散去，不知是夏日酷暑或夢中無力教人急出一身汗。

雙文曾隨報社搭機赴外島訪問，出發前夕，他問雙文萬一出事，後事如何辦、受益人爲誰？雙文笑盈盈答道：「後事要辦得轟轟烈烈，收的禮金全部給我媽。」

「有這話就好辦。」他當時未多加解釋便草草結束談話，雙文並無不悅之色。本來嘛，兩個高級知識分子。

臨睡前，他們躺在床上看書，雙文視而不見，眼光發呆，他要雙文早點睡，雙文沉寂一笑：「你眞的把生死看得很淡？」

「原來生死由命嘛。活著畢竟現實，當然要弄清楚。」他知道雙文所指。

「如果是你出事呢？」

「照章辦理！」

「你好像完全不在乎！」

「死掉了還在乎什麼？」女人究竟不能避免情感用事，雖然望似理智。

「好像生死全不是問題嘛？」雙文驀地淚水垂面，順著兩頰往下落到書頁。

「我沒有希望妳死啊！也不是不在乎啊！」他分辯道。女人眞能攪渾事情。

「我知道，反正活著的也有些像死了。」

活就是活，死就是死，何來「活」像「死」？死而未死呢？這又不是賣油條、談生意。換做是他，寧願由別人辦理他的後事。活著就是一切責任。

那麼雙文是何意見？是何目的呢？此一驚汗，算做雙文託夢抑或他久思不得的頓悟？

外面大雨已停，由旅店可望見校園一隅。儲永建決定立即返臺北，如果頓悟可算一種觸類旁通，雙文不會來找程介煦，程教授永遠是雙文的精神指標，而雙文一旦放棄，會徹底消失。他但想知道原因。

他下樓到櫃檯付足過夜錢，取回了身分證，步出大門，外頭居然是個夜市。服務生在背後追叫道：「朱先生，你還回不回來？」仍是「朱」。

「什麼事？」他不解。

「如果你不回來，我們還可以租給別人啦！」

直令他啼笑皆非：「妳租給別人吧！」門前冷落，有誰投宿上門？也難說，今天是週末。

原打算轉到陳太太那兒打下招呼，略略思量，終究作罷，還是不要再加打擾。春水已經夠綢，何況眞不相干，不如留下懸念。

雙文並未在他赴小城期間回來，他於進門一剎那，觸目舊家，久久收不回眼光。再站，終於忍不住淚水出眶，雙文有何巨大理由非如此做？一個好好的家，不錯的收入、再過幾年即付清的房屋貸款、有前途的工作，雖然沒有孩子，大抵堪稱完整。如果下輩子再爲人，他恐怕仍選擇這樣模式。

一個沒有燈的家，眞像一個黑洞，而他，站在崖邊。

當然雙文絕非玩笑，卻是她現在如果安坐客廳，他頂多和她冷靜地面對面懇談吧？像足現代夫妻。他更希望好好揍她一頓！大丈夫，何患無妻？

炎夏之夜，他久坐成冷，彷彿愈陷愈深，在黑洞裏。他渾身冒起雞皮疙瘩，他知道，添加衣物亦無濟於事。

黑沉中，驀然響起一串電話鈴，毛聳驚心，由衷地，他多麼希望是雙文打來的，永建雙手撫面，潸然淚下如雨。他多麼恨雙文。

下午睡多了，漫漫長宵反而難有夢，沉坐客廳，總浮現起無數有關雙文的影像，一點一滴，他曾經看過，以爲忘了的。

雙文其實將身兼家庭主婦與職業小主管無法劃分從容。有人比喻如果你開雜貨鋪仍忘不了你寫文章的本事，那注定雜貨鋪也開不好。雙文卻不如此想，認定做人就應當善演各類身分；週日或假日，雙文一身粗布家常服從清洗到買菜及至操作完畢，她坐在桌前雙手撫面，背影望去，仿若一尊凝固於家事的女像。

莫扎特的音樂在那樣不流暢的空間四處奔竄，是影片中苦悶現代婦女鏡頭。雙文一貫在累極後傾聽品味精緻的音樂，他彷彿聽到她的心聲——這樣不用大腦做事，於人生有什麼意義？

有什麼意義？他也不知道。一直以爲祇是他的幻覺。

他每見雙文伏在桌前聽音樂，想像她那一刻所想的事——以前的男朋友？他們吵架時種種？做女兒時心態？念書時日子？如果時光不向前推進，他們都活不到現在吧？爲什麼雙文堅持家事做完後要聽莫扎特、穆梭斯基？應該他們可以交換意見，問題是他並非絕對把握了雙文思緒，他也祇是猜臆而已。而且就這樣讓猜臆過去。

他學雙文放了莫扎特的帶子，一點一滴的睡眠狀態，帶子跑到盡頭時，按鍵自動跳起，他才由迷糊中恍醒。雙文絕不會在音樂中睡著。

第二天雖是星期日，他仍清早即赴報社。報社外圍冷靜的程度很難相信這裏每天製造數十萬人閱讀的新聞。數十萬人堆砌起來，得多大地方？

雙文的同事張小姐來接他上樓，張小姐在報社做了十五年，聽雙文講她每天按時上下班，像咕咕鐘報時。他問雙文：「爲什麼呢？」

「發條嘛！她身體裏有個家的發條。」

他在電梯中忍俊不住，張小姐當沒看到。他隨即正住臉色，很感激張小姐沒追問雙文種種。張小姐身體裏有根發條，他知道。沒有扭到那程度，不會鳴響。

雙文的辦公桌獨立角落，正對整面落地窗及馬路，儼然一方之主。

「這就是仲副主任的位子。」弦外之音是——你可以仔細找找有沒有遺書什麼的。

「謝謝！」

儲永建沒有立即展開搜尋，他桌前坐下後，面對大樓環峙、遠山、雲岫，高不及地，安靜如眞空，坐久了似乎要斜衝出玻璃帷幕，覺得頭暈。

抽屜內排放整齊，除去文具、紙張、資料索引、書籍，沒有任何雜物，不似一般婦女喜歡將先生、小孩、全家福或寵物相片散置桌上。每個抽屜如此整齊，他不由背脊一涼，這眞像清理身前，處處透露玄機。雙文是如此用意嗎？

張小姐端來一杯水，儲永建暫提精神，頷首答謝。張小姐站了會兒說：「仲小姐做什麼事都滿有計畫的，往往一個計畫有好多方案。她的打扮也是最不落時的。」意思是打扮也是計畫之一。

他專心張小姐，聽她說一個似熟悉又陌生的仲雙文。

張小姐又補充：「還經常問我們好不好看。我發現她喜歡發呆。」

雙文總在出門前不能決定穿著，往往攤了一床衣服，東挑西配，最後眞來不及了，穿上最初挑選的衣服出門，行色故意裝得從容。

雙文卻很少照鏡子，她全憑直覺判斷衣服、身上、臉上哪裏對錯。他很少聽雙文講起自己的容貌，又十分暗地裏注意這一切。

哪一個才是仲雙文？他坐在仲雙文的辦公椅內，緊緊抓住桌沿，努力保持清醒，保持臉上肌肉不致僵硬，他想到昨晚上的哭泣，一個男人能哭哭還是好的，宛如——宛如一個女人偶爾失蹤嗎？偶爾？哼！

「儲先生你坐！」張小姐走了。她八成以為他們夫妻都瘋了。

他重新坐下，竟致虛汗淋漓。辦公桌旁靠了座資料架，少說有上百個資料夾，標籤精細，是雙文的手筆。最後一夾的標題當儲永建入眼瞼後恍然一驚，其上寫道——陳喬高事件。這與雙文的工作範疇完全沾不上邊。

他聽過這個人，也聽過這人的節目，是位過氣的播音員，久不聞其聲與節目，他與雙文是何關係？

他抽出資料夾，裏面資料不多，有陳喬高照片、年表及家屬向警局備案紀錄。陳喬高離奇失蹤了。資料完整，然而沒有結果。顯見雙文著重的也就是過程與內容。

——陳喬高，民國八年生，七十三年無故離家後下落不明。於失蹤前已計畫與陸學梅女士結婚，陳、陸皆係第二度結婚，各人子女全都成年且成家，均對此事樂觀其成，慶幸父母年老得伴。不意陳喬高於婚期前夕離家出走，經親屬多方尋找未果，陸學梅幾度痛不欲生，以致臥病。陳喬高子女特出面說此事非關陸女士，全係父親一意孤行，呼籲知道陳喬高下落者提供消息，以安家人及陸女士之心。

資料中另備陳喬高事功一覽表，顯示其於七十一年曾經製作電視節目，不僅投入半生積蓄，且爲考驗自己能力，效果似乎並不如期望，以致心血盡賠。據陳喬高兒女分析，這或是致命傷，現實生活給予的無情打擊，不是曾經風光的陳喬高所能承受。陳喬高經歷於七十三年戛然中斷。一個孤獨的老人，一個繁複多元的社會，再不是祇聽得到看不到的時空！是這樣嗎？儲永建將資料夾放入他的公事袋，這應當爲雙文私人所收藏資料。

他才跨進家，雙武電話即又響起，他表示剛去了雙文辦公室。

「找到什麼沒有？」雙武不等回答又說：「我今天找了幾個雙文來往較勤的朋友，奇怪他們的結論都差不多。」

「什麼？」他彷彿知道所以並不驚異。

「都說雙文個性沉靜，積壓久了難免會走極端。」

「噢！你做哥哥認識她最久，你覺得呢？」

「有一點！」雙武反過頭來問：「有沒找到端倪？」

他在電話這邊搖頭，想到陳喬高失蹤年餘，忍不住長嘆難抑，雙武也許看不見，應當感受得到，便不再追問，末了交代：「有消息再通電話。我媽問你過不過來吃飯？」

「不了，謝謝媽。跑了幾天，眞夠累的！」

「你什麼時候決定放棄？」

「不知道，我祇知道雙文並沒死，也沒有出國，我祇想弄清楚她的想法。」如果沒了雙文，他們的親戚關係仍能維持嗎？或許他想雙文心切時，可以跑去看雙武。

打開落地窗，臺北繁華已起，他們這座大廈可算市區精華地，當初決定傾全力購買時，最主要是考慮將來不必再換房子，小孩念書、大人上班、購物都還方便，尤其鬧中取靜令人滿意。雙文十分喜歡靠在落地欄邊看繁華臺北。

他再次翻看陳喬高資料，愈看愈有股說不出的味道，便決定即刻去拜訪陳喬高的子女。他發覺在奔波煩勞後，氣憤、悲憂的情緒已逐漸平息，取而代之的是冷靜。

他考慮應該先打電話給陳喬高的兒子陳子平，又怕打草驚蛇，讓陳子平有一口拒絕的機會，如果上門拜訪，當面拒絕總不容易。

陳子平住在臺北近郊，儲永建花了些時間才找到，陳家正開晚飯，他道明來意後，陳子平稍猶豫，見他靜立不動，才請他進屋。一個企圖風雅適足弄巧成拙的家庭。

陳太太及一個小男孩收了碗筷坐在一旁看電視，刻意扭小了聲，閃動的螢幕仍吵人，陳子平建議到書房去談，他求之不得。陳太太始終保持一份漠不關心又明顯敏銳的表情。永建能了解。

書房中有一張全家福照，陳喬高端坐正中，抱著孫子，其中幾張陌生臉孔，大約是女兒陳子晴一家。另外幾幀獎狀、獎章立在書架上，都寫著陳喬高名字，全部爲嘉許其對廣播的貢獻與成就。

陳子平一逕抽菸：「我父親是個很沉默的人，奇怪他居然從事了一輩子大衆傳播。」陳子平熄了菸又點一根：「你還沒說你來的目的。」

「我太太失蹤了。」

陳子平皺眉：「噢——」捺熄菸：「你怎麼有我們的資料？這應當是我們個人機密。」

「我從仲雙文，就是我太太資料夾裏找到的，她在報社資料室工作。」

儲永建接著又問：「陳先生，你剛剛說你父親是個十分沉默的人。」

「嗯，他很少說話，也很少讓我們知道他在想什麼，連陸阿姨都不太清楚。」

「但是他的聽衆淸楚他在說什麼。」

「後來也不聽了，他後來改做電視，收視率一直升不上去，他頗受打擊。」

「爲什麼改做電視？」

陳子平抬頭看儲永建：「你還常聽廣播嗎？」

儲永建一愣苦笑不能答，他連電視都很少看，雙文更不看，他們聽音響。

「一直到爸爸所有的錢都貼光了，仍然沒有把口碑打響，我和子晴幫忙還了些錢，更讓爸爸受不了，他不願意靠兒女。」

「你們找過他嗎？」

陳子平幾近憤怒地：「他是我父親！他今年如果仍在就六十七了，他還能活多久？我們什麼地方都找過了，連無名屍體我們也趕去認。」

「一點消息都沒有？」永建驀地浮起小城抬頭即見的火紅鳳凰花，拐不完的小巷，在辦公室睡著了的女孩。陳太太誇雙文一向乖巧，不可能出事，他陡地站起——雙文堅持不要小孩，他曾經於夜半在雙文的哭泣聲中驚醒，雙文正陷於噩夢中：「我夢到我懷孕了，我那個過了好幾天了。」

有時甚至雙文仍在夢中未醒轉，閉著眼睛不斷抽搐，他看著亦陷入夢魘，她怕什麼？怕將來必須依靠小孩？

陳子平搖頭嘆息：「幾個深山我們都僱山胞搜過，爸爸曾說他老後要隱居大山靈谷，他太不喜歡現代，他覺得現代對不起他！」

雙文責怪他問飛機失事後受益人，或對生死的懷疑，或責怪他的現實，他曾經愧疚，原來雙文沒有原諒他。

「就眞的失蹤了？」儲永建自言自語。

「一點點消息也沒有。」

「陸老太太呢？」他是問或許陸老太太能提供些許線索。

「我們更不敢再橫加刺激了，爸爸失蹤後，我們跟她唯一的聯繫也沒了，這一年多來，偶爾通個電話，也沒什麼話好說。」

「老太太放棄了嗎？」

「沒有。」陳子平起身推開與書房相通的一扇門：「陸阿姨十分固執，爸爸走時任何東西都沒帶走，甚至音響仍開在他愛聽的調幅電臺上，他的證件、衣服，甚至電話號碼簿都留在桌上。」

「電話號碼簿？」儲永建雖驚，倒不意外：「資料裏都有這些紀錄。」他想到雙文留下的電話簿。

「蓄意失蹤！」儲永建自語。他猶不甘：「我可以去拜訪老太太嗎？」

「有這個必要嗎？你頂多了解一點陸阿姨現在的心態而已，對她的刺激卻不小。」

儲永建這才發現陳子平長相岸偉，架勢十足，和他家中擺設全不協調；客廳中隱約傳來電視聲是另一種頻率。儲永建試探道：「你們家設計滿講究的。」

「全是我太太設計的。」語氣中並不同意這樣環境，他莞爾一笑：「說不定有天我也會學我父親。」又嚴肅神情正視儲永建：「仲雙文爲什麼收集我父親的資料？」

「也許學你父親。這是她私人收藏不具任何意義。」

「你找到仲雙文離家出走的理由了嗎？」陳子平嘴角不免調侃，卻實質有嚴肅的內在。

儲永建走到陳喬高房門口靜向裏望，陳子平隨後將所有的燈打開了，儲永建平直凝視：「沒有。你父親六十七歲，留下許多線頭和記憶，仲雙文才二十六歲。」他望到陳喬高書桌上有個座鐘，仍在走，發出滴答、滴答聲，在異常的空氣中分外響亮，走著一種說不出來的節奏，教他全身神經抽動。儲永建走近書桌拿起座鐘省視，果然是好的，座鐘旁還有個掛錶。

「這個鐘也是陳老先生的？」

「掛錶一直是爸爸最貼心的物件，他也留下了。」

儲永建似在夢中搖頭嘆息：「完全沒意義了。」覺得自己的心一片片往下掉。

「仲雙文呢？有沒有把錶帶走？」

「不知道，我沒留意，光集中找她和她的留信。」儲永建放下座鐘：「我還是想找陸老太太！」

「最好不要！人老了不太能記得什麼，也不太忘得掉！」

「打電話呢？我在這兒打！」儲永建逐漸不再堅持，他覺得自己愈來愈無力。

足足半刻時間，兩個男人俱沉默，聽著座鐘的走動，一聲一叩，連爲一長串。

也許吧？他仍會找去，在任何辦法都用過之後，能找的人、能找的地方都去過之後，陸老太太仍是一個線索，有一點點可能，都難教人放棄。他點頭：「我不去就是。你們會放棄找父親嗎？」

「我們的力量畢竟有限。他總有自己的理由。」

從陳家告辭，陳太太仍在客廳看電視，客廳光度扭小了，小孩不在客廳，也沒有小孩的聲音、活動，永建幾乎要懷疑也許剛才花了眼、岔了神！根本就沒有什麼小孩。

走廊上斜斜一雙小孩白皮鞋，小巧、純潔，是一個善於把握孩童心理的設計師。

「儲先生——」陳子平端正神情看著儲永建：「有關我父親的事，希望到你爲止。」

「我了解。」

儲永建至少確定一件事——陳家那個小孩是存在的。

回家的巷口蚵仔麵線攤上不少圍攏者，永建從沒吃過這家麵線，總因回到家便有得吃。據說麵攤在這方圓內堪稱一絕，名氣愈滾愈大，十二塊錢一碗，口碑遠播。雖不具合法營業資格，不讓做下去，似乎很難，因有口碑。

雙文書桌抽屜內並無手錶，他一抽屜一抽屜搜尋，確定雙文沒有留下自己的手錶。陳喬高資料袋內並沒有記載有關手錶與座鐘，儲永建不禁浮上一抹難解的笑，至少這一點他比雙文知道得多。他突然想起家裏有個座鐘，似乎許久沒看到了，雙文在家時老提到東、提到西，她喜歡鐘面清晰易看，並不知道那個鐘不太準。果然，他在家中遍尋不著。

而在某個角落，也許有個時鐘已被丟棄。在黑暗中，他彷彿聽到鬧市巷口有人的幸福。他對雙文的恨及時間吃蚵仔麵線的聲音，充塞著平俗的感覺一如這氣味，無法忘掉，祇是逐漸俗世而已。

黑靜、塵俗摻拌的客廳裏，電話鈴轟然響起，不會是雙文。是雙武吧？那個不安心、不放棄的雙武！儲永建悽惶地笑了。他發誓這輩子不再找仲雙文。

儲永建任由那鈴聲響去！

重逢之路

清曉，深圳羅湖車站薄霧初蒸，如秋天長野，瀰漫迷惘悽惻味道，四下細瑣流竄的聲波則若蟲鳴，益愈襯托得車站本質靜悄。又恍若蟲鳴，不辨東南。

朝陽初露，一道汽笛長嘯劃空，徹底擊破霧照之夢。這才清楚勾勒出車站裏到處是人，那一道道流竄的細瑣之聲其實稱不起爲聲音，不過是人與人走動不安定的空氣摩擦。

候車室不少椅位空敞，一落一落人羣翹首四顧。不算大的車站，隱隱蘊布比大車站更飽滿的離合意味。

李樊如湘沉默坐在候車室，八點鐘由廣州發出的班車進站尚有段時間，站內人潮雜沓，料想爲搭早車離去多，也不一定。有些小販、流浪漢不分晝夜以此爲根據地；也有些恐怕如她，趕早來接遲到三十七年的親人——她的丈夫。

如湘打量一身，簇新的唐式罩衫褲，灰底綠碎花，女兒子佳執意孝敬的，新則新矣，並不喜氣，意外吻合她此刻心境。她一個月前確定病況，子佳不時孝敬些新東西，吃的、穿的、用的。她令子佳打住，子佳還怏怏不樂。哎，這孩子。

由朦朧光照四處張望過去，擠滿了男女老幼，光背影竟像有幾個子安陪她來。三十七歲的男人，叫三十八，身材中等，到處輕易可見這類男人吧？恍似子安親身來等爸爸，四十歲子佳的心意則貼緊她身體。一女一兒，六十一歲老婦，如此結局，雖有生之年不長了，終算有個結局。等她過去，震勉跟子佳、振堂住比較理想，子安懷在肚裏到的臺灣，子佳不僅跟震勉相處過，女孩兒家心思周密，震勉舒泰些。沒想到兩年前突然得到震勉消息，才說可以釋放，她就身體不好了。

三十八年他們在上海分的手，頭五年她還滿心肯定會等到震勉。四十四年，她一過三十歲生日，打算完全放棄等待，在他們老家，女人有了兒女，又上三十，除了好好過活，其他，最好少想。

那年，子佳讀小學一年級，孩子貪睡，經常起不了床趕上學，早晨，她幫子佳穿妥衣服、洗好臉，一肩掛書包，背著子佳橫過田埂到學校，一路呼吸新鮮、涼冽的空氣，子佳半路便清醒了，她仍背著子佳，娘兒倆一路聊天，子佳每回都問：「弟弟在家怕不怕？」

「不怕，隔壁王媽媽會照顧弟弟。」子安是李家唯一命根，懷著他到臺灣，是男是女震勉還不知道，所以她分外小心，深恐這一兒一女有個差錯。

「爸爸明天會不會回家？」子佳剛到臺灣時一口上海話，現在臺語、國語全能上口，童稚軟語仍未變音就是。

「會！」她知道子佳想念爸爸。他們吃有功官兵薪俸，她確定震勉沒死，身陷大陸而已！他們仍吃他的糧，祇要她仍吃一天李震勉的軍糧、軍餉，她就一天是李家的人，鄰居當然地稱呼她李太太，小孩叫她李媽媽。

他們李家並非富裕的家庭，但由她算起，子佳、子安都活得很經心，他們一點疏忽不起，否則連最富裕的親情都會分散，那就什麼也沒有，眞正算窮人了。所以她可以說保留了全部的關心在子佳、子安和艱困的生活上，一絲毫不浪費其他事情上。子佳、子安沒父親在身邊，她至少保持親情的充足，雖不完整卻豐厚。

他們上了岸，初是住日式大雜院，母子三人分配到一間，吃住睡全在裏面，其他鄰居太太、小姐或不適應或鬧病，她早將屋子收拾抹洗乾淨，夜來躺平在地板，近處有座變電所和一畦畦蔗田，高壓電波發出的滋─滋聲音，白天尚不太明顯，夜闌人靜，彷彿穿過多刺的甘蔗林愈發詭異，分外望著天花板高。她於姊弟倆熟睡後由門隙看出去，南臺灣月亮異常清圓，懸在柏油塗身的電線桿上方，每根電桿黑著身子，直挺、昂然，回頭端視子佳、子安，子安下船便生的，早產，且奶水不足。因天熱，姊弟倆祇在肚臍處覆方薄巾。她當下決定分配新眷舍後做個小買賣。要讓子佳、子安吃好點。

大雜院有不少震勉同僚、舊識，絕多未攜家眷，三天兩頭在她屋裏走動，不時捎點日常用品，那些太太們陸陸續續是要來的，生活已經夠煩悶，不能另起事端，而人言如何避免呢？不久，大家也明白了她的忌諱，再不單獨上門。年輩高的老鄉，或有家眷的，她才坦蕩招待，震勉不在，門庭仍教不息，她努力保持李家的好客名聲。最主要，子佳、子安要在羣體中成長。

搬進分配的眷舍後，能賣的、典當的全掏空了，她沒幾天就賣起豆腐，機器不完備，她用土辦法做，起早睡晚背著子安推磨磨黃豆，賺份菜錢總還能夠，雖然辛苦，賣不完的豆腐做成豆乾、油豆腐、豆渣餵豬，再不留下家裏吃。豆腐青菜，青菜豆腐，飯桌上常擺著，子安還好，子佳到現在仍怕聞那味道。到底挺了下來。她獨力帶兩個孩子，祇要不餓死，成全了心裏那份貞烈，她是絕不改嫁的，爲了孩子也不肯！愈咬緊牙多愛他們、關心他們、帶他們，等震勉。

子安兩歲牙牙學語階段最喜歡搬個小板凳坐在門口看人，笑咪咪的孩子，豆腐、豆漿吃得臉蛋兒紅撲撲，手上一窪一窪肉窩窩，她在屋裏忙，不時傳出小銀鈴般聲浪，還有就是發音含糊的——爸爸！爸爸！她到門口去看，子安指著一個男人的背影告訴她：「爸爸！爸爸！」她發現祇要年長男人經過，子安就笑咪咪地叫：「爸爸！爸爸！」

她想想拋頭露面的攤子是不能擺了，來來往往的人容易教孩子野了眼。老同事們在極緊的生活費用中挪出點錢將衣服包給她洗。她還有兩隻手不是？

子佳、子安白天晚上眼前就一個母親，他們簡直是一體，她從小帶著姊弟倆睡，子佳升初中她便堅持子佳獨個兒睡，子安亦然，子安仍不時故意將制服放她房裏，早上可以到她身邊磨蹭一會兒，她規定子安自己穿衣服、綁鞋帶、盥洗，祇有飯盒她幫忙裝妥，正發育中的孩子需要注意營養。子佳早早分房自己照料一切，在個性上，子佳從小表現得獨立，這點像她。

每天傍晚，她收疊好晾乾的衣服，分戶標明，南臺灣陽光烈，收下來的衣服仍有餘溫，她抱著一疊落衣服，一團熱散不去，彷彿懷裏抱著太陽。早期生活簡樸，衣服少而顏色單純，鮮有紅、黃、紫色，她也早記熟哪套衣服是哪家的。她分家送畢，再將髒衣服一包包拎回，每逢假日，收送一套全交由子佳負責，子安則叫他一旁跟隨，檢查小姊姊有沒有漏掉衣服，子安頗盡職，小短腿跟得很起勁兒。她要孩子們明白自己是家中一分子，用勞力換生活並不可恥。他們雖有其他能力，祇好用勞力也是時勢迫人，也是無可奈何的事。可是在態度上，她絕不在孩子面前嘮叨、訴苦，增加孩子壓力。

因得如此，子佳、子安從小學全靠在一塊兒，尤其子佳，幾乎沒見使過性子，亂發脾氣。祇升大學一事，子佳扭足了勁兒，執意高中畢業後不再升學，那回，她頭一遭覺得自己陡然老矣，不必再幫孩子做決定，也無法再完全堅持一件事。

「我們全力培養弟弟。我想過了，我可以找份工作供弟弟念下去，我不要離開家到外地讀書，至少等弟弟大學畢業，過幾年我找個人嫁了，媽，妳跟我住。」

不管子安如何整子佳，子佳總是照單全收，小學時，子安懶得回家吃飯，子佳便頂著太陽回家幫子安帶飯盒，早上叫子安起床，上學幫子安背書包，下課送水給子安喝。那個幼時每愛問「爸爸今天回不回來？」的小女孩，再少問爸爸，也從不自我可憐。離亂中的孩子，無須多鍛鍊，已能善體時意。

子佳於子安大學畢業才完婚。仍住家近處。杜振堂為軍眷子弟從戎，收入固定而不豐，子佳高中畢業第二天在鄰近工廠謀了份會計職，等於從頭學習。結婚、生子、置屋一路沒另換工作，小工廠逐漸發展成為大工廠，子佳盡力不少。沒見過如子佳節省而韌性者。如湘清楚子佳一因環境一因像她。

子安則愈長愈像他老子。震勉個性耿介、聰達，反應敏捷超人而常招注目，同為此，如湘不知教訓子安多少回，子安恐因天生遺傳，如何皆避不掉。她訓誡子安，子安每回必垂頭貼手，她要他抬頭挺胸，子安雙眼眨動幾下，腿一軟便往旁邊倒去。醫師診視說注意力太集中、萬火攻心之故。似這專心的孩子真少見。往正經事上發展便好，她更加耐力扶持子安。

子安小學一年級她仍幫他洗澡，七歲小男生皮肉精細身材正抽長，其實更若女孩兒骨架。已有六分震勉雛形。子安站立澡盆內，她幫他洗腳，兩條腿細長、筆直，子安邊唱歌邊吹玩手中肥皂泡泡，他有本事將泡泡用兩手指拉長後吹到半空中噗哧破掉。她抓住子安的腳板哈癢，子安邊笑邊抽躲，樂此不疲，終於笑累了，便雙手扶住她的肩膀，一雙眼神采清亮的說：「媽媽，等我長大，我跟妳結婚好不好？」

「好！」她笑中含淚。

「我們永遠在一起，我睡妳旁邊，姊姊睡我旁邊，我在中間噢！我和姊姊去上學，妳在家等我們回來。」

「你長大了娶媳婦怎麼辦？」

「不要！」

她恍然驚覺子安正一天天長大，父親帶兒子容易得多，母親畢竟非男性。

她先在大床邊加了張小床，子安仍能於睡前、熄燈後和母親聊天才放了心。

「媽媽，妳睡著沒有？」分床第一天子安不斷找話講。

「睡著了。」她說。

「哈！騙人！睡著了還會講話。」

「媽媽，我跟妳再睡一天嘛！」子安小小聲哀求。

「男孩子要學著獨立啊！你不是答應過媽媽？」

「那妳唱歌給我聽，黑摸摸我看不見妳嘛！」

「重相逢，彷彿在夢中，其實不是夢，還記得幼年時光，你我樂融融——」她兼而淚下，終至不成聲調，子安由小床伸長了手緊握住她，已睡熟了。時間使震勉再看不見孩子童年一切。多麼遺憾。

所妙者子佳生了明明竟完全子佳小時候模樣，較子佳活潑、靈敏。來接震勉，她堅持祇帶明明，她要單獨和震勉再逢，明明充可暫代子佳，也是怕子佳、子安掩飾不住心情，將她發病的事透露出去，說不宜震勉一下撐不住。明明是個小鬼精靈，啣命照料婆婆吃藥、休息，還會唱歌跳舞娛樂婆婆。明明外表簡直是子佳翻版，個性上比子佳孩提時活潑數倍，恐怕爲環境使然。

車站裏人聲漸多，明明蹲在不遠處看土產攤，不外些魚乾、醃肉、蝦醬。和幾十年前沒大差別，車站似乎是不太變的地方。她和震勉婚後不久來這走了趟。

有班火車將開出，一時間不知從哪兒冒出來的人，手裏全是大包小包，急急往入口衝去。明明蹲在那兒，完全忘了四周，這情景不僅夢中，彷彿眼前便見過，如湘陡地胸口發悶、頭昏，顫巍巍急站起，切切喊道：「子佳！子佳！快到這兒來！」

周遭冷漠或奇異的眼神，明明仍蹲住不動，她張口結舌聲音凝在喉間。

突地一串長鳴，明明驚慌失神回頭便找大人狀，那張臉清平得多。如湘長長鬆了口氣，原來並不是子佳。子佳如這年歲時臉上總鋪著層蠟黃，也是那年代孩子特有的顏色吧？除去孩子沒父親作伴，她感激苦難時代賦與了他們生的感受，教孩子們懂事、溫良、孝順。他們到底見到父親了。凡此種種，可遇不可求。

由廣州發的火車現在正在途中，震勉一生耿介，臨老獲自由，可重享家庭溫暖，這路程，他仍得受些折磨。對於別後，震勉不止一次猶豫，曾有——七十餘老人，不宜再拖累妻小。或者妳已再婚，吾餘生有限，平添煩惱似可不必。

再嫁？爲了孩子最自然不過的人情了，當然，她並沒有。前陣子她每星期得去醫院一次，一邊追蹤病況，一邊持續在等待震勉的最後覆決。她心平氣定寫信告訴震勉——我們皆已是老人，孩子們也都長大各自成家，這當然不是我的功勞，是孩子們的生長過程所帶給我希望產生的結果，所幸困苦都過去了，現在是我們最少負擔的時候，你來，七十老人不致給社會太多傷害，我們可平靜安度晚年，我們沒有多少年輕相處的日子，臨去之末，能有點老的回憶，我相信這是上蒼、這個錯亂時代所能補償我們最好的禮物了。

震勉應當知道她沒有再嫁。她吃震勉的功俸，用得心安理得，無須多做說明。

他們娘兒三個俱習慣身爲軍眷。

杜振堂第一次在他們家出現她暗地一驚，振堂不僅是軍人，還是個少尉，剛由軍校畢業分發至他們附近營區，沒想到子佳對軍人並不敏感。子佳說：「媽媽，我認爲我們家無恆產，做生意我們又不內行，當軍人收入雖不豐，可是高貴，而且有保障，杜振堂個性像爸爸，耿直、善良，我相信他會顧家，會孝順媽媽。」子佳和振堂交往六年才結婚，婚後兩人將薪水全交給她管家，子佳堅持道：「媽媽妳會管家！我知道。」

他們早不用賣豆腐、幫人家洗衣服，子安業已大學畢業，她將振堂的薪水一半寄給親家父母，振堂應當盡爲人子女之分，振堂的父母悉數將款項存妥，打算將來給孫子討媳婦。子佳則經常買些首飾、衣料給她，要她打扮，恢復小時候對母親的印象。子佳總說：「媽媽是出了名的美人呢！

氣質典雅，應當打扮。」

她覺得沒那必要，震勉不在，她盡量樸素，免得招攬口實。並且孩子們賺錢不易，苦過來的，不可做大心理。

她確知得病那天回到家裏，子佳正在做飯，她望著子佳的背影，想到子佳今年四十了，她的小女兒變爲老女兒了，心頭轟地湧滿不可言喻的痛，震勉眞的看不到子佳的成長過程了。她反而不在意震勉是否看到子安的成長，子安雖爲傳統上所謂的李家香火，因是她從頭教養，是好是壞她還不怕，子佳不同，子佳震勉帶過，子佳對父親有非常深刻的印象。

這個老女兒，平凡、耐煩，容貌清雅而已，震勉會失望嗎？

順著軌道望去，沒有盡頭，火車應當快到了，火車比輪船、飛機好，鮮少因酸雨、濃霧停駛，也有固定的路線。除非人爲破壞。他們撤退前後，從沒見過一班準時的火車。

她招呼明明過來。驀起四周一陣騷動，火車要進站了。

如湘直覺似站起，喟然道：「明明聽見火車叫的聲音沒有？」

「有，火車好像很高興噢！」

如湘一笑：「嗯，我們別跟大家擠，我們稍站遠一點。」

「那看不見爺爺了。」

如湘低首一嘆，心想：「爺爺化成灰我也認得出來！」

「婆，我想站在出口那邊去看。」

「好！」

明明趴在月臺與候車室之間柵欄上，踮起腳向裏望，火車進站後，不止人移動，還有聲音的起伏，小小的明明拋首亂流中，分外稚弱。

出口一旦有人出現，有即被簇擁而去者，有隻身離開者。明明好奇地且十分專心，發現可能是爺爺者便回頭目詢。

震勉在出口現身時，她倏地站起，明明一見，即刻跑回她身邊，握住她的手，睜大眼睛，傻笑著，約是覺得好玩。

她張口欲喊：「震勉！」雙唇痲木，失了神經。

震勉果然目光茫然，卻一本往日習慣，脊樑挺直，步出出口處便靠邊站定，這是震勉個性，素不輕舉妄動。手上祇一小提箱，同爲舊物。

如湘但覺兩頰滂沱，其實爲心底淌血。勉強集中視線，其餘旁觀景象皆模糊，吵雜之聲自消弱了去。

如湘移步，即刻震勉發現了，直直望來，白髮覆頂，一如白雪；多而稠密，剪得短直，一如從前。雖三十餘年不見，亦不隨便張狂，震勉一直是個有骨格的男人，在那兒，仍不肯放棄吧？臉上線條因此壓抑成爲如此簡單。如果她早知道是胃癌，也許寧願沒有這一刻，生的歡愉闕如，老病流離倒多。

「震勉！」她輕聲喚他。

「爺爺！」明明隨即加入，子佳再三提示的。

「是子佳的女兒？」震勉問。

「叫明明，是子佳的老二。」

震勉打開手提箱，裏面除了換洗衣服，便是幾個泥塑小玩偶，震勉拿出一對給明明，小明明高興地：「哇！這洋娃娃跟我們家的都不一樣吔！」怎麼看，是三十年前的手工藝。

「什麼都沒帶。」震勉嘆道。

完全如那年她攜子佳出來時的行囊，如湘痛徹心頭，這才流下眼淚：「出來就好了。」

震勉臉上亦兩行清淚：「妳辛苦了！」仍如往昔，正直而有情義。

要在那樣環境堅持舊我，需要莫大毅力，非三兩年涵養功夫能立影。

震勉抱起明明：「這孩子眞不輕，子佳小時候沒這麼健康——」話聲戛然止住，放下明明，從袋內掏出手帕，掩面搖頭不已。

「震勉！震勉！」如湘把住震勉兩臂，少年夫妻老來淚，她不要子佳、子安來，不要子佳見到夢中堅毅的父親不能無淚無驚。

「婆！婆！」明明驚惶地，跟在一旁嗚咽。

「沒事！沒事！」震勉搖首喃喃如晚鐘。

如湘眼前一黑，三十餘年來的懸念，一霎間由記憶的箱櫃中傾洩而出。

「沒事！沒事！」如湘仍在倒地前那一刻堅持道。不確定抓住是誰的手。

由極平靜無邊、極黑暗中睜開眼，是個極白的世界。是她每次由噩夢陡然清醒，是每次去醫院檢查後睜眼看到的畫面。那麼，是個夢了？她幾十年受的罪，思念震勉的痛，仍然存在夢與現實中。淚水默默無知覺由眼角流下，如湘掙扎要起床，腦中冒出震勉老去形貌，那麼不是夢了？

她從不知震勉和她都老成這樣。

如湘靜坐床沿，拭乾淚水。生與死，兩者皆教她爲震勉心痛，生的等待，死的無奈，震勉一生剛毅，如何消受得了？

爲什麼非在她確知得病，震勉老邁垂頹之時兩人重逢？

「老天爺啊——」她仰面顫抖無言！得知病變那天都不致絕望如此。那天，她步出醫院，天色耀眼湛藍，路上仍走著不斷的人潮，幾十年來，她再少注意陌生人的臉面，從那個常到他們屋裏走動的趙佑誠開始，她雖不怕男人，卻養成低頭走路、做事的習慣。

幾十年後，驟然重新抬頭看人，那一張張面孔明顯陌生。什麼理由，她在這些陌生面孔中活了下來？

他們現在略有積蓄，振堂退休後可領終身俸，孩子念書、看病皆有保障，子安工廠一天天上軌道，仍能重逢，應當滿意了；衣食無缺，震勉生活便不成問題了嗎？人生祇這重逢？

如湘茫然抬頭，正看到震勉牽了明明推門而入，令人一顫的臉，再沒有比這更熟悉的了。眞不是夢。

「沒有事，震勉，我沒事！」如湘在心底一再向震勉保證，無論如何，能多活一天，就算多賺一天陪震勉。

「問了半天醫生，都說要住院觀察。」震勉急切道。語氣後面留了份沉思。彷彿她一覺睡去再醒來世上已數十年，他看她比之在車站乍見那刻還不自在。因爲已感覺到有些別後之事他不知道嗎？

「不需要，祇是貧血而已。我們早點回家！」如湘想到：「是你送我來的？」

震勉苦笑：「不是，妳也知道我這方面早荒疏了。」

「我——」不擅求醫那最好。她可以一個人去看病。

「我們走，回旅館拿了行李就去訂機票。」

「如湘——也許我們在香港留幾天再決定！」震勉又說：「我們敍敍。」

如湘軟弱地：「爲什麼？」

「妳知道——生活習慣差距太大了，我怕眞拖累了大家，我早說過這不是辦法，夫妻一場妳這樣做也太夠了。」

震勉不止一次開口便是：「妳知道——」勝似一份自我表白，又像一份推諉。如湘內心痛的狀態竄滿全身，以致痲木。

「你至少得看看孩子，孩子也極想看看你——」她當即住口，聯想到孩子們沒來接父親，所以震勉不安——

「是我堅持自己一個人來，我想單獨先見你。」如湘急切說道。

「孩子們都大了——」震勉躊躇低落。

「還有孫子，還有外孫啊！」如湘聽到自己的聲音彷彿都扭曲了。

明明驚惶地靠緊婆婆。

震勉簡單的行李，適足說明他此行決定嗎？

「明明，妳跟爺爺說。」如湘不住抹淚，好好一家人即將團圓，她生了病，一定是她曾經做錯過什麼；兩個孩子始終姓李，她獨立將他們拉拔大，她從不和單身男人打招呼；爲了震勉安全，她不和他通信。她做錯什麼呢？

孩子終究認生，難免怯懦不前。

「爲什麼呢？」她沉痛似自問。抬頭盯住震勉。祇這個男人可以毫無顧忌盯著他。

「對你們不好！對你們不好！」震勉搖頭，頸項無有知覺，聽命潛意識行事而已。

數十年剛毅自守如震勉，這就是環境？就是一種影響？一種讓人怕的空氣？如湘沉甸床沿，爲震勉不明說深自哀痛。

「沒有什麼好不好。」她意氣消沉卻肯定地告訴震勉及自己。

「否則我就不能來了，我們都老了，可憐子安一天爸爸也沒叫過，孩子們身心皆健康，你如果看到會感到欣慰的。」她再說。

震勉輕觸床沿，十分拘謹，幾近自語地：「更回不得家了。」

「震勉，你是故意和我們過不去？」如湘嚴厲問道，她實不能解。

震勉站起，悽惶苦笑：「我們先回旅館再說吧！妳眞的沒事？」

回旅館的路他們以前走過，如湘側目觀察震勉，震勉直著眼無甚好奇，恍若不識。「他眞老了？」如湘想。

回到房間，如湘即刻撥了電話給子佳，失蹤這幾個鐘頭子佳必定急壞了。「順便要子佳勸勸震勉。」她想。

果然子佳打過幾次電話進來，不是沒人接，就是清潔婦接的。子佳在那頭問：「爸爸呢？他精神還好吧？媽媽妳呢？累不累？」

「妳跟爸爸說話。叫爸爸。」如湘對女兒說。

震勉顫著手接過電話，叫了聲：「囡囡——」再說不下去，淚水順著鼻側流下，無聲無臭。如湘嫁進李家後，見過震勉哭的次數加起來沒這半天多。

通話時間，父女倆大半唏噓相對，不能成句。

可憐明明折騰一天早倦了，一貼床便睡著了。震勉放下電話，真正祇他們兩人。如湘遞上乾淨毛巾給震勉擦臉，兩人面面相覷，沒有擁抱，如湘仍覺動心。震勉沉住聲音說：「我們都老了，妳看妳，怎麼老成這樣子了？」

「小孩都安安全全養大了。」她不免兩淚如注。

「子安還像個男孩兒樣兒吧？」

「快四十的人了，長得你從前一個樣兒。」

「苦了妳，我知道！」震勉攬過如湘，仿若攬著四十載記憶，不敢重擁，怕捏碎了。

「你打算呢？」如湘問。

「過一天是一天吧！先在這兒待幾天，妳知道，我——我們眞是老了。」

「聽你的。」

「這媳婦兒還算回事兒！」震勉苦笑調侃。

夜來，明明睡中間，他們各睡兩邊，隔著明明，如湘知道震勉那頭並沒睡熟，老年人的習慣她全知道，但是臨睡時她不知道該不該關燈，那是青年時的生活習慣？

她很早便醒了，約五點左右。心裏老掛記著早餐弄些什麼給震勉吃。果然她一起身，震勉便有了動靜。

「你再躺會兒，我去給你準備早點，你想吃什麼？」

震勉穿上衣服：「早沒那習慣了，如果妳要做，來碗湯麵行了。」

如湘慚愧地：「不是我做，我請他們準備送來。」

「那更好，我們聊聊。」

震勉不提去留，不時要求如湘將幾十年來經歷斷續連起來。

說到子安初中幾乎學壞，震勉聽得特特專注。子安初中有一年不愛上學，每天照常帶了飯盒出門，她暗地覺得不太對勁兒，跟蹤子安幾天，抓到他確是逃學後，狠狠死抽了子安一頓，然後要子安跪到李氏祖先牌位前，子佳陪著跪，兩姊弟跪了一夜，她在房裏繡了一夜花，針扎得指尖上全是肉刺。她從不捨得打罵孩子，眼看子安不穩定就要毀了，李家就這麼個香火，是活就活了，賴活著不如死去。天亮雞啼時，她去叫子佳起來，子佳一站起身便暈了過去，子安咬緊雙唇，努力不讓淚水塌下來，專心幫姊姊扇風。以後再沒逃過學，功課也一天天漸有起色。

當年心切，實在沒多想父親不在身邊的男孩子怎麼長大，重病下猛藥，而子安天性良善，否則也可能更糟糕。

震勉總不免老淚縱橫。

斷斷續續忽焉六天，明明愈來愈愛鬧脾氣，彆扭時便站到陽臺欄杆邊看附設泳池裏的人，若有小朋友，明明才暫忘人生地疏。不僅明明氣息奄奄，如湘發現震勉神色益愈黯鎖，除了倦累難掩，甚而精神愈來愈難集中。

「哪裏不舒服？」如湘輕慰，她讓震勉躺著，完全忘了己身疼痛。

「沒有！大概不習慣繁華，總覺得雙眼生花，顏色吵得頭昏。」倦累顏色似由震勉的臉面而喉管、背脊、手腳，使他無力舒展，又不是病。

如湘問起家鄉淪陷後種種，震勉總是：「哎——」無言帶過，似不忍也不願多提。至於故里親朋，死的死，下落不明的下落不明，因爲窮，絕少聯絡得起，到底還剩哪些活著親人，無法知道。

曾經偌大家族，竟連個問候對象也沒。

震勉疲乏欲睡時便讓如湘再講一回子安得模範生的事。子安將獎狀放在抽屜底不肯示人，子安說：「姊姊都沒有這張獎狀，衹我一個人有，可見不是什麼好名堂。」

子安、子佳由小學一路到大學，逢上畢業典禮她一定去，代表震勉坐在家長席，會場嚴肅，她毫無辦法地覺得孤單。

和明明三人擠在一張床上，每晚夜半她一定陡然十分清醒，明明睡熟了，震勉的臉及呼吸並不安穩，如湘起身凝視這一老一小，震勉他沒見到的歲月歷程，如今呈現在時間裏，她仍認得出震勉，是因爲本能反應？抑或她另一地陪震勉同時老去，有相同的心境？

震勉每晚會如她一般不時醒來省視她們吧？

她的胃痛無時不在膨脹，尤其深夜。碩大擴張彷彿觸及心瓣，抵得她心痛，如記憶在啃噬，靜悄無聲。幸而這回震勉在。

恐怕到家便得即刻上醫院報到。若果瞞不住，震勉會怎麼想？如湘醒後沉沉睡熟，就彷彿巨痛一棒敲昏了她。

震勉愈來愈明顯的倦色，沒有因休息減低反而明顯，她覺得不安已極，經常追問，震勉說——沒事，無非年紀大了。

他們吃過晚飯愛在旅館附近散步，明明一手牽一個，誠似子佳小孩時。

第七天，震勉老陷於發呆中，她再次勸道動身，在旅館想煮個補品給震勉吃都不能，她另盤算著回去以後，要找她的醫師給震勉做全身檢查，當然，她會囑咐醫師嘴巴緊點。震勉至少還可以再活個十年。

「好，我們回去。」震勉答應了。十分疲倦。

夜裏，如湘睡了個難得的好覺，一早醒來，床上祇有明明，天色仍昏，有下場大雨的跡象。震勉的手提箱不在屋裏，如湘靜靜環掃一周，桌上放了封信。

如湘吾妻如晤：

一週朝夕相處，得知孩子及吾妻數十年來點滴，老心堪慰，雖不免遺憾，死可瞑目。

孩子們堅強上進，李氏列祖宗地下當謝吾妻，吾亦然。老來重逢，是數十年心願終得償，本該闔家團聚，以享天年。深思再三，吾以待罪之身不能再拖累家國，不久之後，吾妻便可明白一二，再則，以數十年受罪之身，萬不願和共產黨妥協，就算一命嗚呼，亦要化成一條蛆，啃蝕那壞了的政權。

若有來生，來生當報。

問候孩子們好！餘不一一。

夫　李震勉留字

如湘趕到車站，早班赴廣州的車次已發，由廣州來的班車尚未到。她癡坐候車室，久久無法動彈，宛似在等廣州來的車。

班車早來過了，她知道那滋味。震勉一生昂然不屈，難得年老仍如此。她凝視去的鐵軌，再遠便眺望不到了。

明明仍在旅館裏，如湘朝鐵軌去處深深鞠了個躬，轉身離開了車站。

兩個月後傳來喪訊：李震勉過世。他身罹絕症，這是放他出來的原因。震勉不讓那些人如願，知道去日無多，下定決心。

如此結局，如湘反倒平靜下來，她的病奇蹟般沒有再惡化。

再見不遠。她想。

陪他一段

費敏是我的朋友，人長得不怎麼樣，但是她笑的時候讓人不能拒絕。

一直到我們大學畢業她都是一個人，不是沒有人追她，而是她都放在心裏，無動於衷。畢業後她進入一家報社，接觸的人越多，越顯出她的孤獨，後來，她談戀愛了，跟一個學雕塑的人，從冬天談到秋天，那年冬天之後，我有三個月沒見到她。

春天來的時候，她打電話來：「陪我看電影好嗎？」我知道她愛看電影，她常說那是一個活生生的世界在你眼前過去，卻不干你的事，很痛快。

她整個人瘦了一圈，我問她哪裏去了，她什麼也沒說，仍然昂著頭，卻不再把笑盛在眼裏，失掉了她以前的靈活。那天，她堅持看《午後曳航》，戲裏有場男女主角做愛的鏡頭，我記得很清楚，不僅因爲那場戲拍得很美，還因爲費敏說了一句不像她說的話——她至少可以給他什麼。

一個月後，她走了，死於自殺。

我不敢相信像她那樣一個鮮明的人，會突然消失，她父母親老年喪女，更是幾乎無法自持。

昨天，我強打起精神，去清理她的東西，那些書、報導和日記，讓我想起她在學校的樣子；費敏寫得一手灑脫不羈的字，給人印象很深，卻是我見過最純厚的人。我把日記都帶了回家，我不知道她的意思要怎麼處置，依她個性，走前應該把能留下的痕跡都抹去，她卻沒有，我想弄懂。

費敏沒有說一句他的不是，即使是在不爲人知的日記裏。

她在採訪一個「現代雕塑展」上碰到他的——一個並不很顯眼卻很乾淨的人；最主要的是他先注意到她的，注意到了費敏的眞實。費敏完全不當這是一件嚴重事，因爲他過不久就要出去了，她想，時間無多，少到讓他走前恰好可以帶點回憶又不傷人。

但是，有一天他說：「我不走了。」那天很冷，他把她貼在懷裏，嘆著氣說：「別以爲我跟妳玩假的。」口氣裏、心裏都一致的——他要她。費敏經常說——一個人活著就是要活在熟悉的環境裏，才會順心。這是一件大事，他爲她做了如此決定，她想應該報答他更多，就把幾個常來找她的男孩子都回絕了，她寫著——我也許是；也許不是跟他談戀愛，但是，這也該用心，交一個朋友是要花一輩子時間的。

費敏在下決心前，去了一趟蘭嶼，單獨去了五天，白天，她走遍島上每個角落，看那些她完全陌生的人和事；入夜，她躺在床上，聽浪濤單調而重複的聲音，她說——「怨憎會苦，愛別離苦」，這麼簡單而明淨的生活我都悟不出什麼，罷了。

我想起她以前常一本正經的說——戀愛對一個現代人沒有作用，而且太簡單又太苦！

果然是很苦，因爲費敏根本不是談戀愛的料，她從來不知道「要」。

他倒沒有注意到她的失蹤，兩人的心境竟然如此不同，也無所謂了，她找他出來，告訴他——我陪你玩一段。

我陪你玩一段?!

從此，他成了她生活中的大部分。費敏不愧是我們同學中文筆最好的，她把他描繪得很逼眞，其實她明白他終究是要離開的，所以格外疼他，尤其他是一個想要又不想要，是一個深沉又清明，像個男人又像孩子的人，而費敏最喜歡他的就是他的兩面性格，和他給她的悲劇使命，讓她過足了扮演施與者這個角色的癮。費敏一句怨言也沒有。

他是一個需要很多愛的人，有一天，他對費敏說了他以前的戀愛，那個使他一夜之間長大的失戀，那個教會他懂得兩性之間愛欲的熱情；費敏就是那個時候認識他的——他最痛苦的時候。他說——也許我談戀愛的心境已經過去了，也許從來沒有來過，但是我現在心太虛，想抓個東西塡滿。費敏不顧一切的就試上了自己的運氣——他對她沒有對以前女友的十分之一好，但是，費敏是個容易感動的人。

開始時，他陪費敏做很多事，徹夜臺北的許多長巷都走遍了，黑夜使人容易掏心，她寫——他是一個驚嘆號，看著妳的時候都是眞的。有次，他們從新店划船上岸時已經十一點了，兩個人沒說什麼，開始向臺北走去，一路上他講了些話，一些她一輩子也忘不了的——我需要很多很多的愛。費敏見他眼睛直視前方，一臉的恬靜又那麼熾熱，就分外疼惜他起來。她一直給他。

他們後來好得很快，還有一個原因——他是第一個吻費敏的男孩。

她很動心。在這之前，她也懷疑過自己的愛，那天，他們去世紀飯店的羣星樓，黃昏慢慢簇擁過來，費敏最怕黃昏，一臉的無依，滿天星星升上來，他吻了她。

有人說過——愛情使一個人失去獨立。她開始替他操心。

他有一個在藝術界很得名望的父親，家裏的環境相當複雜；他很愛父親，用一種近乎崇拜的心理，所以，把自己幾乎疏忽掉了，忘記的那部分，由費敏幫他記得，包括他們交往的每一刻和他失去的快樂。她常想，他把我放在哪裏？也許忘了。

他是一個不太愛惜自己的人，尤其喜歡徹夜不眠；她不是愛管人的人，卻也管過他幾次，眼見沒效，就常常三更半夜起床，走到外面打電話，他低沉的嗓音在電話裏，在深夜裏讓她心疼，他說：我坐在這裏完全不知道該怎麼辦。費敏就到他那兒，用力握著他的手，害怕他在孤寂時死掉。因爲他的生活複雜，她開始把世故、現實的一面收起來，用比較純眞、歡笑的一面待他。那到底是他可以感受的層次。

費敏是一個很精緻的人，常把生活過得新鮮而生動；我記得以前在學校過冬時，她能很晚了還叫我出去，扔給我一盒冰淇淋，就坐在馬路上吹著冷風，邊發抖，邊把冰淇淋吃完，她說──冷暖在心頭。有時候，她會拎瓶米酒、帶包花生，狠命的拍門說──快！快！醉鄉路穩宜頻到，此外不堪行！生活對她而言處處是轉機。她不是一個多話的人，卻很能笑，再嚴重的事給她一笑，便也不了了之，但是她和他的愛情，似乎並不如此。

剛開始的時候，費敏是快樂的，一切都很美好。

春天來了，他們計畫到外面走走，總是沒有假期，索性星期五晚上出發，搭淸晨四點半到蘇澳的火車。他們先逛遍了中山北路的每條小巷，費敏把笑徹底的撒在臺北的街道上，然後坐在車廂裏等車開。春天的夜裏有些涼意，他把她圈得緊緊的，她體會出他這種在沉默中表達情感的方式。東北部的海岸線很壯觀，從深夜坐到黎明，就像一場幻燈片，無數張不曾剪裁過的形象交織而過，費敏知道一夜沒闔眼的樣子很醜，但是他親親她額頭說——妳眞漂亮。她確信他是愛她的。

南方澳很靜，費敏不再多笑，只默默的和他躺在太平洋的岸邊曬太陽，愛情是那麼沒有顏色、透明而純淨，她心裏滿滿的、足足的。他給了她很多第一次，她一次次的把它連起來，好的、壞的。費敏就是太純厚；不知道反擊，好的或壞的。

回程時，金馬號在北宜公路上拐彎抹角，他問她：「我還小，妳想過什麼時候結婚嗎？」她明明被擊倒了，卻仍然不願意反擊，是的，他還年輕，比她還小，他拿她的弱點輕易的擊倒了她，車子在轉彎時，她差點把心都吐出來。車子又快到了世俗、熱鬧的臺北時，她笑笑：「交朋友大概不是爲了要結婚吧？」一樣子眞像李亞仙得知鄭元和高中金榜時，說道：「我心願已了，銀箏，將官衣誥命交與公子，我們回轉長安去吧，了我心願與塵緣。」那般剔透。

晶瑩剔透的到底只是費敏，他給了她太多第一次，抵不上他說一句「我需要很多很多愛」時的震撼，是的，她不忍心不給。

回到臺北，她要他搭車先走，她才從火車站走路回家。第一次，她笑不出來，也不能用笑詮釋一切了。

第二天，他就打電話來叫她出去，她沒出門，她不能聽他的聲音，費敏疼他疼到連他錯了也不肯讓他知道，以免他難過的地步。他倒找上她家，看到費敏仍然一張笑臉，就講了很多話，很多給她安全感和允諾的話。費敏在日記裏寫著——都沒有用了，他雖然不是很好，卻是我握不住的。費敏的明淨是許多人學不來的，很少有人能像她一樣把事情的各層面看得透徹，卻不放在心上，而她的善解人意，便是多活她二十歲的人，也不容易做到。

以後，她還是笑，卻只在他眼前，笑容從來沒有改變過，兩個人坐著講話，她常常不知不覺地精神恍惚起來，他說：欸！想什麼？她看著他，愈發是恍如隔世。她什麼也不要想。

她常常問他——怎麼跟李眷佟分手的？他從來不說，就是說了，也聽出多半是假的。他總說——她太漂亮，或者她太不同於一般人，我跟不上。即使是假的，費敏也都記在心裏，她希望有天開獎時，對對自己手上的運氣。跟他談戀愛後，她把一切生活上不含有他的事物都摒棄一邊，看他每天汲汲於名利，爲人情世故而忙，她就把一切屬於世俗的東西也摒棄。跟他在一起，家裏的事不提，自己的工作不提，自己的朋友不提，他們之間的濃厚是建立在費敏的單薄上，費敏的天地既只有他，所以他的天地愈擴大，她便愈單薄，完全不成比例。日子過得很快，他們又去了一趟溪頭，也是夜半。他對她呵護備至，白天，他們在臺中恣意縱情，痛快的玩了一頓，像放開韁繩的馬匹。

溪頭的黃昏清新而幽靜，罩了一層朦朧的面紗。他們選了很久，選了一間靠近樹林的蜜月小屋，然後去走溪頭的黃昏，黃昏的光散在林中，散在他們每一寸細胞裏；他幫她拍了很多神韻極好的黑白照片，她仰著頭一副旁若無人、唯我獨尊的神氣。費敏的確不美，然而她眞是讓人無法拒絕。我們一位會看相的老師曾經說過，費敏長得太靈透，不是福氣。但是，她笑的時候，眞讓人覺得幸福不過如此，唾手可得。

夜晚來臨，他們進了小屋，她先洗了澡，簡直不知道他洗完時，該用什麼表情來面對他。她看了看書，又走到外面吸足了新鮮空氣，她眞不知道怎麼跟他單獨相處。

他洗完澡出來時，她故意睡著了，他熄了燈，坐在對面的沙發裏抽菸，就那樣要守護她一輩子似的。在山中，空氣寧靜得出奇，他們兩個呼吸聲此起彼落特別大聲，她直起身說——我睡不著。他沒扭亮燈，兩個人便在黑暗裏對視著。夜像是輕柔的撢子，把他們心靈上的灰，拭得乾乾淨淨，留下一眼可見的眞心。

她叫他到床上躺著，起初覺得他冷得不合情理，貼著他時，也就完全不是了。他抱著她，她抱著他，她要這一刻永遠留住的代價，是把自己給了他。

現在輕鬆多了，想想再也沒有什麼給他了。而第一次，她那麼希望死掉算了，愛情太奢侈，她付之不盡，而且越用越陳舊，她感覺到愛情的負擔了。

回去以後，她整天不知道要做什麼，腦子裏唯一持續不斷的念頭，就是——不要去想他。夜裏沒辦法睡，就坐在桌前看他送的蠟燭，什麼也不想的坐到天亮。她不能見他，想到自己總有一天會全心全意要占有他方會罷手，就更害怕，她的清明呢？她一次次不去找他，但是下一次呢？有人碰到她說：「費敏，妳去哪裏啦？他到處找妳。」她像被人抓到把柄，抽了一記耳光，但她依舊是一張笑臉。他曾經要求她留長髮，她頭髮長得慢，忍不住就要整理，這次，倒是留長了些。她回到家裏，又是深夜，用心不去想那句詩——揀盡寒枝不肯棲。拿起電話，她一個號碼慢慢的撥—七—〇—二—八—九—七—四—。四字落回原處時,她面無表情,那頭——喂——,她說——嗨——，兩個人沒有聲音，終於她說——我頭髮留長了些。他仍然寂寞的想用力抱住她。他情緒不容易激動，這次卻只叫了——費敏，便說不下去。如果能保持清醒多好，就像坐在車裏，能不因爲車行單調而昏昏欲睡，隨時保持清醒，那該有多好？她太了解他了，她不是他車程中最醒目的風景。費敏不是一個精打細算的人，對於感情更是沒有把握。放下電話，她到了他的事務所，在六樓，外面的車聲一輛輛劃過去，夜很沉重。他看著她，她看著他，情感道義沒有特別的記號，她不顧一切的重新拾起，再行進去。有些人玩弄情感於股掌，有些人局局皆敗，她就是屬於後者。

有天，她見到李眷佟，果然漂亮，而且厲害。李很大方的從他們身邊走過，拿眼睛瞅著他——沒有愛、沒有恨，也不把她放在眼裏，他原本牽著她的手，不知不覺收了回去。費敏沉住氣走到天橋上時，指指馬路，叫他搭車回去，轉過頭不管他怎麼決定，就走了。人很多，都是不相干；聲音很多，不知道都說些什麼。費敏一開始便太不以爲意，現在覺得夠了。車子老不來，她一顆顆淚珠掛在頰上，不敢用手去抹，當然不是怕碰著舊創，那早就破了。車子來了，她沒上，根本動不了，慢慢人都散光了。她轉過身去，他就站在她後面，幾千年上演過的故事，一直還在演，她從來沒有演好，連臺步都不會走，又談什麼臺詞、表情呢？眞正的原因，是這本劇本太老套，而對手是個沒有情緒的人，他牽著她，想說什麼，也沒說，把她帶到事務所，只是緊緊的抱著她，親她，告訴她——我不愛李。

費敏倒寧願他是愛李眷佟的，他的感情呢？

她覺得自己眞像他的情婦，把一切都看破了，義無反顧的跟著他。

後來費敏隨記者團到金門採訪，那時候美匪剛建交，全國人心沸騰。她人才離開臺北，便每天給他寫信，在船上暈得要死，浪打在船板上，幾千萬個水珠開了又謝。她趴在吊床上，一面吐、一面寫——人魚公主的夢爲什麼會是個幻滅，我現在知道了。到了金門，看到料羅灣，生命在這裏顯得悲壯有力，她把臺灣的事忘得乾乾淨淨，她喜歡這裏。

就在那一個月，她把事情看透了——這一生一世對我而言永遠是一生一世，不能更好，也不會更壞。她寫著。每天，他們在各地參觀、採訪，日程安排得很緊湊，像在跟砲彈比速度。她累得半死，但是在精神上卻是獨立的。離愛情遠些，人也生動多了，不再是黏黏的、模模糊糊的，那裏必須用最直覺、最原始的態度活著，她看了很多，反共的信心、刻苦的生活；看到最多的，是花崗岩、是海、是樹、是自己。

住在縣委會的招待所樓上，每天，吃完晚飯，砲擊前，有一段休閒時間，大家都到外面走走，三五成羣，出去的時候是黃昏，回來時黑暗已經來了。她很少出去，坐在二樓的陽臺上，腦子裏一片空白，看著這些人從她眼瞼裏出現、消失。團裏有位男同事對她特別好，常陪著她，她放在心裏。碰過太多人對她好，現在，卻寧願生活一片空，她把一切都存起來，滿滿的，不能動，否則就要一瀉千里。

她寫信時，不忘記告訴他——她想他。

她買了一磅毛線，用一種異鄉客無依無靠的心情，一針一針打起毛衣來，灰色的，毛絨的，打到最後就常常發呆。寫出去的信都沒回音，她還是會把臉偎著毛衣，淚水一顆顆淌下來。那男同事看不慣，拖著她，到處去看打在堤岸上的海浪，帶她去馬山播音站看對面的故國山色，帶她去和住在碉堡裏的戰士聊天，去吃金門特有的螃蟹、高粱，但是從來不說什麼。一個對她好十倍、寵十倍、了解十倍的感情，比不上一句話不說讓她吃足苦頭的感情，她恨死自己了，十二月的風，吹得她心底打顫。

毛衣愈打到最後，愈不能打完，是不是因爲太像戀愛該結束時偏不忍心結束？費了太多心，有過太多接觸，無論是好是壞，總沒有完成的快樂。終於打完了，她寄去給他。

回到臺北，她行李裏什麼都沒增加，費敏從來不蒐集東西，但是她帶回了金門特有的獨立精神，不想再去接觸混沌不明的事，他們的愛情沒有開始，也不用結束。

他現在更不放心在她身上了！

有天，採訪一件新聞，三更半夜坐車經過他的事務所，大廈幾乎全黑，只有他辦公室那盞罩著黃麻罩子的檯燈亮著，光圈暈黃，費敏的心像壓著一塊大石頭透不過氣來。他父親是個傑出的藝術家，有藝術家的風範、骨氣、才情、專注和成就，但是在生活上很多方面卻是個低能的人，他母親則是個完全屬於這個世界的人。很多人不擇手段的利用他父親，他父親常常不明就裏，全力以赴的去吃虧上當，家裏的一切都靠他母親安排，愈加磨練了一副如臨大敵、處處提防別人的性情。他父親的際遇使他母親用全副精神關照他，讓他緊張。他很敬重父親，自己的事加上父親的事，忙得喘不過氣來。現在，夜那麼深了，他不知道又在忙什麼？一定是坐在桌前，桌上計畫堆了老高，而他一籌莫展。無論做什麼，他都不願意別人插手。

費敏需要休息一陣了，她自己知道，他一定也知道。

費敏從此把自己看守得更緊。日子過得很慢，她養成了走路的習慣，漫無目的地走。她不敢一個人坐在屋裏，常常吃了晚飯出去走到報社，或者週末、假日到海邊吹風，到街上被人擠得更麻木。

從金門回來後兩個月，她原本活潑的性情完全失去了，有天，她必須去採訪一個文藝消息，到了會場，才知道是他和父親聯合辦雕塑展的開幕酒會，海報從外面大廈一直貼到畫廊門口，設計得很醒目。她不能不進去，因為他的成功是她要見的。展出的作品沒有什麼，由他父親的作品，更加襯托出他的年輕，但是，她看得出，他的作品是費心掙扎出來的，每一件都是他告訴過她的——讓我們的環境與我們所喜愛的人生緊緊地結合在一起。人很多，他站在她一進門就可以看見的地方，兩個月沒見，他一定是倒過又站了起來，站得挺直。她太熟悉他了，他的能力不在這方面，所以總是在掙扎，很苦。這些作品不知道讓他又吃了多少苦，但是，他沒有把它們放在眼裏。她不敢再造次，眞的要忘掉他說的——我需要很多的愛。他們之間沒有現代式戀愛裏的咖啡屋、畢卡索、存在主義，她用一種最古老的情懷對他，是黑色的、人性的。他們兩人都能理解的，矛盾在於這種形式，不知道是進步了，還是退步了。

他走了過來，她笑笑。他眼裏仍然是寂寞，看了讓她憤怒，他到底要什麼？

他把車開到大直，那裏很靜，圓山飯店像夢站在遠方，他說——費敏，妳去哪裏了，我好累。她靠著他，知道他不是她的支柱，她也不是他的，沒有辦法，現在只有他們兩人，不是他靠著她，就是她靠著他，因爲只有人體有溫度，不會被愛情凍死。

他問費敏——那些作品給妳感覺如何？費敏說——很溫馨。他的作品素材都取自生活，一籃水果、一些基本建材，或者隨時可見的小人物，把它整理後發出它們自己的光，但是，藝術是不是全盤眞實的翻版呢？是不是人性或精神的再抒發呢？以費敏跑過那麼久文教採訪的經驗來說，她清楚以人性的眼光去創造藝術，並不就代表具有人性，必須藝術品本身具備了這樣的能力，才可以感動人。他的確年輕，也正因爲他的年輕，讓人知道他掙扎的過程，有人會爲他將來可見的成熟喝采的。

她不願意跟他多說這些，她是他生活中的，不是思想層次中的，他不喜歡別人干涉他的領域，他更有權利自己去歷練。夜很深，他們多半沉默著、對視著。兩個月沒見，並沒有給他們彼此的關係帶來陌生或者親近。他必須回家了，他母親在等門。以前，由費敏說——太晚了，走吧！現在，他的夜特別珍貴，不能浪擲。他輕輕的吻了她，又突然重重的擁她在懷裏，也許是在為這樣沒結果的重逢抱歉。

以後，她開始用一種消極的方式拋售愛情，把自己完全亮在第一線，任他攻擊也好，退守也好，反正是要陣亡的，她顧不了那麼多了。

他生日到了，他們在一起已經整整度過一年，去年他生日，費敏花了心思，把他常講的話、常有的動作和費敏對他的愛，記了一冊，題名——意傳小札。另外，用錄音帶錄了一捲他們愛聽的歌，費敏自己唱，有些歌很冷僻，她花了心血找出來。她生日時，他給了她一根蠟燭，費敏對著蠟炬哭過幾百次；這次，費敏集了一百顆形狀特殊的相思豆給他；那天晚上，他祖母舊病復發，他是長孫，要陪在跟前，他們約好七點見，他十一點才來，費敏握著相思豆的手，因為握得太緊，五指幾乎扳不直，路上人車多，時間愈過去，她的懊悔愈深。

他突然出現在她眼前時，費敏已經麻木了。他把車停在外雙溪後，長長噓了一口氣，開始對她說話，說的不是他的祖母，而是李眷佟，李父親病了；連夜打電話叫他去，他幫李想辦法找醫生，西醫沒辦法，找中醫，白天不成，晚上陪著，而他自己家裏祖母正病著。費敏不敢多想，有些人對自己愛著的事物渾然不覺，她想到那次在街上李眷佟的神情，她捏著相思豆的手把相思豆幾乎捏碎。他看費敏精神恍惚，搖搖她，她笑笑，他說：費敏，說話啊？

費敏沒開口，她已經沒有話可說了。她眞想找個理由告訴自己——他不要妳了！

可是她有個更大的理由——她要他。

他問費敏：有錢嗎？借我兩萬。李的爸爸的事情要用錢，不能跟媽要。費敏沒有說話，他就沒有再問了。

第二天，費敏打電話給他——錢還要用嗎？她給他送去了。他一個人在事務所裏，那裏實在就是一個藝廊，他父親年輕時和目前的作品都陳列在那兒，整幢房子是灰色的，陳列櫃是黑色的，費敏每次去，都會感覺呼吸困難，像他這一年來給她的待遇。他伸了長長的腿靠坐著書桌，問費敏：錢從哪裏來的？從那個對她很好的男同事手裏。費敏當然不會告訴他，淡淡的說——自己的。這一次，他很晚了還不打算回去，費敏看他累了，想是連夜照顧祖母，或者李眷佟生病的父親？她要他早點回去休息，臨走時，他說——費敏，謝謝。看得出很眞心。

費敏知道李眷佟父親住的醫院，莫名的想去看看李，下班後，在報社磨到天亮，趁著晨曦慢慢走到醫院，遠遠的，他的車停在門外。

他是個懷舊的人？還是李眷佟是個懷舊的人？而她呢？她算是他的新人嗎？那麼，那句——只見新人笑不見舊人哭，該要怎麼解釋呢？

太陽出來了，她的心也許已經生鏽了。

費敏給他最大的反擊也許就是——那筆錢是從他的情敵處借來的。說來好笑，她從他情敵處借來的錢給她的情敵用。

情至深處無怨尤嗎？這件事，費敏隻字不提。

過年時，她父母表示很久沒見到他了。爲了他們的期望，費敏打電話給他——來拜年好嗎？

費敏的父母親很滿意。然後她隨他一起回他家。那天，他們家裏正忙著給他大姊介紹男朋友，他祖母仍然病著，在屋內愈痛愈叫，愈叫愈痛，家裏顯得沒有一點秩序，她被冷落在一旁，眼看著生老病死在她眼前演著。她一個人走出他們家，巷子很長，過年的鞭炮和節奏都在進行，費敏一直很羨慕那些脾氣大到隨意摔別人電話、發別人瘋的人，戀愛眞使一個人失去了自己嗎？

後來在報上看到李眷佟父親的訃聞，他們終於沒能守住他父親出走的靈魂。她打電話去，他總不在，那天李的父親公祭，她去了，他的車停在靈堂外，李眷佟哭得很傷心，那張漂亮的臉，塗滿了悲慟的色彩，喪父是件大慟，李需要別人分攤她的悲哀，正如費敏需要別人分攤她的快樂，同樣不能拒絕。而他說——我不愛李。

是嗎？她不知道！

多少年來，她在師長面前、在朋友面前，都是個有分量的人；在他面前，費敏的心被抽成眞空，是透明的。在日記裏，費敏沒有寫過一次他說愛她的話，但是，他會沒說過嗎？即使在他要她，她給他的情況下？費敏是存心給他留條後路？他們每次的「精神行動」不能給他更多的快樂，但是他太悶，需要發洩，她便給他，她自己心理不能平衡；實體的接觸、精神的接觸，都給她更多的不安，但是，她仍然給他。

事情並沒有因此結束，費敏放心不下，怕誤會了他，卻又不敢問，怕問出眞相。他們保持每個星期見一次面，現在費敏是眞正不笑了，從什麼時候開始她不會笑的？她也不知道。兩個人每次見面，幾乎都在他車裏，往往車窗外是一片星光，費敏和他度過的這種夜，不知道有多少。她常常想起羣星樓外的星星，好美，好遠。他們之間再也沒有提起李眷佟，除了完全放棄他才能拯救自己外，其他的方法費敏知道不會成功，她索性不去牽扯任何事情。有一天，費敏說，出去走走好嗎？那段時間他父親正好出國，事情比較少，他母親眼前少了一個活靶，也很少再攻擊，他便答應了。

他們沒走遠，只去了礁溪，白天，他們穿上最隨便的衣服，逛街，逛寺廟，晚上去吃夜市，小鎮給費敏的感覺像沉在深海中的珍珠，隱隱發光；入了深夜，慢慢往旅館走，那是一幢古老的日式建築。月光沉澱在庭園裏，兩個人搬了籐椅、花生和最烈的黃金龍酒，平靜的對酌著，淺淺的講著話。「開始」和「結束」的味道同出一轍，愛情的滋味，有好有壞，但是費敏分不出來。

回到臺北，等待他的是他父親返國的消息，等待費敏的是南下採訪新聞的命令。

費敏臨行時，給他打了電話，他說——好，我來送妳。費敏問——一定來？他答：當然。她從十二點最後一班夜車發出後，便知道他不會來了。火車站半夜來過三次，兩次是跟他。夜半的車站仍然生命力十足，費敏站在「臺北車站」的「站」字下面沒有動過，夜晚風涼，第一班朝蘇澳的火車開時，她一點感覺也沒有了。時間過得眞快，上次跟他去蘇澳似乎才在眼前。高雄的採訪成了獨家漏網。

她回家後就躺下了，每天瞪著眼睛發高燒，咳嗽咳得出血；不敢勞累父母，就用被子蒙住嘴，讓淚水順著臉頰把枕頭浸得濕透。枕頭上繡著她母親給她的話——夢裏任生平。費敏的生平不是在夢裏，是在現實裏。

病拖了一個多月，整個人像咳嗽咳得太多次的喉嚨，失去彈性，但是外面看不出來。她強打起精神，翻出一些兩人笑著的相片，裝訂成冊，在扉頁抄了一首徐志摩的〈歌〉——當我死去的時候，親愛，你別爲我唱悲傷的歌，我墳上……要是你甘心忘掉我……

那本集子收的照片全是一流的，感覺之美，恐怕讓看到的人永遠忘不了，每一張裏的費敏都是快樂的，甜蜜的。

她送去時，天正下雨。他父親等著他，他急著走，費敏交給他後，才翻開，整個人便安靜了下來，眼裏都是感動，不知道是爲集子裏的愛情還是爲費敏。她笑笑，轉身要離去時，告訴他——「你放心，我這輩子不嫁便罷，要嫁就一定嫁你！」雨下得更大，費敏沒帶傘，冒著雨回去的。這是她認識他後，所說過最嚴重的一句話。

她曾經寫著——我眞想見李眘佟。他們去礁溪時，她輕描淡寫的問過他，他說——我們之間早過去了，我現在除了爸爸的事，什麼心都沒有！說來奇怪，我以前倒眞愛過她。

她還以爲，明白存在他們之間的問題是什麼呢？她眞渴望有份正常的愛。見不見李其實都一樣了。

國父紀念館經常有文藝活動，費敏有時候去，有時候不去。她常想把他找去一起欣賞，鬆鬆他太緊的弦，但是，他們從來沒有機會。那天，她去了，是名聲樂家在爲中國民歌請命的發表會，票早早賣完了，門口擠滿沒票又想進場的人羣。費敏站在門口，體會這種「羣衆的憤怒」，別有心境。羣衆愈集愈多，遠遠的他走過來，和李眘佟手握著手，他們看起來不像是遲到了四十分鐘，不像是要趕場音樂會，他們好像多的是時間，是費敏一輩子巴望不到的。費敏離開了那裏，國父紀念館的風很大，吹得費敏走到街上便不能自已的全身顫抖，怎麼？報應來得那麼快！她還記得上次他們牽著手碰見李，如果李愛過他，那麼，她現在知道李的感覺了。

晚上，她抱著枕頭，壓著要跳出來的心。十二點半，她打個電話去他家，他母親接的，很直截了當的告訴她——沒回來，有事明天再打。他們最近見面，他總是緊張母親等門，早早便要回去，也許，他母親騙她的。

他們最後一次見面是在羣星樓，他一看到她便說——昨天我在事務所一直忙到十二點多……。費敏不忍心聽他扯謊下去，笑笑的說——騙人。他一愣，她便說——音樂會怎麼樣？

他們怎麼開始的，費敏不知道，也許從來沒有結束過，但是，都不重要了，他們之間的事是他們的，不關李眷佟的事，費敏望著他那張年輕、乾淨的臉，這個世界上有很多演壞了的劇本，不需要再多加一個了。費敏不敢問他——你愛我嗎？也許費敏的一切都夠不上讓他產生瘋狂的愛，但是，他們曾經做過的許多事，說過的許多話，都勝過一般愛情的行爲。他可能是太健忘了，可能是從來沒有肯定過，也許他們在一起太久了，費敏一句話也沒多提，愛情不需要被提醒，那是他的良知良能。羣星樓裏有費敏永遠不能忘記的夢；他們一直坐到夜半，星星很美，費敏看了個夠，櫻桃酒喝得也有些醉了。

她習慣了獨自擋住寂悶不肯撤離，現在，沒有什麼理由再堅守了。她眞像坐在銀幕前看一場自己主演的愛情大悲劇，拍戲時是很感動，現在，抽身出來，那場戲再也不能令她動心，說不定這卻是她的代表作。

日記停在這裏，費敏沒有再寫下去，只有最後，她不知道想起什麼，疏疏落落的寫了一句——我需要很多很多的愛。

舊愛

典青入土那天他沒有回國，消息到後，在住處敬設果酒遙天聊寄。

當天晚上獨飲至大醉，夢中不知身是客，醉中的軀體彷彿飄在半空，無所定、也在掙扎，抓不住任何。不和道流淚沒有。

隔日宿醉未醒，應當過去的痛變成捽之不去的昏沉，反陷人於不易。他原以為——過去就好。若即若離、不到成癡的程度，這樣的情懷，夠稱「過去」「過不去」嗎？他於典青臥病期曾經回國，得到她的認可嗎？典青放下一切，靜養觀天效，而且少有流露，處處可見她的獨立，實則他們心頭明白，種種表象太與事實大相逕庭。

人生該有過程。速度失之於「急」「緩」皆不正常。太長或太短暫的活著歲月同樣與人無所適從脫了自己的想像。

然而，人該活多長呢？

再短，不該只三十四歲。開始了一切，無以竟成。

幸好典青死去過程稱得上平靜、迅速，在大家交相臆測她陽壽抵終時，她適時離去。至於她心中想法，一如既往，沒有任何留下。

他也曾經假設，如果他們眞結成婚，日子會不會繼續理智、平靜下去？像他們給人的外在印象？

人生大概皆不過爾爾，沒有什麼來得及、來不及，再有，太多是遺憾。

他對自己說——馮子剛，還有你的關節炎該看看了。

日影西照，漫長的夜或冬，舊有日子而已。並不難，只有點難過。

程家共一兒兩女，大兒子留在家鄉陪奶奶不及出來。典藍偏小，和典青差六足歲。典青甫墜地，典藍的父親先隨部隊來臺，母親後面才跟到。典藍從沒見過哥哥，一張照片也沒有，這個家，永遠少些什麼。母親來臺灣後，和父親感情不知怎麼變淡了，據說緣由環境失調症，而且再沒滿意過。

她們母親成天定坐屋內，不做任何家事，偶爾打扮整齊穿著舊式仍見質料的衣裝出門，無非出去走走或看場電影。典藍恆久記有母親走過長長眷村馬路完全不搭理任何人而周遭淨是詫異眼光的印象。母親在屋裏時，則像一株靜靜的蓮花，太陽出來後枯去，綠樹底下是不死的池水。

典青首次離家那年她才小學，下課回家，典青一件件衣服往身上試穿，不像要離家，倒像在準備如何出場，撇了一床發綯的衣服。她發現典青的世界根本是個大人世界，白皙而豐滿，不似她的孩童夢境。

她問典青：「妳要去哪裏？」典青穿回學校制服，臉色狠白。附近鄰居媽媽都說典青長得好，南臺灣的毒太陽怎麼也曬不黑。她只知道典青晚上夜校回來每次有男生送到村門口，後來進一步送到家門口。她母親從頭沒有看到，父親問過幾次，母親在屋裏叫道：「你們安靜點好不好？」村子裏的風言風語永遠聽不到。

她是這樣看著典青長大的，並且離開遠遠的。後來成爲習慣。徹底是兩個世界——她們小時候的身材和長大後的遭遇。

典青當時陷於恍惚，沒有理睬。

好像典青兩個月後才回家。這期間謠傳四起說典青是紫微幫小么妹，她不相信。典青像母親，生性沉默，人家怎麼會服氣她呢？典青再度失蹤時，鄰居長舌婦說典青懷孕了，她才不相信。他們家就四個人，典青要跑到哪裏去呢？她爲什麼待不住家裏呢？

父親壓根不見找典青的意思，當沒那回事。家裏面從來天黑比別家早，亮得晚。好像沒有什麼亮不亮。

她眞難了解大人的想法。未幾報上刊登警方呼籲幫派分子自首的新聞，村子上的熱鬧點火引燃也似，四處可見竊竊私語、踟躕猶豫的人羣。連母親亦感染上身，反常地問父親：「典青呢？」「上臺北念書去了。」父親說。看準了母親沒有時間感？

隔壁楊哥哥常跟典青站在巷口樹下聊天，也不知道典青下落，幾次在路上攔問典青消息，後來更跑到家裏來打聽，父親反問他：「你跟典青什麼關係？」

是典青自己回來的，換了一身新衣服。肚子沒有大嘛，反而小去幾歲，瘦了更白了。

當楊哥哥和典青在村口出現時，他們在家已經得到消息。楊哥哥推著單車個頭高大，兩人並肩而行十足引人耳目，走到門口講了會兒話，楊哥哥說：「妳的事我來解決。」然後目送典青走進家門。她後來想想，那個時代的男孩有一股血性味兒。楊哥那年才多大？十九歲吧？

典青進門後，父親未加表示，當昨天才見到她似的，叫典青去梳洗睡覺。母親反倒好發一頓脾氣，隔著窗簾指責，約或氣典青把生活秩序弄亂了。其實不是第一次了。

不久，楊哥哥出了事，在別個村上被砍傷流血過多致死。她眞不了解，楊哥哥那麼乖的男生。楊媽媽哭昏在他們家好幾次。他們家彷彿更暗了。父親叫典青給楊媽媽下跪，倔強如典青不僅照做恭謹，而且哭了。好像從那時候，就再沒見典青流過淚。

逾年半之久，典青足不出戶，光在屋裏看書或發呆，他們家擁有兩份沉默，更趨安靜。往常盯上門的小太保、非小太保，瞬間失了蹤影。恰像他們家的安靜流洩出去，那段日子村上亦十分無事。

典青再度離家爲北上念大學，整整四年，外人對典青表象、內裏的了解到達眞空。記得放榜當天，村上考取大學的人家，大肆燃放鞭炮，巷弄之間瀰漫一股煙霧及喜氣。沒有人相信典青會考取大學。典青早早上了床。

爾後典青回家，泰半爲楊哥哥的冥誕或忌日，楊家自搬離他去，典青回家即與坐監無二樣。村上流言並不輕易忘掉典青，多是強加附會，彷彿感嘆時下一般鬼混太妹亦不如程典青。

她們的母親恆常如昨年紀，無關生老病死、心情。另有可循的生命脈絡。

人人都誇典青變好了。她反而喜歡以前漂漂亮亮、偶爾撒野的典青。

舉家北遷那年，典青留校任助教第二年。家中一切未變，典青不見目的的補托福，她才眞正發現典青的生活如此乏味而勉強，一般人很難捱過的。

她成年後再看典青並沒有小時候那麼大，距離更遠而已。是典青停止了成長？有個雨夜，她在燈下準備大考，近半夜典青方回家，洗完澡慣常坐到桌前，垂半漆黑的短髮虛掩住臉頰，不知道又是幾點上床。她比較懂得欣賞女生了，發現典青有份旁人少見的寧靜，是大風大浪後的沉著，向不予取有所求。別人看見的也永遠是背影。

她踱到典青身邊，典青攤著書正在看英文單字，反覆嚼唸，不具任何意義似的。她站了許久。典青看到她赫然跳起，隨即又故作無事狀低下頭，太過無事了，反而很尷尬突兀。典青根本沒有用心在書，腦中不知道轉念些什麼，就這樣典青念書才比一般人辛苦嗎？還是典青脫離眞實生活太遠？典青常泛起如小女孩般的生澀，讓人更想起那些當年，也許典青自己從來沒有忘過。

她一直沒問典青那年懷孕傳言確有其事嗎？

似乎因爲她並無意即刻離開，典青只好問她將來的打算，她直截了當的說：「嫁人！」典青很認眞的想了會兒。她問典青：「妳呢？」典青又是遲遲才回道：「不急，再說吧！」

再說？難道典青不管時間？典青像她們的母親嗎？她背脊一道涼。

典青猶豫，顯然是在考慮「說」或者「不說」。對她自己的妹妹？

「怎麼想到嫁人？」典青視線落在一個一個英文單字上。

印象中一向以爲典青的臉型細長瘦削，逼近了，發現那根本緣由當然聯想，不常笑都該是副長臉？典青有張中國人所謂的團團臉，小則小卻光潔圓潤。

「還不夠嗎？」她問典青。

典青頓時沉默下來，她實在不耐煩這種態度，燈下典青彷彿永遠不死不活，這幅畫面極盡說明，會是典青的目前和未來。以前呢？

她離開典青周邊的光圈，恰像走出典青的世界。有誰進去過？

她不禁回過視線找去，典青坐姿未變，既不向前也不後顧，她們之間的溝通徹底斷線，那份姿態一如典青堅持如此？

她回房關上門，了無睡意。她在房裏踱步，期望聽見一點聲音，有一點點活的回響和時間過去的太息都好。因爲她才是困獸猶鬥嗎？

她們家久不久就會收到村上的紅白帖，隔著時間做一級級成長驗收。喝喜酒成了父親唯一的娛樂，去前興奮難抑，事後則絕口不問典青打算，連背後也不提。事實上，在他們家吃老本的歲月裏，完全可見家中最知人間的是父親，因此最省，什麼都捨不得丟。在典青身上沒有盤算，都因爲捨不得嗎？

典青到底補了幾年托福？彷彿很長，記憶起來，永遠是冬夜裏伏案的背影，然後把門完全關上。

在他們這個時代，她見過太多不用功而分數陡高之人，似典青專心一志而無所得反而少見。一連串夜讀在典青研究所通過後依舊密集。她才發現典青像母親，連柔弱也是份堅持。

更像典青和易醒文的感情。

不知道何時開始，他們家電話經常三更半夜響起，正確推算起來，是典青進入研究所以後。有幾次她回家晚了，推開門便看見典青坐在電話機旁，電燈捻弱了，聲調偏低，然而很明顯絕非什麼甜言蜜語，因為典青甚久方逼出一句。哪種感情使人沉默呢？而對方的深夜之撥，可見也不是個熱鬧的人。

又是一幅畫面無從解說、無以釋懷，亦將變成典青生命中的代表嗎？典青這心境仍不能拒絕感情的困擾嗎？母親視生命如空白，父親絕口不提，她又能問誰？問典青嗎？

對方十分了解典青的生活流程，典青不在則絕無電話，踏進家門五分鐘後，便有動靜。長夜無聲，對方沒有時差感，以夜為晝。是活在哪個空間？她那一陣子正和湯遠初識，對鈴聲特別敏感。有天，電話響了，典青不在，她拿起話筒急急問：「湯遠？」那頭沉默半晌：「我是易醒文，請問典青在嗎？」

她聽過易醒文，當學生最知道的就是老師，尤其是年輕好老師、尤其是易醒文。易家背景淵厚，文章世傳，易醒文在幾次政、教交流中擔當權衡，備受矚目。是大專院校的青年之神。她不確定每次打電話來的是不是他，說話太多怕宣洩了自己的疑問，便簡單明瞭反應道：「大概快回來了！」

「妳是典藍？」易醒文問。

她愣住了，易醒文說：「謝謝妳！我再打電話找典青。」

易醒文掛下電話，她聽到喀啦一聲，突然明白典青不會平平淡淡終其此生，無論典青開始的早或晚。

從沒有一次她那麼注意典青的消息。典青回來後，電話又響了，她知道是易醒文。典青講電話的神情，差可預感他們之間的發生。那通電話，逾時兩個鐘頭。當晚，典青房裏的檯燈漏夜暈黃。屋外又在下雨。

易醒文並未在國內久待，報端有段時間經常披露他的消息，似乎隨即可布達重用，又遲遲不見下文，癥結何在？報紙反而故作姿態惜墨如金，在行批之間，可採證的是易醒文婚外關係多所詬議成分最濃，且女方背景渾濁不堪一提，又以曾涉及幫派，輿論難容。這些都是報上的字眼。

就這樣草草結束了嗎？沒有人知道，典青神色如常，她眞想剝掉那層皮相，一探究竟。

易醒文沒有再出現，他回來又出國，似乎大半時間在空中，彷彿定不下來。

直到典青追思安殮當天，易醒文才再露面，並且單獨前拜，神色哀戚。她在人羣中看到他，確信有些事永遠不會過去，只是人類把握不住。

他和典青三、四年不見了吧?!怎麼就兩鬢飛白，形容憔悴？他行禮時，典藍無須匐跪，得以平視他全身，易醒文渾身散發出一股安靜的味道，一如典青。他鄭重行過禮，便退到靈堂左側端視典青遺照。她暗地慶幸選了一張典青微笑難得的照片。已死之人仍在那兒高掛開懷，不免帶點嘲弄意味；而肅穆相對又彷彿遺憾人間。只有這樣的淺笑是適可而止的，無須挽回任何，也不必撒落什麼。

恐怕易醒文不能如此認爲。他置身靈堂，恍若四周無人，典藍不時抬頭找他，一視再三，掉進了時間的差異中。在那樣的夜裏、雨裏，典青跟他通話，也許談判，然後他離開某個存在。典青適反在眞正的現實中離開了。她看著易醒文，深覺四周亦不存在。

兩廂輓聯如幕，一齣淒白的末生在其中演出。哀泣最少的祭禮吧！母親不哭不響，瘦得厲害，父親穿上捨不得丟的衣服彷彿又回到某個時代。她覺得自己愈掉愈遠了。恐怕這一切進行都不必意識。空氣悶垂到底，母親終於昏厥，一場喪事才有了點悲劇意味。

目睹至此，應該易醒文要懷疑既往當不當堅持吧？就算堅持，也沒有多少日子好過。爲什麼不堅持呢？

易醒文知道馮子剛嗎？

馮子剛不會來的，他離開時就答應了典青。

易醒文遠站在人羣中目送啓靈，典藍步上車尾，眼及處全是香煙、肅穆的臉，她找到易醒文深深對他一笑，那笑，定格在殯儀館的紛擾中。是對生者的遺憾致意。易醒文的心情這輩子定格在哪裏？過得去嗎？

灰塵罩住過去的一張張面孔，有輕有重，總也有某些在別人生命中占下一席，是別人腦中的一張臉，有知有不知。典青的靈車在市廛中沒有引起太多注意。

典青臥病半年，馮子剛曾經回來，聽到典青發病後即刻整裝。他去國十五年，家業無成。十五年？令人難以想像怎麼過來的，如典青一般嗎？見面後，她發現這問題太過正常，有些人生活從來沒有苦不苦。典青和馮子剛的確有某方面的相像，彼此之所以難相融入，是命中各有地步？既不能多發展，陷於苦境，亦是當然。馮子剛忍受自甘，易醒文呢？由易醒文不能不油然想及馮子剛。

那一個月，馮子剛餘事全部放下，經時坐在典青床前。他匆忙返抵，沒備禮物，恐怕典青等不及。

馮子剛偕同馮子平前來，馮子平與典青有同事之誼兼而居中牽線。兄弟倆在病房外碰到她，馮子剛誠摯十分地問：「典青確定是肝癌了？」她立刻就肯定馮子剛、易醒文是同一類型。他們講話都透出一份掩飾住的熱。馮子剛還先到主治大夫處研究了典青的病況，不以身分未明在意。見到馮子剛，典青毫不意外，似乎一件事情遲了，所有都趕不上了。心情亦復。

典青臥病前後俱十分平靜，唯對馮子剛匆匆趕回深覺歉疚。探病人潮逐漸褪去後，經常只他們兩個留在病房。沒有人知道他們談些什麼。

靈車拋下鬧市轉往山徑，爲了方便入土，墓園中心一路詳立指標，予人容易引靈西方。墓地在市郊，一段不近不遠的人生。

典青入院後，父母親的埋怨日漸高漲，三十多年衷內非傾吐於一旦。上山前，典藍請朋友力勸兩老留在家中，人間抱恨已經太多。讓典青淸靜去吧。

典青面對種種不平與怨懟，向來一逕沉默，唯覺無法對馮子剛交代地說：「眞抱歉，我不去念書了。」那是他們倆曾經的約定。

馮子剛在場，兩老較少去哭訴，典青得以暫度餘時最後的安寧。

諒解與不諒解，也就不重要了。

馮子剛目睹種種，做何感觸？

典青努力病中正常化，而且仿若置身事外，她對來訪者微笑，會同醫生分析病情。她要人們忘掉世界上一個苦痛的例症嗎？還是苦痛於她從來不是什麼？

病情轉至末期止痛藥都失效時，典青不過抱著枕頭壓住痛處，久久之後抬起頭來的表情近乎漠然。完全不像人的表情。

一個月當中，馮子剛出面幫忙他們賣掉房子，換了郊區較小一間，餘款辦妥存進銀行。房子賣價奇高，馮子剛想必貼進不少。

馮子剛上機當天，典青送到醫院大門口，身上披了件綠薄大衣，明明屋外已經春天。綠大衣裏面是醫院的藍睡袍，微笑的臉彷彿螢幕上劇終時不可改變的定局，馮子剛意味消沉，應該不只為自身難過。典青握別時似乎滿心是話，末了只一句：「你不用回來了。」大家都明白她的意思。

如果他們早點認識呢？

他就那樣走出典青的生命嗎？抑或典青先離開了他？典青和馮子剛，不該是很好的結局嗎？或者該怪一切開始？

總之，恰如典青註腳——不用回來了。

沒有想到典青和她妹妹完全是兩個人。在醫院初度見面，沒有想到她那麼小，沒有想到她對未來全無安排。

他毫不後悔認識典青。

他一直很想當自己並不在乎。

那一個月，他的心情前所未有的複雜，複雜到他不想去分析。陪伴典青當場不算痛苦，反倒有份負擔擠壓出來的酸甜感受。他沒辦法企盼奇蹟，更說不出祝福典青早日康復的話。他單一陪她，眼看距自己離臺更近，歲月離她更遠。

大家都不在的時候，典青才可能稍稍放鬆，偶爾還有心情開個小玩笑。有次典青上洗手間一去許久，他找到育嬰室，典青臉貼在育嬰房的玻璃窗上，看得很專心。他對她說：「醫生來驗尿。」她說：「我知道。他們現在比我還希望有奇蹟發生。也許我不在，考驗的機會少點。」他很緊張，可是不願意表現出來影響典青。

特殊病房埋伏有多種奇異的味道，安靜是其一。他眞不知道游絲如典青，同樣的安靜，她單獨一人時，想些什麼？

他們在醫院後面散步，長長堤防，遠處山脈，典青精神尚好，靜觀景致無須涉及生老病死，心情業降至極限，單純散步而已。他眞覺得自己很像典青的男朋友。只沒談戀愛。

典青矢口不提美國，不提通過信的內容。不再留半絲希望。

癌症引起的併發心情照理應該更難應付，典青則不，她躺在床上永遠只像入夢不像生病。直到有一天，午後氣壓偏低，典青迷迷糊糊睡著了，手腕上揷著靜脈注射，她想翻身又像被壓到似的，十分辛苦，他生怕典青弄傷自己，便緊緊握住她的手，典青在掙扎中猛然清醒，猶疑不知身在何處，半天才吐出一口氣：「我夢到他了。」

哪個他？

他知道典青記得的。他早脫離吃醋年齡，他認爲他們沒有自己幸福。他和典青之間至少有結束，雖然也沒有以後。

「他應該在國內。」典青又說，難掩臉色的企盼。

他極想去找易醒文，並非跟他去交換心得，走到這地步，好爭什麼？

典青希望再見易醒文嗎？

一個人打定主意沉了心，恐怕任何漣漪不過白白泛起。在哪一個角落易醒文仍在呼吸？仍有記憶？他還願意迎接因爲典青而來的困擾嗎？雙方數次是非，再見面，恐怕多的這一點點歲月都會溢出生命之外。

「要我去找他嗎？」

典青搖搖頭。很奇怪，他看到典青的愛情習性，好像看到一本教科書。易醒文終於沒有出現，典青則住進病房那天起就無出院的打算，他們注定碰不上了嗎？

一個月說長不長，他在典青走到人生絕處才謀面，彼此心境留有太多意況，彷彿人生翻過回頭。這一個月，說短眞太短。

不交談時，他在床邊看書，剛進醫院藥水味撲面刺鼻漸漸不覺得了。似乎有些像面對愛情和死神。

典青很愛看外面，想起話就講講，時間不具任何意義，還沒有任何發生，斷斷續續的交談像斷續的感情情結，他眞喜歡。

然而這一切全不是戀愛，加倍讓他心疼。典青何至最親近的伴亦無著？面對典青瘦的速度，雖達某種程度便停頓了下來，最後剩下額頭最圓，分外像個孩子，他眞有苛責孩子似的衝動。

他實在不能體會一個男人跟一個女孩可以親到的程度。他自己念及典青時，可以一天去好幾次，他回來不就因爲她嗎？這算不算一種關係？

有次深夜想到典青，料想她應該睡了，「如果沒睡呢？」他按捺不住，病情多變，不僅時日難測，巨痛亦伴之而來，「如果她痛起來？」多少次他去醫院迎逢是典青分外沉默的臉，她不說話眞教人受不了，疼痛折磨爾後，不知道她在想什麼，昨晚受了什麼？

病房裏，她真沒睡，半身靠起背著門看窗外，可以想像那是她全部生命訊息的來自，他關上門，站了會兒，典青轉過臉看他，看了會兒。

屋裏留有一盞小燈，分明看到她臉頰上的淚、和眼裏的光。「她在想什麼？」因爲他不是孩子了，無法做不保留直問，亦不願太表激越，事實上，他全想。他可笑自己年齡非淺，經歷的心情那麼少。

「楊照？」典青叫他。

不是易醒文，卻是楊照？她進入了哪個世界？他遲遲未開燈、未應答，只走過去坐下，這次不是坐在椅子上而是床邊，他想問：「痛不痛？」卻伏下身子親她。如果能使她減輕痛苦，他願意病痛可以過人。病情是一種進入嗎？像感情的侵蝕？典青沒有拒絕。他十足喜歡窗外夜聲和房間的光線。回臺北以來，他突然有感覺起來，知道喜歡什麼、討厭什麼。他清楚這並非夢中。

典青手腕上滿是針痕，像千瘡百孔不得其門而入的愛情。他握緊她的手，又抱住她，覺得了她的體溫，清楚的意識到——溫度不是爲他。因爲他們的年歲，他無法用「我們先結婚好不好」表達一萬、或者挽救什麼。也許，他們這年紀，早不相信愛情才愈幸福。

他在典青指上象徵性套上一個鑽戒，不光爲了好看，他知道很快用得上。

他對典青不盡說毫無想像，一直被其餘情緒淹沒了。能伏身親吻、抱抱她，有那樣一個晚上，超過典青十封信的感受。很可恥嗎？他不管。

劇情推展至最高峯，連同他的情緒，他抱住的，竟是「結束」？奇怪的是，他明知死亡是事實，一點不害怕。他知道典青向不規避，那麼，別人還有什麼遺憾呢？買票看戲的觀衆散場之後，應該戀棧不去大加指罵劇中人嗎？

他們關係更趨穩定，他該收假了。原想續假留下，典青拒絕了，理由只四字——「總要走的」，說的是誰？原本病中太久，不像生病了；太短，心情來不及適應。

他想她從此是一個人了。

走前，典青交給他一包東西。

「我寫的信？」他一捻手便知道了。何至趕盡殺絕如此，他心往下一沉。

「我以爲會當面交給你。」的確交給了，不連她的人。

「我想一個人走比較好，你別在意。」典青低下頭。

他也只能陪到這段而不介意。留下她日漸更龐大的獨自。誰又不是一個人呢？不爲人知的通信內容，從頭到尾沒有在醫院以外見面的戀愛，完全像一場密封似的生命，怎麼會有空氣呢？

他回到學校，繼續等消息，他要確定她到底在哪個空間。她還給的信則原封未動還在行李匣中，他這輩子恐怕不會去翻閱。如果有天他結成婚，他會燒掉它們。

等待的時日裏，他哪兒也沒去，偶爾到公園走走，國外的公園在他眼裏一無看頭，他明白全因他心情之故。種種連鎖心情，彷彿他才是坐以待斃的病人。

仍然斷續有人幫他介紹女朋友，雖說青春無多，反而不急於一時。對典青不能說情有獨鍾，但偶然之中參與了她的死程。死亡不是那麼容易擺脫的。

太規律的日子，彷彿很容易回想以前。第一次接到典青來信，他並不急於打開內容，航空郵箋分量很輕，光看外封勁秀適意一筆字竟覺得重，他有許久不洋洋灑灑揮筆中文了，愛不愛完全是另一回事，可也沒印象英文可以寫來如此像中國字。

在他生命中，三十歲以前不懂得欣賞女性，懂得爾後，周圍沒什麼女性。這樣的字跡背後有個什麼人？

他反覆瀏覽，她信中簡單，複雜的是他心情，當初爲什麼給典青寫信，已然無從追憶，似乎是因爲他向來不善長篇大論，寫信是另一種交談，著墨不必多而意味深遠。她眞有反應了，他又想人生走到此，恐怕不必愛不愛，正常多麼重要。他多麼希望，她寫多字裏行間，這樣正常嗎？

看完信，他去到酒吧，很想喝醉，酒精成分太低，竟像淺薄的交往，徒然飽人，離醉尚遠。他想告訴自己保持清醒，又因太脹而昏昏欲睡。

因爲對典青全然陌生，竟覺得似乎認識她，因爲空白太大，有更多的可塑度。是這樣嗎？他沒有分析。總之，他那時根本不對任何事物產生陌生感，沒有任何「感覺」，只一味痲木。

酒館歸去，他又看了一遍信，典青在字裏行間客氣而平淡，充滿了歲月感，他有點猶豫了，他太怕無法還原的事物，時間、心情和路途。他怕傷害別人。

沒料到，在這年齡才要開始一件事，傷害已是必然。

端爲不使這件事變成一份希望，他沒有積極進行。

不久之後，逢上放長假，他在屋裏看書，內外俱靜，明明知道外面沒有人，禁不住老抬起頭來找什麼，心神不寧。他彷彿被太多的人生包圍重重，有如育嬰室，吵得厲害又嚴肅。他想到自己約束心情發展，它卻在另條路線潛伏不甘。簡直矯情。

於是他提筆給典青寫信，希望她能到美國，她可以繼續念書。他知道她準備了許多年書。

第一次，他用了「希望」兩個字。

回信很慢，是否她覺得受了屈辱，後來當典青面他沒有求證。信寄出他就後悔了，一點點衝動既不足以持續，還可能招致太多情苦。

典青信裏仍一貫筆意，沒有加重、減少什麼。隱約可感她的心態。他想，她是在溝通，用一種不太明顯的方式。

初起因對典青的愧疚，他續往保持他們的關係，更往後演變成爲兩份生活的試探，他在其中不同，發現了典青的可讀面。不知道何以如此，兩個成人的交通竟那般困難，他常興起打退堂鼓的念頭。他這一輩子過去大半了，還在乎什麼？

幸好典青隔得遠，否則結束還會早。又因爲不必朝夕，他沒有下定決心提早結束。

隨信件指數上升，他愈來愈愛出去閒逛，不是在培養習慣，而是某些情緒的按捺不住。典青還沒有表明來的日子，她生活上用得著的物品全買齊了，連洗髮精、衣刷。他不願多想何以沒這樣大方過。對自己他一直十分懶得。

靜下來時，他先會覺得自己心態很可恥，後來是可憐。年齡不小而愛情用得太少產生的遲惑。

他不免問到典青的過去。

典青明白告訴他——你或者認爲一個人有歷史滿好，不至於太無趣。讀歷史可記可不記、可信可不信，自己寫歷史，如同算命，但或無能爲力，仍然有冥冥之中，是你的命，偏由不得你。

楊照、程典青兩命，就如同早算好一樣。

那年，楊照即將從一所口碑載道的高中畢業，家中對他期望甚殷，尤其他又是獨子。楊照的好在於他從不死讀書，也不專門談戀愛。他乾乾淨淨的臉上，很難想像他的未來，不似同年齡男孩子慣常的油垢，可以預期他們的成長。

楊照對任何事都因年輕而執著，怕輸不起，感情當然管典青尤其緊，典青倒向少抗議。

楊、程兩家雖談不上是世交，但來臺灣後便結成鄰居兼同事，關係不謂不深。小兒女事大人不好插手；彼此皆為離鄉背井，兩手徒負，不好計較了。然而楊家私心裏，但求時間能改變小輩的關係，楊照何嘗不清楚家裏想法。一道竹籬笆隔開兩家，楊照算算，感情應該不止這些。

典青生肖屬狗，卻一路就孤僻，十歲還不太會說話。但是女孩子的性情往往與解事多寡沒有直接關係，在眷村那樣環境下，典青鍛鍊得頗為自我。跟她母親不同便是。她母親一味拒絕，典青則十分乾脆。她在孩童時就跟楊照說明她不結婚。

楊照向不予理會，她不嫁他，嫁誰呢？因為離得近，他認定兩人的將來可以在掌握中，他知道世界上有女孩起就認識典青，他不習慣成長後沒有這張面孔。

他第一次吻典青是在村子後的田裏，典青毫不猶豫反手便一巴掌，打掉了他的緊張。他狠命抓住典青的手質詢似的：「妳憑什麼打我？」眼睛看到村子裏的家家戶戶。

「你？你是誰？」典青一點不怕他。

他確信典青跑不掉，至於他們的婚禮，可以無限延期。唯不准別人占有她。

他再度朝臉頰親上去，典青仍然一巴掌。他滿意了，他們的關係一直頗有反應。

楊照準備考大學，典青則入了幫派。她不喜多話卻喜歡人多的地方。家裏太安靜了。那些人沒有錢，最多的是熱情，他們最愛廉價而直接的刺激。他們打羣架、去海邊游泳、墳堆夜遊或偷東西，偷竊不要她去，其他都要。當然楊照不知道。

她並不怕楊照，她連死都不怕。只是習慣性不多說。

楊照要念書，她母親太念舊，那羣人什麼都不是，她心裏稍微舒坦點。

楊照不時提醒她念書的功效或將來相偕出國，她騙他說好。她一直用消極的方法騙楊照。可說是一種變相的勾引。她長到知道自己是女人後，有機會與楊照相處，每每覺得自己髒，楊照又純潔得可恥。

她不是不喜歡楊照，只是不相信他們倆的未來。他們眞有那麼多時間長大？而且畏畏縮縮的長大？

恐怕楊照只會叫她忍耐。

她打楊照耳光，事實上是在出氣，他跟她那麼親教她怎麼辦？

後來學校要去郊遊，家裏沒人理會，她忘了母親凡事漠然，並非凡事都需要反應，至少要有所反應吧？繼續下去，她會先悶死掉。

「要死就死一次。」她想。而且要遠遠的死。

下午的眷村分外安靜，她突然覺得自己是孤兒，還在時間的流外。她慢慢收拾包袱，彷彿有意等什麼，楊照嗎？或者等時間追上來。房裏靜得可怕，母親在另個房裏，可笑在同樣屋簷下。

她聽到自己的呼吸像一顆心朝彈簧摔去，陡起陡落，沒有意義，習慣性停不下來，還有一種可能，就是隨年齡做等加級數的跳動。她有些心慌了，怕自己會在這樣的沉悶中太過跳躍，然後重重摔斃。

說來奇怪，她一直怕痛。想像中的痛更痛，她沒被打過，意識裏被打的痛令人無法忍受，因爲其他的痛她都受過。離家如果被抓回，恐怕難逃一場抽打。

心有感覺，手並沒有，她終於理妥要帶的東西，居然沒有一件乾淨的衣服。他們家裏經常是換下來的衣服如果爸爸忙、她懶，就會一直泡到發出異味。她眞正覺得好笑，他們家沒有聲音，可是有各式各類的味道。

事實上，她向來沒幾件衣服可穿，家裏最好的門面都在母親那兒，雖陳未舊，放出一股奇異的生命，但又不是原先的樣子。像木乃伊。

她只好穿上學校的制服，白衣黑裙，素得像烈士。

夏天的黃昏忒長，一天好似很難過去，恰如走出村門那一段路。熱得難受。

她知道那些人在想什麼，懷孕？她不致有如此膽量，大人的世界太多理所當然。她挺出肚子故作旁若無人狀，腦裏盤算著可去之處。

三月的公園頗多繁茂，大半景物是日據時代遺留，樹高花少，是場黑白電影，讓人心情亦青春難得。她在公園裏漫無邊際隨意錯走，走累了就往樹幹窩上一躺。從密密重重樹蔭中望到的仍是樹。公園裏一向人少。

天終於全部染黑，彷彿她的心情退到了地平線，褪盡顏色。

她居然沒有想家。

當天晚上他們不知道從哪兒弄來米酒、豆腐乾、海帶、花生，她不太喜歡酒的味道，可能心情關係，淺飲即恍惚。

男生們起初在罵人，拿話下酒似的，引燃更驚人的酒精效果。她才發現男生罵人比女生更具潛力。當然，也許如她靜靜一旁是另一種形式的吵。她希望在這兩者邊緣就好。後來大約喝興奮了，老大揑她肩頭的手勁幾乎要揑碎她。她悶聲不吭。老大曾說典青是紫微幫最陰狠的角色。她覺得那味兒挺夠勁，單純的痛於一點，有別於大動作的鞭打，動作及心理，都會讓人產生身心漫開般的劇痛。

她說不上來爲何喜歡這樣的夜晚、星光、頂臺、一雙手，是因爲它放浪形骸嗎？爲什麼夏天的夜晚那麼短。

散夥的時候，她有些慌了，有哪裏可以去？星光不致値得竟夜遙望，她的任性不到羅曼蒂克的地步。

她落在最後，眼看女孩們分揚而去，她不願意跟她們走。她的自尊心不允許。

「程典青是大夥兒最値錢的財產！」她想到覺得可笑。

最後走著走著剩下她跟老大，老大才問：「蹺家了？」

她想到他的手勁，沒作表示。黑夜使她的去向愈形嚴重起來。只要別人不知道這事，她就不怕。

夜露更重，他們在巷路間左轉右彎，終於停在一家小旅社門口，也許是燈光，使她多看了幾遍那四個字，「美秀旅社」？這代表什麼？而且她知道老大身上一文不名。

「沒關係，明天才算房租，明天再說。」老大在櫃檯取了鑰匙，自顧自走到房門口，她在後面跟住、提著她的全部財產。房門上寫著──四〇五。她一直記得這號碼。

她並不了解老大，平常大家在一塊兒瘋慣了，很難講到正經事上面去，遑論心聲。她只知道老大在念大學，偏喜歡跟他們混在一起。

老大沒多問，似乎他們有相同的背景，不說也知道；而心態異同，不問也知道。

熄燈後老大睡地板，她則全身武裝似的睡床上。房間小，空氣凝結成塊一樣，電風扇發出隆隆的節奏，不具催眠功效。她腦裏反覆再三──老大在想什麼？

睡去一夜，反而更累。她仍留在旅館，老大出去找錢。近中午時分才回到旅館，問她要不要再住？她推斷家裏應該知道她離家的事了，便說：「要。」

老大陪她又住一夜，黑暗裏她問老大：「錢哪裏來的？」

「幾滴血還挺值錢的。」老大說得很輕鬆。

她要老大睡到床上，因爲感激逼出一份想哄哄他的心態，就如同哄楊照。老大問她：「明天妳要怎麼辦？」話還沒回，老大已經睡著了。

將近破曉，她突然在一種很奇異的感覺中醒來，黎明時分，彷彿萬物都在爭相欲動，甫一轉頭，老大正睜著眼睛在看她。

怎麼開始的？因爲她太注意掩飾自己的尷尬，以至於完全不清楚。不過是她自願的。

他們愛的程度高低？老大不說，典青沒問。那陣子如果是一生的縮影，她希望跟老大過，和楊照在一起，好累好累。更因爲回頭太累，她衷心祈禱不要再見到家人和楊照。她在這種單純、封閉的生活裏分離出寧靜的快樂，她想到母親，發現有點了解母親了。

他們後來幾度換地方，天氣愈住愈熱，狹窄的空間裏，肌膚每一呼吸都有唱和，很黏很膩、很煩。她還不適應旁邊有個人、有個活人。

是這原因老大從不言及於「愛」嗎？她發現，老大比楊照深沉太多。

住著住著，她已經習慣每天看到那張臉，楊照出現了。老大被抓走送了感化院，臨時叫人通知楊照。他沒回來的那天晚上，整夜典青沒法闔眼，每個毛孔張著大嘴呼吸似的，她涼得快要感冒了。

楊照臉色慘敗奇壞。她以爲他的痛苦遲早會過去，她忘了楊照根本是個沒有適應力的大孩子。還有十天房錢未付，老大的學生證被押在櫃檯，典青堅持要拿回。楊照問老大怎麼籌錢，她照直說了。楊照跟著做了。

賣血自不比烈士灑血。難忘的是那畫面。尤其楊照心性一路透明長大，現在裝了血的顏色，滲透到外面，渲染了他的生活。

楊照付清房錢，問她要不要回家，她眞不願。她問楊照怎麼打算，楊照說：「跟著妳。」

轉眼七月，楊照參加大學聯考上榜絕無問題，如果這一切因而改觀，誰能完全擔下？她一個人也就算了。

「我們回家吧？」她對楊照說。起碼得等楊照考取大學。忘掉一個人也是需要時間的。

包裏有老大買給她的衣服，洗一次褪了三分色。她褪下全身就當楊照面換上新衣服，她要他知道一切，可是不想用話來說明。屋子裏更靜。她轉過身子去看楊照，楊照雙手掩住臉，指縫間滲出淚水，他沒有多餘的手去擦，只好任由它往下流。她想如果她也能哭就好了。

「我是眞的要回去。」暫時她還是得哄他。

「我眞希望我已經三十歲。」

他如果有那年齡，可以工作、養家、結婚；問題是她連自己的二十歲都不敢多想。日子又要回頭，談什麼以後經年呢？

她幫楊照把淚擦乾，然後一起回家。她父親就當沒事，她自己也當沒發生過。

老大被抓管訓，完全由他父親一手策畫，並且登報聲明此子在外所有作爲皆與之無關。老大的父親典青見過，說是讀書人，而剛烈之氣沖天。在大學任校長。

報上甫經報導，即刻鬧得滿城風雨。大學校長教育不好兒子？簡直太可大作文章，輿論界爭相檢討，抓住事件尾巴不放，也沒有放過程典青。

事情鬧大之後，大學校長下不了臺，堅不具保兒子，除非他保證和程典青斷絕往來。再嚴重的事總有過去的一天，典青相信問題不在於她和老大太接近，而在於老大和他父親的對立，他們是標準的兩代之間。她學會不多聞問。她不要知道。

這件事終於波及楊照。最令人應接不暇的是隨時新生的謠言，還有人專門找到他們的學校就爲指指點點，她可以視若無睹，楊照不能。楊照功課因此一落千丈。但是他沒有講過一句不要她的話。更沒有責備她跟老大的關係。

她知道楊照眞的在乎，她能做的，除了學校就是回家。無論如何，她不願意再看到楊照的眼淚。

當她以爲已經適應了既有的生活，身體的記憶卻有了反應。半夜躺在床上，沒有出一滴汗，卻覺得渾身濕濕的，有東西在體內流動，而且輕盈酥軟飄然欲飛。她很想老大。

她去跟楊照形容，楊照一句不說，光抱緊她。這次，她沒有動手打他，楊照也沒有親她。她想到她第一次去住的旅館，和房間。

楊照抱她的感覺完全別於老大。老大有熱情、肆無忌憚，彷彿抱住任何人都如此；楊照雖則重重抱住，沒有要求，是一種感情的程度，單獨對她如此。楊照眞不再對她有所求？典青覺得她身體裏流動的暗潮頃刻之間僵停住了。

外界的記憶亦有反應，老大那夥人找來，說她是老大的女人，必須好好代爲照顧。她問怎麼照顧法？根本無非要她重新歸隊。她名氣大了，爭起地盤足夠號召力。

「如果我不幹呢？」她現在需要自己一個人，不愛太多人在一起。

「歃過的血收得回來嗎？」

已經不是第一次了，他們四處攔阻她、傳話給她。她扭頭要走，當下被強拉住不算，他們還恐嚇她：「如果再不識相，遲早臉上開花。」

這不是老大立下的幫規，他們是在欺侮人卻自以爲義氣。典青不服輸，繼續掙扎要走，拉她的人，伸手一個巴掌，徹底把她打死心了。

他們把她帶到一間空屋子裏，她不再掙扎要走。如果先前有這麼間去處，事情不會弄到如此地步，怪老大自己命不好，錯過了這間空屋子。

她只擔心楊照，去學校接不到她，八成會以爲她又蹺家了。

他們一哄而去，單獨留她在空屋子裏以示懲罰。四下漆黑，她一點也不怕。她在家裏活了十幾年，世界上會有更死靜的地方？她在屋子裏或坐或走動，覺得自己就是時間的指針，每一分鐘都在盲目的過去。

白晝來時她看到了環境，恰像面對生命一般，同樣空無一物，她退到角落坐下，這一天一夜好長。到底因爲她是個活人，他們不敢眞關久她，而且太沒趣了，便將她放了。

楊照見到她，連問都不問了。

「我沒事。」反而她怕楊照受不了，想到最壞那方面。

「我希望妳好好活到我大學畢業。」楊照冷冷地說。

「好好？我倒不敢奢求，我會活下去就是了。」

「活得下去嗎？」楊照惡毒的說。

「你等著看好了！」她足足有月半不理楊照，那個月裏，她發現身體不太對，是的，她懷孕了，她眞想大笑。如果老大在，她未必嫁給他，何況他並不在。

楊照陪她找到一間婦產科，醫生問也不問便叫她躺到手術臺上去。她忘了脫鞋子。婦產科出來，已經天黑。楊照帶她去吃當歸鴨，叫了兩碗，全堆到她面前。他坐在鬧市裏不知道想什麼，四周都是人。

「痛不痛？」楊照問她。

她想哭，卻搖搖頭。她要早學會搖頭不好嗎？就不必學忍痛了。

事情告一段落，老大的父親到底保了他。老大出來那天，楊照放學後直接找去，身上還背著書包。老大沒找到，倒被老大的弟兄砍了幾刀，人在送醫院途中失血過多致死。

聽到消息，她腦子裏第一個閃進的，就是那兩碗當歸鴨。

當校長的父親流星火急般送走了老大。她沒辦法出國，只有幫楊照念完沒念的書。

後來再見老大，他已經學成歸國，而且聲譽直上。他就是易醒文。

絕斷經月，易醒文完全不知楊照被殺致死一事。匆匆去國，可以確定的是一定出了問題。楊照的事，他在國外輾轉聽來。

頭半年，他打電話、寫信吵著要回去，他父親相應不理。屋裏待不住，他整天在外面逛，舉目生人，醉過不知幾數。醒了醉、醉過復醒，他足足瘦了十公斤。

他發現唯有把書念好一途尚有回國的一天。

他假裝完全忘掉以前種種，開始申請學校，並寄了封信給典青。學校入學通知不久即下來，典青則石沉大海。

那些日子他努力集中注意於一件事——念書。爲什麼念書？他不能多想。憑了他父親良好的關係，他很容易進入第一流大學，有第一流同學、第一流成績，生活彷彿很容易，心理呢？放目異色人種中，他十分清醒自己的定位。他永遠不會喜歡那環境和人。

無數次夜半醒來，以爲仍躺在小旅館裏，同樣的黑、同樣安靜，僵直的身體告訴他——這不是。他於是養成開燈睡覺的習慣。他又不想看清四周環境，只好閉上眼睛醒著。

每到放假，他姑媽就把他的護照藏起來，最後，他索性放棄學位到手前回國的念頭。日子才好過了些。

課餘閒暇，他便到餐館打工，他們家並不需要他太努力於別事，他希望在中國人多的地方試試會不會碰到熟面孔，即令能講兩句中國話，多讓他想起某些從前都好。毫無理由的，他覺得國外夜晚特別長、燈特別多。他經常忘掉過到星期幾。

這期中他母親過世，父親調往重頭大學，他皆在事後知悉，父親不必他回去奔喪，要讓時間沖淡輿論的記憶。他一字未提，他知道父親的唯恐中，最致命一環，便是他還記不記得以前。他並不特別恨，人在國外待久了，會自我期望最好某些方面失去感應。

他再見到典青已經是他回國講學無數次以後，他深信典青早在報章得知他的消息。至於何以如此乖折，他已經不想多追究。

多年不見，典青比他印象中小得多。

他帶她到住的飯店，房間寬敞氣派，他要他們倆絕對相處，這回四下清涼得多，不變如前的是空氣裏的安靜。

「妳早知道我回來了？」他問典青。

典青點點頭，就像她那年離家不願回家他問到後的點頭，教人心疼。他問不下去了。典青該不該知道他找她辛苦？她不欲見他代表什麼？

竟坐天明，彼此要溝通反而理不清。房租另有人付，他們無關擔心，他們也早成年。

典青的沉默使他明白典青恨他。他們曾經那麼肌膚相親。他握住典青的手，那雙手是冷的，不像她年輕時候。

「我怎麼賠妳？」

「是我欠你們。」

他第一次好好看清了典青，他年輕的記憶和痛，彌補不了了，又是最直覺的發生。他直截了當說：「我要帶妳出國。」

問題同樣存在，婚姻、聘約、輿論，他們成人了，不能再逃之解決。

「我們走得了嗎？」

典青怎麼會如此消極呢？他倒認爲就算以時間換取空間，他們大有來日，從前事不由人，時間產生的問題，總有解決的一天。

典青沉默個性使然，他們的重逢絕不驚天動地，他發誓這次不讓之草草結束。

他答應學校繼續留下來。他的留下，外界頗多揣測，他們終於證實確如他們想像。

即令他認爲時間長遠，仍無時非要抓緊與典青見面，更毫不迴避追到典青班上。典青笑他「永遠的太保作風」。

可憐典青進入研究所前已經頗多側目，當她在研究所正式走動之後，評論、傳說如風一般散開。不外她家世可能的顯赫，及事業心必然的積極。把這些加諸於典青身上？他覺得可笑。

最讓易醒文深痛惡絕的是圍在典青四周蓄意待發之士，易醒文明白表示了他的不滿，他不要典青有所選擇。很奇怪，他在學校素有雅名，唯面對典青從前的性情勾之而來。完全雅不起來。

他認爲這一輩子是拿命來換典青的。他要全部攬下對她的交代。

無可避免的，他的情緒隨時會陷入高度不穩定中，起因於他很怕回復到尋找她的境地，這些不穩定帶到了他的處事及人際中。報紙、學校的新聞走向愈加明顯時，他一度提出辭呈。他父親又出現了。

他不明白何以做兒子的會跟父親周旋一輩子，他們又不是仇人。他們父子平心靜氣長談多次，一個沒有結論的話題。他向不認爲離婚可恥，就算可恥吧，尚不致要人性命，而失去典青所帶來的難受，會是一輩子的事。他父親再無法扣押他的護照，他以前不想出國，現在一樣。長談那幾天，他和典青暫時約定不見面，他打電話去，典青總是沉默居多。

他父親走後，他太太國外回來。在他最覺生命無所謂的時候，他父親安排了這樁婚姻。秦晉聯姻，錦上添花而已，可嘆惹來諸多羨慕。

因爲他太太並非根深柢固的親，他向少挖心剖腹，兩個人總是客客氣氣的。這一次，他太太扯下臉說得明白：「要離婚就準備收屍。」

論說他和典青過往及當時交往，彼此從未人前多置一言，卻幾乎人人自以爲了解。大家冷眼旁觀他倆的發展，認定眼見爲實。如果又是環境逼成絕響，他怎麼辦？去跟誰拚命？

他終於相信維持現狀即最好的狀況了，至少仍能見到典青。在潮流中，他們在等什麼？時間嗎？怎麼他們碰在一起便產生新聞？是因爲不順應潮流壓力擠出來的反常？他想想不對，這事還沒完。

他岳家果不然迅速透過管道向典青的學校提出反應。他請典青辦休學以爲對付，典青不肯，她說：「我還能躲到哪裏去？」她說得沒錯，然而他怕典青最後終會將他犧牲掉，堅持典青休學，他才好跟他們周旋。

他太太追問他爲什麼非要跟典青交往，他不願意跟別人提起他們的過去。那是他們的事。而典青很明顯長久之後極不願與人爭奪，任何一點反抗力皆會引發太多回憶。楊照就在爭奪下失去了生命。他發現他仍然沒法和典青站在同一陣線。

他積極和典青商量一切可行的辦法，最有力的籌碼就是典青懷孕，生個他們的孩子。有個孩子，至少大家不能說他們沒關係了吧？

典青看著飯店外面，開始說婦產科的事，她說：「我們已經失掉那個小孩了。」

他不能說話。他們還說他和典青的關係不怎麼樣。

「已經可以預見事情最後終不可收拾，何必呢，人的一輩子又沒多長，我受不了了。」典青慢慢說來，還叫了他「老大」。

要死多少人才過得去？他非要拚拚看。典青未予置評。她回家後，天開始下雨，他不放心，隨後打電話去，典藍接的。他後來再打，典青才接到，說去散了下步。

他要典青好好睡，不會有事的。典青說何不學她母親，乖乖的躲在時間背後。聽得懂她是在說——再見，而且平靜的絕望。她沒有再加重複。再見是不必重複的。

他很快辭職遠走出國，他相信，他們終有再見的一天。

典青臥病消息傳出同時他聽說了馮子剛的事。他覺得這個世界上根本沒有什麼公平不公平。他沒有去醫院視病探望，或者典青可因而多活不苦。馮子剛到醫院那天他也去了，遠遠的站在一旁感謝馮子剛。他要記住馮子剛那張臉，典青不該命薄如此，希望馮子剛是個新生命，遞換陪伴，他只有感謝。

典青入土那天，他竟覺出奇的輕鬆，死亡如果有生命，典青終於跨越、握過手。

他們誰也留她不住。

熱的絶滅

我進入一種境地，聆聽你的聲音，觀察自己愛的身世，這是我的紀錄。

多少年來，我仍願意想像與你久別重逢時的激越無言，雖然事實上這些年我們並沒有斷絕見面，我幾乎每天看到你，在我面前往永恆走去，我心平氣靜與你說話，生活的一部分，我們不再在另一塊境地擁抱，我們只有一種關係，不是愛。我清楚地記得那神祕的氛圍，如一圈圈年輪，日日將我們浮升，動靜皆宜，遠近皆宜，永恆如空氣，悄悄進入我們的四度空間，我們的血管，不再出去，不會現身。

回想起來，那個時候，我們也只有一種關係，情感的方式，那是愛。現在，我們完成了那種方式，新的方式也許永遠不會成形，現在，也許就是永遠，不再前進，也不再退後，我們等待的，只是等待本身，或者是一次回憶，或者一場無聲的淚光，只有在這種狀況下，讓我們覺得以前和現在有一點差別。

是的，我永遠會清醒的承認我們之間發生過的一切，雖然它已經變成了單獨的一種存在，不在我們現在。說來，人的情感彷彿出門旅行，到達遙遠的荒原，所謂廣袤足以將另一個自己留在家裏，他身受的一切，他去不到。自己跟自己的往事不再接合，鑿一條幽深隧道刻寫神祕的結繩紀事，紀事文上這麼寫著：這是兩個沒有名字的心靈，他們如今不在這裏，但是他們曾經嘗試通過一條隧道，他們行經處，以動物求偶的姿態記錄發生與心情以爲記號，其中以蛇的形貌最多而繁複；在隧道的一生裏，洞口是否有光，他們因沒有去到而永遠不知道。

荒原之旅的確改變了昨天以前的生命組合，並不妨礙眞實的我們如今平常相處，以不是愛情的方式。某些成分自我們體內離開，於是我們再度回復更早以前的關係，介乎朋友與情人之間。我們回復得很好，雖然結局的過程永遠顯得粗糙，最大的嫌疑是無了斷相，我保存對你的第一印象，也珍惜對你修正後的第一印象，兩個印象中間地帶，是我們歷經階段後得知的分寸；同時，我也儲蓄這兩種印象錯車時窗口互望生出的溫暖感覺，教人意外，那比之記憶的心靈方式更直接感染我。如果記憶是一個身體，那麼溫暖感覺就是一雙手，我可以選擇以第一或第二印象與你相對，你也知道那其中的差別。我相信人的關係有很多出路，然而，我依舊會記得曾經告訴你，如果人生還有機會，即使我們彼此也願意，另一次的機會是，最後，我們卻只可能靜靜坐在一起低頭交談，別過頭看眼風景。

該開始的已經開始，結束則正在進行中，也許要一直持續下去。偶爾有聲音在空中響起，逼問人生，這麼做，對別人有任何意義嗎？我唯一的解釋是，愛情不是拿來重複使用，愛情本身也從來不需要意義，我們對我們在乎的事的決定就是意義，譬如家及既有生活。

事實上這些年來，我們的需要已經隨時在修正，在修正的過程中，我們看到怯懦、貪戀、亢奮，也同時看到愛、喜悅、希望。此消彼長，彼消而此長，這是我們自己的決定；我們經歷，終於，來到了現在。我們不能不承認，我們開始了一部分的自己。無關道德，沒有任何名目的道德力量，能爲我們解決情感的需要。

所以，給我們再多珍寶也不能誘使我們對這樣的關係討價還價，我們沒有說過一句「結束了吧！」這種話，在貧乏的有生之年，坦然平和的接受開始，並且完成。從此意明神靜，我把我自己當成你一樣尊重，你亦然。

當然，我永遠記得愛你的方式，也知道你愛我的方式，我以你需要的方式愛你，你亦然。

我們之間沒有遺憾，只有想念。不管以前，即使我還能看到你的現在，每每午夜交過子時，心底往往不由回到某條向大海的露臺，甚至嗅到將進入雨季的冬日黃昏沉靜味道，讓皮膚感覺冷，那時候，記憶便像一句臺詞貼在光纖上，心底只通過我全心對你說的第一句話：「來！抱一下！」我的整個人又想到了你，通過某條夜的露臺，某些酒的形式回身擁抱你。時間讓人愉快，也讓人鬱悶，然而只因爲人的情感相逢沒有對錯，只有好壞，使得時間無法顯示它的公平不公平，情交自行落地生根並且繁殖，無父無母，成爲永生。

時間的狀態使我們知道這個世界上，當情感達到某種重量，一切都將停止，不存在溫度、無光、無熱，進入永恆之衍生，走向消散，不再需要能量，呈現靜止狀態。因爲情感本身是一種需求的過程，便有定數及因果，因此，這命運似乎無法避免。

然而，在最初，要我眞正相信人的空間局限我是多麼的不甘，三起三滅，乃有掙扎。人與人，所謂空間眞只限直線進行有個終點嗎？是一次緣分規定嗎？那麼愛因斯坦的宇宙中沒有直線，僅有大圓，空間雖有限，沒有終點，多少年後，我們循環回到原出發點，而能愛，又如何說？

或者你寧願相信另一個說法，宇宙是一肥皀泡，宇宙泡有三次空間及一次時間，相對於宇宙泡，其餘的只是空的空間及空的時間。

面對一份眞實的考卷，我寧願選擇人與人重疊的是欲念。我以另一個軀體愛你，這身心由外到內從沒用過。而欲望，驅使我們以一生的時間作準備，等待失敗，或者發現精神與肉體、愛與現實可以共存的空間。

我很願意證明這些經歷。記得有一次旅行（旅行一直是我們之間最重要的一個主題）。我不懂爲什麼快樂會讓人悲傷，我們離開熟悉的地方，就爲了淸楚我們的愛，愛情本身因容納太多功能，成爲一個巨大的宇宙泡。

深夜，我們安頓下來後，我去房間找你，室內的光由門底縫流出，地球另一邊此刻正是白天，你講電話的聲音遙遠而陌生，如在南半球，走廊是一條長長的、暗的隧道。

你走出來，我們像兩個外星人因流落地球而彼此孤獨地舉杯。

我們像遊客一般喝異國的大量的酒，全是平常我們不喝的品牌，喝的過程的確消除了一些恐懼，一切不成問題，我們便是一個完整的宇宙泡，跳過聯繫空的空間與空的時間之約，忘了稍早剛安頓妥後我們曾在這陌生城市的街道找尋更陌生的知覺。我們圍著住宿飯店四周繞，從每個角度看到住宿地一間間窗口發出淸光，比廣闊的草原更遙遠，我們知道那發光的地方，就是我們居住的星球，但是要回去是一條極漫長的路，現在，我們自己是那宇宙泡之外的空的空間。

大醉之後，我低匐在床上一直哭，回頭看到你從荒寒的房門走近床側，我問：「你是誰？」

身體在另一個空間清醒著，無法無則，你是另一個陌生的城。我身體裏的能量向四周消散而去，不再愛你！我覺得好痛，我大哭並且絮絮叨叨，我一直問：「你是誰？」無法停止。你要我別這樣，大概這身體的清醒及直接問話使你害怕吧？我自己也怕，那麼，我的害怕呢？我使你害怕，我卻不知道自己害怕什麼。我們因害怕而壯大嗎？還是毀滅？我清楚記得你當時還說了什麼，邊恐懼邊記得了，我們很快的學會了人的那一套價值運作，我甚至學會發誓：就算死，我仍無法完全由自我放逐出去……

不知道爲什麼，那種情況下，所有的實聲語言都龐大到使人軟弱覺得無能，哄人的話尤其傷人。感情被語言具象化了，聖潔的光環自你頂上褪下。

第二天我假裝若無其事，除了頭痛。我們很快回到自己的城市位置上，雙手捧著你卸下的光環，不知道該不該還給你，不知道該不該等待你決意拋棄它，爲敢愛付出代價，爲自己喜怒哀樂付出血，付出聲名。仍是一名聖潔之子，我將光環悄悄再度爲你戴上。那扇爲你開啓的荒原窗口，畢竟太遼闊，有生之年，我們是走不到了，它又悄悄闔上。

闔上之時，已是另一個階段了。我深知這是自斷是非，充滿了絕對，我何嘗不在學習如何愛你，如何愛人。在愛的窗口中，沒有絕對的風景，它不是一手執劍一手以聖書的志業。我終於明白所謂愛你並不等於愛所有人的律則，你是一個特別的個體。

你絕對想不到，這一趟輪迴就是時間一年。

初秋的落葉再度拂亂街道，一個愈來愈沒有出路的城市，再也不是外星人的孤獨之鄉。酒早已經少喝了，是非，也如光環，化爲野草地衣裏的螢火，循環一季秋天後復出，明滅心燈，閃爍不定，爲自然現象所限制。

不去旅行，我開始喜歡我的車，那是舉著螢火療傷靜坐最好的地方，因封閉而使世界變得縮小，愛因爲只有你自己而遙遠。我彷彿聽見一聲卑微的嘆息因等待而墜地碎裂，我在狹窄的空間發現自己成爲碎片之身時，日子眞不好過，但是我不喜歡也無法去討厭它，這不是我一個人的事，是人類集體的命運。

我不明白是生命哪個環結在消耗我們的興致，我看得到的是我們的情感間接循環，一秋又一秋，在時間之外，在記憶之中，無法成爲經驗法則。

你說，你的故事我不知道；我說，這一生中不追求眞理，感情不是眞理。

感情不會沒有死角，你要我就你既有的故事另起一份稿，這對我們的創作能力不公平；緣分於是沉默下來，實則是不那麼在乎了，身體已經完全用不上，手指逐漸僵硬，無法撥電話、寫信，一切在萎縮中。

然而日子本身因爲記憶並不沉默。你還記得那條長沙灘嗎？在海與出海口之間，顏色被水面上的夕陽反照沉淪嵌在沙漠中烈日藤黃，遠處的海平面最先暗下去，四周沒有一個人，沒有其他顏色，我們對坐對飲，春天使沙灘變得狹而扁，海岸線退得較遠，出海口儲滿了水，虛浮的光從最遠處漫到我們面前，倒在酒面，光也會給人一種黑暗的感覺。你說起記得的幾句詩——有人問我的話，我會指向妳這邊。火車馳過黑夜，妳翻身，翻進嶄新的睡眠。這個時辰的光是紫色的……

對光亮的體會，而對象是你。我憤怒地抄起身邊酒罐擲向退得老遠的大海，然後抓起我的鞋子及玻璃杯，快步衝上架在沙灘與溝口間的木橋，我多麼寧願是向相反的地方走去，如此，不止一條路，我們不會在路口會合。然而相反的地方是大海，沒有路。

你在身後急聲喚我，天地中唯一存在我的名字，衝向光去，等待那回聲多麼漫長，彷彿由前生的他們離開才能奔向我們。

那慣用的杯子，那雙不欲再前進一步的鞋，我用力將它們擲向海口，聽見它們落在水面輕微觸擊這空間及我心底，世界因此有了另一束聲音，不是回聲，這是人間償還我最起碼的自尊了，我亦不要你受委屈。

我赤腳在沙路盡頭等你，陪伴我的是無言、無狀的承諾，有生之年，我都不再對你嘔氣。我對你說：「我不相信什麼前世來生，我只相信現在，但是我答應你在這輩子絕不情我兩忘。」這是我們抵抗現世的唯一方法，不隨名俗逐流，情義自在我心，在我們制定的輪迴當中。

這些年來我一直沒告訴你，那慣用的酒杯是一對，落單的那只仍在水底吧？落單的這只我常拿來盛酒，一直也就這一個。

不久前，我們又有機會對酌，握著酒杯，我才微笑向你說：「這杯子另外一只在海裏。」你臉上的神情我到現在都無法分辨是什麼意思。

停止了成長，也停止了回憶，情感本身變得尷尬。

回想起來，那段時間，情感體素急遽成長，實在說，我也不知如何是好，體內彷彿裝了一具壓縮機，不斷膨脹，我不知道怎麼要求你，要求什麼，也不知如何自處，情感抽長得就似青少年的青春期，面對每天不一樣的自己完全不知所措。

而我，也有宿命的一面，我渴望打破無知，確定這究竟是不是定數，我不斷拿出你的命盤又收進夾頁。而如此猶豫不過印證我極欲感受自己的確在這場愛力中，我無話可說，我終於了解這是命，緣起則情生。我假設你是一位值得我追隨的先知，我追隨你，也追隨將來必然會隨緣滅而被我丟棄的信仰，此外無它。我對你說了，你說你聽其自然。

究竟使你耿耿於懷的是什麼？是那些你想要又不想要的人生必備嗎？我厭惡你的想要又不想要的心思，它使我們的交心變得曖昧，黑夜更黑。我反應：「一個屁。」你說：「咦！怎麼一點建設性都沒有？」我以無聲告訴你：「我誓死維護你的尊嚴，這對你沒有任何意義嗎？」已經不要你的否定，你離開的時候不必說再見，停止就是緣滅，我以記憶追隨你；我也離開的時候，不會有聲說出理由，讓我感受你，你仍是我的先知。

先知也有他凡俗的缺點。所謂遺憾也就緣由不相信缺點衍生而來。

我有一位朋友精於析解人生際遇，我懷著你的命盤赴約，打算有機會便問問。當日匆匆約了晚上十一點，他說還約了一位，我先到，坐在一個安靜的角落，閒閒談著，就是切不進我想問的話。終於等到來人，筋疲力竭，因發覺這就是我們當天流日而啞然大敗，於是散去。

哪知當天午夜，我們正在爲等不等氣餒，我們彼此擁有的一位同伴自殺往他路走了。他們家裏都接到電話，甚至留下錄音孤獨地在答錄機裏，而我們都不在。人命兩散，生命無非一個轉不過身；人去了，遺憾未滅，抵抗死，而終於死。我們雖知道不是這一次也是下一次，並未減輕對生對愛戀之心的疑惑。什麼在我們掌中，是欲求還是愛，而他教我們看見的是消失，我重視的卻是你的命，我們豈不可恥!?

使人搖搖欲墜的果然是人對愛欲的渴望？再想起生或死，都覺愛不足畏，應當讓恐懼停止了，我撕掉了你的命盤。

我可以想像，這樣決定的後果是有一天，我會突然接到一句轉來的話：「他已經走了。」使我們的音訊眞正斷絕，你不再直接告訴我事情，我不在你身邊；當然，也可以相反，由你來接受這句話。

但是我們都不怕了，那如節慶的日子，如水中之氧，可以減少不會滅亡。不能多加一筆紀念日嗎？我說：「除非以死。」你紀念我。當然你說生命無常，當死才死，你願意多活一天是一天。

我知道，節日一向對你重要。那天到來，這答案早存在，你一個人單獨出遠門旅行，留我下來，你不忍；於是出發之前你便流露希望這一天跳過去的鬱躁氣，你慣常在節日前攔截它，以各種禮物或更多的陪伴，你握緊我的手，阻止我走到節慶的範圍，節日代表親人的生活軌跡。

由第一次經驗開始，我們之間的聯繫是，不論你赴他地遠遊或者近程親朋團聚，在你回到這個城市前，從來不會有任何消息。我開始回憶你那次在房間裏打電話給誰？傳達多遠？怎麼我在你門外同時聽到了。

於是有一天，你離開近一個月後我去機場接你，由遠方回來的人很多，接機的人更多。我猜測你黑了？重了？瘦了？不知道你現在想法如何，我不是等你，是在懲罰自己。飛機誤點了，而且你是最後一位出關的人，我看著你走出出境門，毫不猶豫的往候車站走去。你像一則消息由我眼前飄過，不透過文字、不經由電訊，如果二十年以後我們也要這樣見面，我應該靜待你的通知。我轉身離去。

你回來了，明天你會打電話給我。你存在的是現在，你不會告訴我你旅行的內容，我不相信下輩子，那麼，我對你的任何付出都不該要求回應。安慰你的人，永遠不是你最親密的人，我沒有辦法證明自己能安慰你，但是我可以證明我們不是距離最近的人——我曾經可以沉默地看著你由我眼前走過。

我終於知道，多親多疏的關係都會有某些階段。

我們現在進行的階段是，你由哪裏回來都不重要，我可以做到的是不洩漏自己的想法。我們之間的關係向來由你主控，你才是主角，我明白該怎麼做了。我可以不定時單獨出走，也可以於你回來同時離開，如果我要這樣的空間，你通知我的時候，我不一定要在。我也同時發現，每離開你一次，就更清楚一次，能否讓你明白並不重要，你低估我們的距離使我們忽遠忽近才是致命傷。我清醒地翻開底頁看到結局，心慌地作棄守狀，但是你說不，那不是你的本意，我開始掙扎並且拒絕你，我們都疲倦時，你問：「去哪裏走走？」我說：「只想回去自己靜靜。」那是另一個禁忌，沒有你：不在你範圍內。我任由你在黑暗的車外消失，血傷凝成你走路的姿勢，我在乎的就這麼多了，我不必傷你而自快，你不知道，就永遠不知道吧，我記得的則更多。我記得你春夏秋冬由遠處走近我的樣子，我記得你在醉時問：「妳要我怎麼辦？」醒時我們一同遺忘。我無法拒絕你，可以拒絕與你同命。

因此，宿醉之後第二天，我一向不願意見你，我病時不願意你在旁邊，我最軟弱的時候不要有你。

我們同個時代，我們的一生過去後，這個時代永遠過去了。有一天你可能突然哼起一首歌，你會記不起這首歌在哪裏聽到。我不能留下什麼給任何人，我有的已經全部交給你。我們並肩的時候，你說：「我需要妳！」我曾經否決。不是你需要我，是我們在這個年歲需要出路。你並不改變，只是以拖延問我：「妳好嗎？」我告訴你：「我這輩子覺得天下最珍貴的感情是那種無法選擇的感情，我選擇了你，但我們的關係是我生命中最好的經驗之一，我現在真的很好。」而我時常想念你，這就是我相信的事情，我們仍然沒有出路。

我更相信替這則故事另外起個頭也不會是山風海雨。有人喜歡以繾綣忠於自己或所謂走一條固定路線，開頭總是：從前有一位公主和王子……從此過著幸福美滿的生活。這不是故事，是神話，人所不能扮演；我說若要靜好，可以每天送你一束康乃馨，細緻而聖潔。你十分不慣我的刁氣，我進一步刺你以天地劍法於無逃：人越窮則越潑辣，如非你我氣數已盡是什麼？

我終於在你的夢裏翻身要求你，如果有一天你亦情窮，不管多難，一定告訴我，我必須檢視自己以前的樣子，你答應了。你一向知道這對我很重要，記憶對我是另一個生命，反證我們的聯繫。詩的結束是這樣：我爲妳夢妳的夢，夢見曙光時，我陷入夢鄉。

線的兩端我們是多麼不一樣的兩個人，我們對踐履現實故事的興趣，南轅北轍，你從來不需要性格剛烈的我印證人心柔鞣，你卻中和了我；我們對情感認知的差距，我不配你，但是，這不是我們愛的條件。在本能上，你一向更知道，我們彼此吸引的是什麼？彼此願意放棄的有多少？我們不一樣，並不代表我們不適合。我放下手劍不能傷你。因爲你給了我，那永遠存在，永遠有效。

來生，如果你認出我，你可以拿這張通行證直接要我，我會記起你曾經護持康乃馨走完屬於你的全程的史前故事，已不是你；前世無論你顧得到顧不到夾道目送的我，我今生尊重你。

在情的範圍裏，這些年來，如非你容忍我，我們開始便注定是一把殘局，而棋未逢對手。

如今的我，對命已無所欲求，如果眞有另一個世界，可以解除你我此生的禁令，我們約好，誰先死，以死相告。先去者，午夜十二時連續三天來撩生者三下腳板，你有三天時間認我。我不要別人告訴我你的死訊，我要你直接告訴我。我先去，守同樣約定。我們對來生的信仰，靠的是記憶，不是記性。

而今生，我們唯一要背誦的是，愛如果沒有對來世的渴望便不成爲愛。我對你的夢想曾經不斷使我意志消沉，獨來獨往，我甚至不想見你。你察覺了，更加緘默，只一句：「妳逃避結果嗎？」我無法分辨結果跟過程有何差異，情愛，何至深沉至此？斬親滅族，割斷一切。我狡辯：「沒有，你要找我，我才能逃避。」你不是結果，所以我簡直無法逃避；然而，結果是我們才向現實試探可能，愛便受阻。

愛停頓的時候，需要更緩慢的過程紓解。我又獨自去荒原，想像你現在正在紅磚路上行走，走過一株株白楊樹，看到被月亮照映倒影的路面白天曾是太陽的倒影；遇見你通過長長的人牆，去看一場累人的電影；嗅聞你在屋子一角桌前翻閱書頁。我回來了，天地完整如初。

我們的愛怎麼會一成不變呢？你看待我累積你的生活經驗只是渴望與你一起生活嗎？當然不是，我只是嘗試模擬我們的地位以接近你。因此我在你亮燈的井字窗口看到家的剪影，便以爲你身世孤單，幾次夜訪，你終於發覺，我在你注視下離去，看出自己塵埃沾身，注定要以淚水浸洗。你問我爲什麼淚水不止，我不知道；我知道的，已全部忘掉。一個失去視覺的人，單剩下聆聽的本能，窗口燈火問我，我問燈火，心燈兩滅。一路闃暗，模擬仍在，淚水化石沉入沙漏底層，以無層次光推磨情節、背誦演員守則：你要學習他的語言、他的心事、他的身體……。追隨紫色光緣，心事如一夜之中連跨二次地標，激發對你永恆之耐性。面對是你非你之身，無有悲喜，但問：這是三起三滅中第一滅嗎？傷才開始。

當愛陷於膠著，今夕何夕？許以來生的安慰突然變得面目可憎。我相信你，可是不相信你服事的眞理。

你的神使得你離開我後，以另一個靈魂，與今生的我相戀；我若不願再次葬送你於輪迴途中永不得超生，生生世世以不陰不陽的形貌與我纏綿，唯有清洗今生的記憶，以保全你。你走向我的次數必須與你對詞才能確定；更甚而，我絕望的時候，你就在我面前，我卻四處去找你——當我們失去身分，不論你在哪裏，我要靠近你，只有漠視空間，昇華或者沉淪到底。

這不是創造者的愛，我們不發明愛。

在我有記憶的現在，我願意再回想一次，你走向我的過程，曾經使月華移步、火車在遠方鳴笛，並且從不因已經擁抱到我而視爲喜樂終點。而我們存在過最壞的方式是，我影子匐在你背上，卻不斷要求你走向我。你若記起我曾羞辱你的神，仍會要我別怪你嗎？我立下血書：我不怪你。我們都不是先知，我唯一通過自己的信仰是我們對未來還懷有希望、對過去有許多忌諱之心。我已知道，在這個時候如果仍想保有你，只有報以沉默。

一向如此，我們志願進入輪迴，進入沒有開始也沒有結束的蜉蝣，遠離欲念的輻射，以現實的警覺時時抛開自發性的情緒。人要毀滅，不需要如此漫長的過程。我倆各自遺棄自身的緣命於中途，這意味一場情交世俗化之後，才有人間的離合際遇：我可以關心你，進入你的磁場，知道你的故事。

初夏的深夜，周圍無人，在你一次短暫獨立生活的日子裏，我們兩人一命，裸裎相照，你訴說過往片段不爲人知的坎坷心事，透明光由你腳踝上升，瑩澈動人，我握住你的手，覺得好冷，我無意愛另外那個你，卻心疼現世在我面前不完整的你。因淸晨之際擁抱我們生命開眼最早的身體；因另一個角落夢你、與你同眠；因山間水邊無言、窗外無光，了解現世的你。因一段一段拼湊而逐漸完整，以另一個我安慰你。

隔著時空，我問你：「肉體的愛也會進步嗎？」你聽到了，突然有一天，你答：「是的。」完整的你從此成爲一捆線，繫著不在現實的必在游離的懸念。我以另外一個完全獨立的精神陪伴你，困擾便不存在，我經營一席尊嚴之地，你若欺我求全心意，我會明白，我不能傷你，唯有自傷。我會以雙手埋了你。

有一天，當我們的故事也落陷於不變的開頭與結局，不再給我們痛苦與微笑，我們將迅速老去。有多老，南半球永晝永夜那麼老。「不要以偏概全，每個人看到的都只是一部分。」你說。我轉頭便看見你，但是我從來不認爲那是全部的你，我陷入迷思——我們曾攜手攀上世界的邊緣，一起守望南十字星指針嗎？爲什麼永晝永夜的經歷不時環住我們四周不肯散去？要我們付出夢。我不以偏概全，那麼給我選擇的機會。

如果我只有一次選擇，我不會要你，那也是你的選擇，因爲你幾乎不模擬我。你以大部分去模擬一個城市小巷閣樓上男子的行徑，在深夏的夜裏守著一杯啤酒或一臺電視，並且考慮搬到郊區。來不及了，你以一部分愛我，以更大部分遠離我。眞實傳說在我們的故事中任誰輕捏都會碎爲粉末，使我們路途索然。

我們的故事是，長期的雨季後，有一天你下班前接到我電話，你有意保持沉默，整個辦公室像黑洞朝我撲來，我不得不開口：「其他人都走了嗎？」你說沒有，那麼他們都在聽你說話了？「我沒有說話！而且我自己一個辦公室。」我笑了，你居然一口氣作了近日來最長的聯繫，你仍認爲我偏執嗎？我成粉末已不在乎，說好在路口等你。

我比預定時間到早了。奇特的是似乎所有下班、放學的人羣都與我迎面錯過，我去一個他們都離開的地方，那裏起火了嗎？我熄滅大燈將車停在路邊，兩旁商家通天明亮，我坐在黑暗的車內。這時刻，車子彷彿在山頭面對二百七十度萬戶燈火的城市，我們所在的都會，我們現在觀察它，風由山腳滾上來，城市是靜止的，因爲沒有風，也沒有我們，這點，我們心底比誰都清楚。我在車內看到我自己。

我由後視鏡看到你一路找來，不確定我的方位，白襯衫彷彿會發光，一個孤獨的行者，沉暗的路面沒有你的影子，我們沒有名字，我因此知道：你仍舊對實際的承諾不感興趣。我可以恨你，無法逼你。我轉亮霧燈讓你找到我在哪裏，你以指節敲窗告訴我你到了，全部是無聲的內容。

你上車後，靜靜看著我，重重嘆口氣後搖頭，那就是你的抱歉，你舉平我雙臂引領它們圈住你，白襯衫仍發著光，不再那麼碰不得。我說：「你身上好香——」淚水止不住流下，我們是靠經驗在繼續維持愛，我實在不知道經驗本身是不是愛，更不知道如何開口說對不起，你已經接到了，你搖頭：「別這麼說。」我眞的不相信我這麼痛恨你卻如此軟弱。你扶住我的手往你臉頰掌去，順著你自責的節奏，手心與你臉頰發出重大的撞擊聲，我聽到了，轟然如巨雷，一記比一記清脆，我無法阻止你，仍無法逼問：你不逃避嗎？當你說是的時候，我卻看到你搖頭；你不解釋嗎？你什麼都不說了，只剩下我的手心在你掌中，一個星球的爆炸，碎成殘片嵌在肉身。我討你歡心似告訴你，人生活著，越活越沉澱，最壞的日子都在後頭，我們有過好日子。碎片也是完整的碎片。

我為你建立原則，也可以為你打破原則，我們還是不要預設情感的時間，你不用覺得愧疚。我問你往哪裏去？我打開車燈，你以目光直指前方，沒有選擇的選擇。我可以永遠不見你，但不能在你心力交瘁時候離開你，你說沒有差別，我說對我不同，我說過，已經為你破壞原則。你暫時同意我固執，一切由我，也只由我說說而已。這不是天賦權利。

我們各自回歸屬於我們的季節後，冷暖自在心中，你的寒冷我不能跨過北回歸線擁抱你，熱亦如此。我在你之外，你醒來蛻變成為一座冷暖同體的星球，你擁有了單獨的溫度與生命，你卻毫不知覺。一次無言的晚餐，一場無言的愛，世俗化了的情交也有愛去不到的地方。再愛也只是身體，再不愛也只是身體，這跟一座火山與另一座火山爆發有何差別——它們永遠不會同步爆發；你跟我的愛已不同步。我愛你，是座活火山，我不愛你，是座死火山，有人類以前便已爆發，地形改變過了。

那天夜晚離開你的時候，你說過年前去外面走走，過年還早，我說好，菩提樹影映在前車窗上，一塊標著巷道的路牌，一條巷子往相反方向看去總覺得特別長。去年除夕我由巷底駛向菩提樹，心內只有愛沒有回憶，當時我高聲喚你，你會出現嗎？我無命享受你不斷經過計畫、安排、報備的愛，是一座死火山就要有勇氣承認，我不能移植你。如你所深信，我仍然關心你，關心無法生出力量；因此，有一天你回去愛上別人，我絲毫不驚訝。你也許不愛我，你不知道，你愛某種特質，我只是那特質的衣胞罷了。我不在意我們還剩下什麼，只要你不以爲我應當愛你。正常日子我可以過，平凡的情感也傷不到我，回歸正常後的關懷我用一分一秒來捱它。

暫時沉默後，我們哪裏也沒去，就算這中間交談過，也不成爲一種對話，沒有什麼可記錄的。我渴望和自己的影子單獨相處，讓自己像個病人，安靜及休息，但一切正常，外表看不出我的脈息。你在電話裏告訴我：「爲妳準備了一個紅包，來拿好嗎？」你一定不知道我曾經過年前在什麼地方見到你而沒打招呼，市場。我不要看到你像個都會中僞扮的小市民，生活沒有什麼好討價還價的，你要就做個小市民，不做，就付出代價拒絕它，這就是生活的尊嚴，愛不因爲面面俱到而完整。我已經對情感沒有原則了，我不允許自己對生活形式也沒有原則。但是，我不必對你說明，我不應讓任何人僭越我的角色。我拒絕在這個時候見你，你不是我情感的奴隸，我決定不走到你節慶範圍裏，我努力維護這個決定，你說也好。我不去多想，那一刻我覺得已經在寫回憶錄了，拔開筆套，開始寫我自己這部分。

你再打電話來，我去見你。嚴格說，是另一年了，雖然仍在假期。你站在我上次離開你的建築物旁，仰望天一角，二月底，才抽新芽的非洲橄欖，葉片互生，我從來不需要搜索你的位置。我慢慢駛近你，日子眞快，這世界沒有年分就好了，我們以月亮的圓缺知道天地有一股動力。我由你面前駛過，除夕、中秋、生日、假期……，一年又過去了。你沒有發現我，我對愛在哪裏達到高峯已然失去判斷能力。你一定不知道我們也有反面的緣。有一天在你回家途中十字路口我正等紅燈，我左邊車道空的，你由後面上來，與我並排，我突然覺得你在四周，轉頭看到你。我決定跟你一段路，起步後，你先走，過三條街，你在紅燈前停下等待左轉，我按三下喇叭與你擦身然後直線駛去，你當然不知道那是我。經過你車旁，看見你沉沉坐在駕駛座前，車尾左轉燈誌點閃點滅，與等待轉彎的車燈排成北斗，我獨獨望向你，看不清楚你的臉，知道你在思索，下次我們還見不見？今天，我們萍水相逢罷了，了無遺憾。

當我重新繞回你面前，你終於發現了我，還在節日中，你問我：「在忙什麼？」我說：「沒。」節日對你仍重要，我不願意破壞傳統。我們有限的時間去不了遠方。逛著，不在市區就是市區邊緣，你非常有感：「臺北實在太小。」臺北沒有那麼小，你不也曾經在寒冷的冬天深夜躺過沙灘？天地全黑，成爲一道幕，圍著彼此的呼吸聲，我說你正躺在天人菊的種子上，春夏之交，你躺著的地方會全部鋪滿橙黃天人菊，沒有香味，只有顏色，一路由海角伸到天際，世界的邊緣，天人菊種子是我們的銀河，我們移動視線曾在望遠鏡裏看到她。沒有目的地的短程閒盪最累人，我答應你下回眞的出去走走。我們完成了這次見面的目的。我心底嘆息：「這樣就高興了！」

我送你回去的時候，天空下起了雨，另外一年最後一天，在同樣地方，這雨赴約來了，下在日子裏，不在心裏。你說臺北從來沒有停止過年時下雨，你下車正轉身，我瞬念間一把抓住你衣領，使你回頭，清清楚楚啄在眉心——一、二、三、四，然後推你出去淋雨：「所以你每年要逃到別的地方躲雨。」新、年、快、樂。我寧願不要在這時候見你，但是我可以堅強到不跟你訴苦，雖則我也知道，一雙不訴苦的心靈足以使彼此身世更遠，然而我們是因爲一本苦賬而接近的嗎？生疏我不畏懼，這點你比我更篤定。我只但願，不論多久過去，接到我電話，答應我，不要開口便是：「妳好！」我們的承諾不是拿來重逢用的。無論我好不好。

那年除夕夜的確一雨到底，爆竹在雨裏炸開，充滿了水分，漫成團團精靈一般的煙霧，久久陰魂不散，一長串深夜不斷的鞭炮聲中，我又開了車在市區裏繞，像一個每年固定迷路的浪子，爲四面楚歌所逼興起刎頸之念。愛不是死亡，卻有許多人在它內裏消亡。我們曾經習慣去較遠的地方旅行，有些地方我們後來沒再去過，當我們說「下次再來」時，不是我們厭倦了遙遠，是我們厭倦了將自己孤立起來，我們簡直沒法在經過長途路程後還能交談；然後我們越走越近，當腳步過一個路口都嫌遠，我們連由原出發地撤退的勇氣也喪失了，我爲什麼還要問：「你最喜歡跟誰去旅行？」我們最大的勇氣是靜待事情自己變化，我痛責自己：「妳這個懦夫！」

我也離開你住的那條巷子時，心底擴散著比這城市更大的空虛。支持愛的理由是什麼？眞的是愛本身？我一路回憶，以淚喪你。我問自己：「準備好了嗎？」於一年開始、結束交遞，我在心底鋪紙，爲留一份遺書給你，我寫完你名字的時候，已經就是歷史了。我順著回憶沿路痛哭、無意抑止，我曾經說過，我不要不會流淚的情感，第一次，我眞正去面對我們如何開始最早的擁抱。不到最後，我幾乎不願意去回憶最初——仲春一條單行道屋簷下，我們向一排棕櫚樹走去，窄巷盡頭是高挑紅牆，橫切另一條巷子。我沒躲過那株棕櫚葉，你伸出手臂爲我撥開第二株葉梢。我繼續往前走，好濃好濃的霧，你說能忍一定忍，我不準備去證實你的話；而且，不見得這就是劫數，我想多了嗎？我突然記起不久深冬之夜，你拍拍我的臉頰嘆口氣說：「多保重啊！」我轉身問你，你說不爲什麼，我知道爲什麼了，不禁心底泛冷，我仍然不願意去證實你的話，這次已不是第一次忍。「從此再回不去了。」你說，人生不滿足啊！

如今回憶，誰不是在愛裏建立一個新的過程，若以舊的秩序來創造新的過程，注定失敗，我心裏這麼想。因此，攀赴南極，我一向只知醉的過程便是愛的過程，不知其他。我毫不諱言，此生，不抵抗死，即使墜落地球之外，什麼姿勢下墜，什麼姿勢到底；而最初，一定抵抗愛。

那天，一直到車旁的路燈都熄了，車裏都是霧，我們的交談凝成水氣下降成霧，我呼一口霧，覺得茫然而凝重，沒有傾訴的愉悅。我不用了解你要做什麼，我想明白你要什麼；我不怕變化，但是毀滅並非變化。如果只有毀滅才能得到變化，我無所懼，與你一起毀滅，滿足你求變化的渴望；若你誤認變化即一部分的毀滅，你自有分寸，那不該是你。我擁戴愛的本質，非愛的形式，不因人而異。這次相見是個開始嗎？看不出來不是。

而後來，幾乎每一次相見都是結束。

你面向我，我們擁抱，意圖做彼此的另一個身體如駛進一個港口，你生命陸地的延伸，我大聲叫停，你笑了：「妳愛的方式好奇怪。」我更不解，兩個人沒有一種想法怎麼讓愛著陸。不拒絕開始，卻拒絕結束了？我們所能做的，無非是徘徊在這兩者中間罷了。

你第一次計畫旅行出發前，我先離開去到山裏。每天面對一潭山池、一大片草皮，山凹有一家小雜貨鋪，幾個開墾荒地的老榮民每天不定時坐到雜貨鋪前，見我徒手經過，全部靜聲下來，集體眼光投向我，毫不掩飾他們的好奇，我進去買一份報紙、一包生力麵、一罐啤酒；將報紙挾在腋下離開。每次買一組，下餐好再來買，像個提前養老的女子。每餐，我鋪了報紙、泡好麵，坐在草皮上，瀏覽消息、吃麵、喝啤酒、看山，小報上花邊新聞忒多，我拿支筆圈出裏頭的錯字，下午陽光直直照在路面，我順著半熔柏油一路上山頂，這時水位降到潭底，彷彿落在羣山心底，姿態這麼低。下山時，陽光已經偏仰，黑暗由山頂撲下，倒在我腳背，天！一個人能沉默到什麼程度。馱負著黑暗一腳高一腳低踩到小店，找不到你，找不到自己。雜貨鋪懸著微弱的門燈，山裏細碎的鳳凰花指向天最南方，老榮民們見到我，不再突然沉默下去，我先開口：「吃過了？」他們忙不迭同聲：「吃過了！山裏吃得早。」

山裏也黑得早，但沒有想像中那麼早，一切都不像想像中那樣：日子幾乎停頓，不早也不晚。依舊鋪了報紙、一碗麵、一罐啤酒，報紙白天看過了，清亮的月色第一次在山裏出現，沒有交談的對象，思考又並未停頓：你還好嗎？勇於思考，但並不勇於面對你。從來也沒有這麼勇敢、這麼怯懦過。從山對面站起身，小店門燈是附近唯一的光。獨自抵抗安靜，夜半，不時被安靜吵醒。

下山那天傍晚，回到你辦公室巷子，從大樓後面望到你和你周圍的辦公室全在燈火中。你明天離開這裏，從此一刀兩斷，與你生活無關；與你感情無關；我獨自開了七個小時的車來送你，我現在看到你窗口的光，如一則寓言，多麼不捨得翻到下一頁；時間在我面前證明，一刀兩斷並不是一則寓言。我看見你站起身、熄了燈，關門離去。我無法打破寓言告訴你：我來了。下一句詩是——過去三天的疾風已經停息，睜眼前就可感到變化。

我們現在同時起步，我會在路口因爲紅燈碰見你嗎？你由我旁邊經過，不知道我回來了；在第三個路口，你左轉，轉進另一條路，這等於交談了。在你可以承受的時候，我們轉彎在路口分道，往人生下一個共同的目標走去：這刻，是你沒認出我，我應當遵守直覺向前駛去、不再回頭，以陌生對待陌生。我沒有這麼做，注定要再回頭。

當紅色的太陽落在地平線，我們應該明白，生活是再凡俗不過的事。一個人與另一個發生愛，並不是什麼緣分的延伸，應當是他眞正的需要。有時候，凡俗更接近愛。那麼，外地旅行回來，他還記得不是自己體內生出的她嗎？時間不是一切。

在這一刻，我都還不知道，你從此時出發赴荒原，一直走到如今介乎朋友與情人之間，我們有多少時間。

離開同方

——戲班來了

像飛蟻一樣不知打哪兒來的是我們村裏早幾天前突然出現幾個陌生女人，她們穿紮腳褲，腦後長髮用手絹束緊，眉眼總是巡來盪去，邋遢樣子卻像男人。她們放聲笑談，邊走邊吃，在雨中不到半天工夫逛完整個村子後蹲在旅館前嗑瓜子、細細嘆氣！她們住在村外唯一一家旅館——阿蘭旅社。我媽說這些女人是唱戲的，正怨嘆找錯了碼頭。

仲媽媽祭出反調者的聲音：「她們可別弄錯了，這一一七高地可是大起大發的龍頭！」她習慣性要說兩句祕密：「看到吧，後面跟著的就要來了。」她一直也沒學會講么么拐，永遠講一一七。

憋了一天，放學後，我招了阿彭、阿瘦帶了我的克難滑板打算去旅社觀察那些來路不明的女人。難得天氣終於放晴，走一條正常的路回家未免冤枉。

我們才由學校斜坡衝到平地，便見到鳳凰樹下小余叔叔、方姊姊面對站著，離他們不遠處有口井，地面露出一尺高井口，旁邊是石子洗池，大堆蚊子不停環繞著井口飛，就是不敢往下跳。

方姊姊瓜子臉拉得更長，倔倔的像隨時會往井口跳，小余叔叔不說話，一根一根頭髮直聳聳懸空托住一羣飛蟻，彷彿正和方姊姊頂上的蚊子拚戰。小余叔叔光抽菸。

方姊姊很嚴肅：「我覺得你在敷衍我。」

小余叔叔皺眉：「妳還未成年，而且，總得念完大學好對老方交代啊！」

「老方！老方！你會不會稱呼點別的？不過這不重要，我想了解的是我爲什麼非得念大學？我不耐煩等了。」

小余叔叔略一沉吟：「我在此地無父無母，我是個窮軍人，妳念大學一則可以保住和父母的情感，一則長長眼界，大學裏頭好男孩多得是。」小余叔叔比方姊姊高，飛蟻麠集在他頂上足足繞了一大盤，黑壓壓的，像片烏雲，黃昏的光與之一比簡直微不足道。

小余叔叔說話眞好聽，低沉渾厚，說什麼都誠懇得不得了；村上一些爸爸，說起話來喉管像沒通乾淨，起了鏽繭，既不悅耳更不順暢，聽起來有八十歲那麼老。但是不知道怎麼搞的，他開口動不動就會惹火方姊姊。

果然，方姊姊臉一垮：「你眞這麼想？」語氣森然，她頂上的蚊子正蓄勢待發，隨時可以往小余叔叔頂上衝去。

「嗯！」小余叔叔踩熄菸屁股,香菸在微潮的土地上「嗞」地一聲：「我想太剛愎了並不好。」

方姊姊一張長臉掙得圓了起來，她氣呼呼地：「那你爲什麼要開始？你逍遙慣了是不是？成家對你眞那麼困難？」

「景心，何必呢？我逍遙不逍遙不代表我存心占妳便宜。妳想想，妳不滿二十，我都二十九叫三十了，應當急的是我，可是我願意多等等，我從小離家，會不渴望有個自己的家？這些話我就只說這一次，很多事我不太在乎，譬如妳一定要我現在就娶妳我並不怕，妳得到什麼？不過就是得到我，可是妳想想看老方——」

方姊姊吼斷小余叔叔的話：「你不要叫我爸爸老方！」

他們起碼安靜了兩分鐘，小余叔叔才平常口氣說道：「妳回去吧，我走了！我們的問題其實並不大對不對？可是光稱謂上就擺不平。」

小余叔叔走得很快，將他隨身飛蟻一起帶走了，留下幾隻原地盤旋，彷彿小余叔叔的氣味仍在原地。牠們不捨得丟下。

方姊姊悶悶吐口氣，一甩書包循往小余叔叔去的方向追去。

井口一直盤旋的蚊子發出一絲絲悠遠、清晰的嗡鳴，宛如顫抖，跳下了井底。小余叔叔原先站的地方最後一隻飛蟻也飛走了，彷彿剛才什麼事也沒發生。

阿瘦看看我，我望望阿彭，三個人以眼色交換意見，當即決定什麼話也不要說，連阿彭那麼愛說話的人都閉緊了嘴巴，他頭上的蚊子立刻飛開好幾隻，覺得氣味不對吧？

阿蘭旅社在村外陡坡上最上端，平常淨是些阿兵哥進進出出，高地房子大部分沒什麼顏色，阿蘭旅社如同患了色盲，盡可能漆得大紅大綠，老遠便認得出來，路過不能當沒看見，所以那些阿兵哥跑也跑不掉的被吸進去再被吐出來。

在還不太晚的阿蘭旅社門前，電燈泡要亮不亮，那些女人聚在門口有氣無力的或站或坐，腳邊團團圍住一大羣狗，阿西狗也混在裏面躺在那兒讓女人給抓蝨子。我們三個立在對街，中間橫條黃泥路，被雨壓鎮得不起一層灰，黃得滲進地脈裏。稀稀落落的車過去仍看見我們立在原地，愈發凸顯了我們的存在。

阿彭興奮地猛往我身上靠，他白得透明的臉皮看得見微血管爆成一粗條，我說過，他一丁丁心事都挺不住。

其中一個女人發現了我們，她斜靠在門邊，誇張的向我們招手，阿瘦警告：「會得痳瘋病。」阿彭不理這套：「去嘛！看她們在幹麼?!」

「你先寫好遺囑！」阿瘦怕仲媽媽跟我們算賬。

那女人招手似乎是種習慣，見我們推推扯扯她並不以爲難堪，不過就是改個習慣向其他過路人招手，也沒什麼人理她。

我們一路帶來的蚊子倒召集了不少同志，愈滾愈大團嗡嗡嗡，自己樂得很。坐在長條凳上的女人一直低著頭邊哼戲邊塗指甲油，戲詞沒一句我們聽得懂，倒是指甲油顏色大紅特紅輕易便看了個清楚。戲詞緩慢而高亢，緩慢處充滿一股開天闢地前無古人後無來者的孤獨感；高亢處則如一斧頭劈下，決裂得不得了。然而她唱得那般無心，好像可以一直唱下去。

不停招手的女人忽地朝我們一笑，決定自己過來找我們，她先站直身子用力撲拍裙襬，啪啪啪簡直像前奏曲，然後無精打采的朝我們來，身後的戲曲忽隱忽揚，彷彿被那身子偶爾擋住了。塗指甲油女人倏地頓住戲詞，抬起頭凝神往遠處貼耳聽去，那女人眉眼特別細長，和她的耳朵一起橫出去探聽，特別細長的眉毛是畫出來的，在眉梢處往上一挑，像眼鏡架。忽然，她張嘴，露出牙肉笑了，瘖瘂聲音：「他們來了！」唱戲的嗓音和講話完全不同。

招手女人拖著步子向我對直了走來；她的眉毛也是畫的，一邊長一邊短，如同沒畫畢的娃娃跳出了紙。她步子拖著拖著，看似慢卻快，她的輔助動作忒多的緣故，又撩眉又擺腰。小小的頭像根門柱擋住了視線，偏了腦袋瓜子故意轉移人家的注意。

阿瘦平常膽子忒大，這回一看苗頭不對，率先一聲不吭拔腳往下坡飛奔而去。後頭緊跟著阿彭再來才是我。只聽阿蘭旅社門口頓時水一般嘩地笑開一鍋。塗紅指甲女人笑罵道：「死阿秀！」

我們跑著，貼耳而過的風裏夾雜了隱約的馬達聲及擴音器播放出來的臺灣小調，全數經擴大器由天邊反彈回來到我們耳內。

阿彭興奮地在我前面急煞住步子：「嗄，有狀況！」

「我去！」我急忙踏上克難滑板飛身前往看個究竟，滑板四個輪子是撿段叔叔拆棄的拉門滑輪，凡是他的東西一百年後依舊如新，看不見的輪子更是。

我張開雙臂，閉上眼，么么拐高地地勢形成的斜坡是天然的滑道；路旁針狀樹張大耳朵倒搧我滿臉風，我回望阿瘦、阿彭，他們一瘦一胖忽前忽後，瘦的更瘦，胖的更胖。我振奮雙臂不禁狂嘯長聲：「噢——」生活裏沒有比正發生的狀況宛似夢境更能教人狂歡。

伴著我的長嘯的是阿彭炸開般的鬼叫：「老石頭堆子！」尾音嚇到似吊起老高。

才不過一瞬，不僅震耳的臺灣小調已經反彈後撲到我面前，而且歌詞每一個字清清楚楚，我火速睜開眼，原本遠在天邊的馬達聲不知何時變成一輛超巨型卡車衝向我來，全世界的戲班子都在卡車上；景片高出擋杆並且橫突出兩旁，突出車身好幾公尺的景片儼然是龐然巨物的雙翼，直的橫的霸滿整條黃泥路，更可怕的是急速向我衝來不留一寸餘地。我腳下的滑板此刻喀嗞喀嗞發出不明的聲響，似乎也覺察敵軍當頭，而興奮莫名；但是它忘了它沒有控速設備，又缺乏作戰經驗，果然它很快便被唬暈了，亂了路數，這時它不慢也不快，似一支神箭直直朝太陽射去。

阿彭在我後頭喉嚨都快炸開般亂叫：「撞樹啊！撞路旁的樹啊！你完了！我的天啊！你完了!!」聲嘶氣竭，由後頭傳來，聲帶的轉速忽快忽慢帶幾分滑稽。

總之結果是神差鬼使，我只覺身子一歪，滑板自作主張飛也似朝路旁樹幹撞去，不偏不倚，我應撞飛彈了出去。

眞空的世界沒有聲音甚至沒有夢，我相信人死後也不會睡得比這更沉。這中間過程眞像大睡一場，好不容易才能由睡中清醒；睡得太久，簡直不相信自己居然醒得過來。模糊的樹影，模糊的黃土面，燦爛的銀河如同一條鑲鑽的黑絲絨，寒光直直逼照我的眼睛，恍惚中我居然聽到我媽叫我的聲音，時近時遠，保持她一貫叫得到我的距離，不敢走遠的心理在夢裏仍然如此。

腥黏的血塊貼住我脖子像塊狗皮膏藥，脖子都給貼歪了。脖子還在就是了。阿彭和阿瘦全不見了蹤影。

「忘恩負義的混球。」我低聲咒道，四周靜得如同死掉，只有天空上一切是活的動的；倒是我擦了又流的血是人間唯一活著的，還有味道以及溫度，雖然那味道不怎麼好聞。

黑，我不怕，我向來不怕黑，我媽說我有色盲，盲於黑白兩色，我說全部小孩都有色盲。我們晚上不想睡，天亮了不想起來。

等我站起身，才發現剛才看到的星星還包括了螢火蟲在內。牠們這裏亮一下，那裏亮一下，鬧得整條黃泥路極不安分似要飄起來。牠們發光的屁股蹶起老高像驕傲的孔雀的一支翎，要好多隻螢火蟲的屁股才湊得成一隻孔雀。牠們貼人那麼近，好像患了近視眼在認人。

遠處有兩團光在慢慢移動，地面全盤黑漆，它們移動著和螢火蟲並無差別。遠遠望去，中間橫著黑夜及黃泥土，使它們亦像浮在半空中，較貼近地面較龐然罷了。當野狗吠聲驀地由高地方向傳來，那兩團光並不停止前進，可以確定：這兩個人不是鬼。走近了，原來是方姊姊和小余叔叔。

小余叔叔推了單車走在前方，前燈沒開，他們衣服本身有一層光：方姊姊肩上仍是黃昏井邊的書包，齊耳短髮原本夾在耳後，現在散開了，有幾根老拂到臉頰面，太短了，她將之撇到耳後一會兒又拂開來。方姊姊此刻臉上浮著一層暈光，滑滑潤潤的，奇怪，整個人沉沉靜靜的，像顆水晶球。中間經歷了什麼，裝進了什麼。

方姊姊看到我，先是意外一愣，隨後不自主地笑了，輕盈笑擋不住：「老石頭堆子，你當巡察史啊?!」

天色一路由天邊暗到腳跟前，最近跟最遠的暗沒有差別。我覺得自己怎麼渾身發軟，想不起要說什麼，方姊姊的笑更讓我覺得頭昏目沉：「小余叔叔，你爲什麼不開車燈？」

方姊姊又是擋不住的嫣然一笑：「老石頭堆子，你懂什麼？我們說話你能懂嗎？」她明明跟我說話，眼睛卻望著小余叔叔。他們還牽手。

「妳講什麼話？美國話我不懂！」我用力甩頭，奇怪，方姊姊的神態口吻居然像早上我碰見的李媽媽。

「你以後會不會懂？」她甜甜的：「你要不要懂？」

我搖頭，我現在就不懂了，以後更不懂。我身體晃了下。頭更昏了。

小余叔叔輕聲道：「景心，別這樣，他還是孩子。」

方姊姊一點不生氣，反而帶三分得意：「我不是孩子了。」她嬌嗔道：「你說對不對？」好像他們中間突然有了某種聯繫。奇怪，他們剛才發生了什麼事？

小余叔叔發覺我不太對勁，忙把單車交給方姊姊，就月亮的光檢查我的腦袋，小余叔叔的手眞溫柔，手心微溫乾燥，輕輕托住我的頭、臉檢視；有些人手心不是太熱就是太冷有的還帶汗，貼在皮膚上眞不舒服，我媽說人的溫度就代表一個人的個性；阿彭就一年到尾手心濕濕溫溫的有股悶氣，我媽說心不好的人容易汗手。我爸說是心臟不好，不是心不好。

小余叔叔嘆了口氣：「你再耍皮不死於非命才眞怪！趕快去診療所消毒包一下！」

我當然否決他的提議，紮個大包頭回去更有得罵挨，我媽說她寧願自己打死我們，也不願意叫我們白白死在病菌手裏。

小余叔叔和方姊姊商量：「我送他回去好了，妳先走，免得妳媽講話。」

「好！你也別太晚睡！」好像觸到什麼點，臉頰突然泛開一排紅暈一路漫到眼梢，奇怪，還眞像李媽媽。更奇怪小余叔叔說什麼她都聽得進去了。

方姊姊暈乎乎地騎了小余叔叔的單車踩上夢似的一會兒便走遠了。

小余叔叔陷於沉思，凝望那背影到最後也沒想起那是他的單車。他聲音尙未由遠處回來：「回家別說碰見我和方景心在一起。」他講那姓名語氣很特別；很熟，然而不似我們唸黃帝、嫦娥這些名字那般空洞，像他的手溫，暖而乾燥，十分貼心。

「我知道！」我大聲說，想將他的魂魄喚清醒。

「你知道什麼？」小余叔叔果然有了些興趣，精神也提了起來。我們邊走，我邊說：「我餓死了！」我發牢騷似的：「我媽說人餓了就要吃嘛！看是什麼地方餓就補什麼營養，你和方姊姊就是要補愛情，我媽說這再簡單沒有，傻瓜才不懂。」我愈餓記性愈好，多久以前、多長的道理我都背得起來。

小余叔叔停下腳步，仔細聆聽重大計畫似的，半晌才對我說：「你媽說得有理！」

我們話才說到這兒，上坡迎風處飄來一陣陣嘔聲及餿味，拉開風門般肆無忌憚。吃進去又吐出來，眞讓人難理解。我直覺到這聲音和袁伯伯有關。循嘔聲走正是回家的路，臨近了，那人背向我們聽見動靜由趴倒的竹籬抬起頭，豔紅的手指，散亂的長髮，特別細長的眉眼，使她正眼看人都像是斜睇，何況橫著臉看人，完全是瞟過來。

居然是阿蘭旅社前塗紅指甲油的女人。

她微抬下頦很正式地瞄我們一眼；仰高的臉的線條變得冷漠而加強了眼睛的戲劇效果；滑稽的是，仰抬的臉受風面廣，給風一撩明明想正式和我們照個面卻又驚天動地吐將起來。嘔得眞急，彷彿要嘔心出來才舒坦。怎麼女人嘔起來，聲音完全如男人，又粗又沉。

「這些跑江湖的女人酒量好得很，會給誰灌成這樣？」小余叔叔分外好奇。

袁伯伯適時出現了。他逆著光旁若無人循著酒的氣味找來，臉上罩住一層似夢似眞的青光，像烙印某種戰士的符號。踏著不穩的步伐，整座村子頓時因戰事即將到來而靜止。他立在女人身旁，伸手在女人背上輕輕撫拍，他說：「怎麼樣？服氣了吧？」聲音溫柔無比，空洞無比，彷彿他不在安慰別人，在安慰自己。

小余叔叔說：「這女人好面熟？」

我頭上的包擂鼓般蠢動，裏面有個小生命要破繭而出：「是阿蘭旅社門口見過嘛！」

「不是，她像周仰賢。」

袁媽媽握緊瘋大哥站在村口，臉色敷了層陰影，被不愉快的記憶釘死在黑暗的村柱邊，半天不肯抬頭，抬頭就會哭出來。我頭頂上的腫包愈擂愈急，擂出我一身冷汗：「袁媽媽死了。」我和我媽由毛醫官那裏看病出來碰見她，不久她就死了。

「人死了還是會回來的！」小余叔叔若有所思。

「回來做什麼？」

「不是眞的回來！」小余叔叔皺眉思索。

袁伯伯掉過頭向我們望來，眼皮微瞇，似乎想了會兒才想起我們是誰，他平平板板若無其事：「看到袁寶沒有？」

那女人不嘔了，光在那兒喘氣，又一個與袁伯伯喝酒便嘔的女人。袁伯伯自己倒從不嘔。

那女人喘夠了氣，嘴裏騰空了，惡惡罵了句：「伊娘！」

袁伯伯聳聳肩做了個「請」的姿勢：「不服氣明天再戰！」

女人拖著耗弱的步子，無所謂地向黑的地方癱去：「幹！」

袁伯伯哈哈大笑：「那也得等明天！」

空氣裏的水分和花香大概不適合袁伯伯喉嚨，他仰面笑完緊接的是奇大聲無比一連串的打嗝聲。

小余叔叔完全不怕袁伯伯可能吐他一身，趨上前去替袁伯伯拍背順氣。

袁伯伯先還不斷打嗝，後來在嗝與嗝中也能插一兩句話：「小余，感情趁年少啊！」他打一個嗝說一句：「人老了光剩下回憶真沒意思！」

小余叔叔苦笑：「那也沒辦法。」

袁伯伯哼了聲：「你看看我！還算個男人嗎？身邊沒半個固定的女人！再說——」他可好打了個大嗝才接下：「周仰賢太不了解我了！我悶嘛！家裏有這麼個癡兒子！我是人，我總有好奇心吧！」大打嗝並沒打斷他的思路。

小余叔叔滿面疑惑：「好奇心？感情的事還能好奇？」

袁伯伯眼眶一紅，說不下去光會搖頭。話到唇邊又含糊了過去，似低音襯底，調子那樣沉。他一路搖頭一路走遠，如逐漸結束的音符。

小余叔叔長望他的背影，喃喃唸道：「老袁，人要堅強點！」

我伸手一摸頭上的腫包，這會兒不僅不擂鼓，腫也消了。難道給嚇縮了回去？而且並沒有留下任何疤痕。就以後變天前會隱隱發癢，彷彿一種暗號，提醒我那天發生的事。傷口一直癢到趙慶搬進同方新村。

戲班卡車進駐么么拐高地後，戲臺很快在自治會前廣場上搭好，那批女人迅速遷出阿蘭旅社搬進後臺；男人們全部睡在前臺。前後臺中間隔道大黑幕，黑幕很老舊，彷彿風撩兒點都會散掉。阿彭說光憑這道大幕起碼有十年歷史。

阿彭說：「你知不知道？他們就一個地方一個地方不停打轉，過了這十幾年腳底板沾不到家門的日子！」他一口氣背完他聽來的話。

阿跳瞪凸了眼珠：「哇！好過癮！」

阿彭拱阿跳：「對啊！最適合你了，你是尖屁股！」

阿跳點頭如搗蒜：「我帶狗蛋去，讓他趁機學講話。」

阿彭笑咪咪：「對！你會被殺掉，如果你帶狗蛋去。」

「哼！用什麼殺？手刀?!」阿跳一個手拐，阿彭又白又嫩的大腿背立時一塊紅腫。他在阿跳這兒從來沒討過便宜。他偏偏要惹阿跳。

那些女人在臺上練功的練功，拉嗓子的拉嗓子，男人則擺開幾盤菜就碗公喝酒，空酒瓶子在臺後空地越堆越高，不知道什麼規矩整整齊齊一瓶落一落，落到某種程度有人開始用酒瓶砌成桌子、凳子，還眞的能用。攤開的菜盤從沒收過，光往裏頭加料，擺在那兒像下棋時一局解不開的陣。

夜深時分他們收掉嗓音及身段扮演他們自己，沒再看到袁伯伯找塗紅指甲油的女人，他找女人總那一下子。塗紅指甲油的女人好像戒了酒光看她躺在後臺看小說，一租一大疊。

「害相思病啦？」男團員拿碗酒去逗她，她以細長眼梢瞄人，寒起臉一揮書掃掉酒碗。就這樣男團員仍不拿她當回事，唬地甩過去一記耳光，紅指甲油女人這頭也不哭，定定瞪上兩眼，繼續低頭看小說。男團員這才恨恨走開。他們一天要演兩三次這樣的戲，他們的基本觀衆是李媽媽。戲班子全員到齊那天她嗅到什麼喜歡的味道似的再沒由戲臺前和家裏失蹤過。

戲臺尚未搭起，李媽媽自己端了張凳子坐在球場外圍旁觀，眞等到他們熱熱鬧鬧在搭臺，她又沒事般這裏逛逛，那裏晃晃，面泛微笑卻不搭理任何人。她老遠見到女團員便收起微笑。

夜更深時分，團員們一具具長條身體球場隔著挺在舞臺上，像月光下的魚。

李媽媽仍坐在較遠的球場外圍動也不動，臉上神情於這一刻變化爲似笑非笑，雙眼發亮沉沉端坐，像一隻貓。

第一天大戲即將開鑼，臺下零零星星不過二十人，每個人坐得離臺口八丈遠。不像看戲，倒像看大火燒山。

臺上那羣女人上了妝不再是天下一般醜，是全部只有一種醜：臉皮上一層死厚鉛粉非得笑咧開了牙才知道是高興，或者哭得猛擰手絹才知道在哭；身上戲服非紅即綠或寶藍色，顏色在臺上沒停過晃動，他們絕不安安分分一處站上兩分鐘，教人眼花不說，誰是誰更是混亂，要逼人得色盲加亂眼症。那化妝、身段、表演方式似乎蓄意不讓人認出誰是誰，以便下了臺可以換個身分再上臺。那一律懶洋洋的身段彷彿舞臺是他們家，他們正在過家常日子。

第一天，那二十幾名觀衆看得大呼過癮，舞臺上懶洋洋的家常生活讓大夥自認爲懂得戲，什麼他們都了解，親切得不得了。臺上演到苦戲，豔紅的袍子角飄啊飄的，熱情得要迸裂了，臺下隔得老遠的觀衆看不眞切，也聽不清楚，糊裏糊塗傳染上了苦笑症不時哄然大笑幾聲。弄得最後臺上這邊哭調臺下那邊笑開了臉。更不肯老老實實站定了。

阿彭一連興奮了兩天，以爲有武打、翻滾；這天臺上哭了半天，鑼鼓點敲得緊密如雨，他的臉色愈演愈青白，抓我臂膀的手掌直滲汗，我不耐煩甩開他：「熱死了！」

沒料到阿彭被這一甩哇地大吐起來，身體搖搖欲墜，中邪一般唸道：「好可怕！太可怕了！

我要爆炸了！」彷彿臺上的綠臉正衝向他來。近得全變了形，嚇到了他。

他不是爆炸，他是昏死了過去。毛醫官說他耳內半規管不平衡受不得吵和晃動。阿瘦說：「根本是土，他們家縣長都一輩子沒看過戲，輪到他還有三魂七魄不被嚇掉個一魂二魄的？」

阿瘦也許說得對，憑阿彭會怕吵？會怕晃動？奇怪是後來戲班眞改貼喜劇上演後，阿彭這下不吐不暈了，比誰都看得高興。

狗蛋在看戲第一天第一幕便睡著了。怎麼也吵不醒的死睡。後來說破嘴也不願意睡在露天的臺下，他死命要在家裏睡。

我和阿跳每天在戲臺前後湊熱鬧，家裏就留了他和小洗，他一個人在家慣了，所不同是這回屋外被音效重重圍住，狗蛋就像瘟掉的項羽困在垓下，他反正無所謂，他懶得費力氣，凝神窩在床角聽外頭虞姬又唱又舞劍，還以爲不干他的事，他側過耳朵聽戲，盡到了聽的責任。連感慨都懶得感慨。

《法海捉妖》已經唱到第四天，白素貞受夠了折磨，腹中孩子差點保不住，她對許仙唱實話，一字一句：「你妻不是凡間女，妻本是峨眉一蛇仙……」

狗蛋一聽笑呆了，再自然不過的開口講出他人生的第一句話：「你妻不是凡間女，妻本是峨眉一蛇仙。」彷彿因爲這句子刺激到他——一個和尚和一條蛇，彷彿他上輩子懂得這話的意義，那背景勾動他的記憶神經，牽連上故事的開始。

我媽乍聽他唸得如此順口也覺得可笑，這故事周折到帶股滑稽味，她笑完了，腦門一轟發覺不對，她急聲要狗蛋再唸一遍，狗蛋不肯，緊緊閉住嘴光是傻笑搖頭，我媽確定他會說話，他偏不吭聲，她急得去摳他嘴巴逼他吐話出來。

我媽趕忙跑到球場拖我回家，非要我幫著誘拐狗蛋開口，狗蛋在睡夢中頭臉身子被亂搖一通，精神如陷彌留狀況，終於又講了句：「西子湖依舊是當時一樣。」唸完繼續倒頭大睡。

我媽這會兒眞正清醒了，興奮期也過了，她警告我：「不准你出去亂說。」她要我連阿跳都不許告訴，阿跳活似一個帶菌者，東跑西奔的傳染力忒強，他要知道了，全村等於知道了一半。

我媽長長嘆口氣：「哎——」她沒說爲什麼嘆氣，大概家務已經夠嗆。現在又多了個怪裏怪氣的小孩，講的話居然是文謅謅的戲詞。

她想到什麼眉頭鎖得更深：「這詞很深的，還得有人翻譯，傳福音似的。」

她懶得多想了，想事情教她頭疼。她相信她看到的事情，於是她猛然比較原本冷清的球場才沒幾天工夫已然情勢巨轉。她不禁色變：「怎麼戲臺前人山人海的？」

我媽沒說錯。我們村子熱鬧心之強短短四天便進入了節慶狀態，心裏和行動都如此。

那些女人開始穿上紮腳褲進出各家各戶，宛似戲臺直接走下來；她們在臺上哭哭鬧鬧，胡打蠻纏，村內一羣小腳裹過又放開的老奶奶成羣結伴在臺下又哭又笑，情緒高漲到不知如何是好，兩隻手又搗嘴巴又蒙眼睛又捶心口，靜下來時想到電影裏別人老太太看戲那派頭，也不禁手心發癢掏出錢就往臺上扔。丟了一臺面五毛一塊銅板鈔票，戲臺上那些走位的角色這下安分了，深怕被錢砸到似的，別說不敢亂晃，走起位來都小心翼翼怕一腳把錢踢到臺底下；他們一面唱一面唸白還一邊毫不保留地斜眼盯住臺面的錢在默算，鈔票愈丟愈多他們唱得愈大聲，他們穩穩站在臺上，彷彿是說——這番江山如今底定。

後臺則更沒規矩，小孩擠在臺口看人下戲，大家猛往裙縫裏掃射，打賭誰人是男扮女裝或女扮男裝或男扮男裝或女扮女裝，密密實實的裙袂配件讓人很難瞄出端倪，灰塵吃了不少。

那些唱戲的女人信心大振後，串起門子來更囂張，通常白天見不到人；一過午後，她們活過來了。還沒到上戲時間，一張張素臉倒看出了誰長得怎麼樣——醜的更醜，黑的更黑，瘦的更瘦，胖的更胖。

仲媽媽搖頭撇嘴：「沒見過這麼多怪痲騷！」

我們村上一轉眼工夫多了三、四倍人口似的，到處撞得見人。尤其晚上，走到角落不小心就會踼到橫倒的醉女人，全是袁伯伯灌的。

半個月過去，附近村子也有端凳子來看戲的，臺下不止人山人海，簡直在過年。立刻，戲臺上的裝扮別苗頭般有了顯著的差別，臺口一亮相大致認得出誰是誰了。

沒唱幾天他們換下了《白蛇傳》，改唱《西廂記》，少了大和尚，狗蛋一句戲詞沒有；但是唱到張生傷心處，狗蛋嘴裏默唸有詞不知道什麼意思。隔著家家戶戶屋頂和黑暗，他聽到他要聽的，偶爾也會脫口說兩句話，總不外安慰和鼓勵，我媽就討厭他如此老氣橫秋，也逐漸失了哄他講戲詞的耐性，她原先還派我們出去看過回家轉述，後來，她索性自己坐到臺下看個明白。

陳舊的大幕及沿幕上貼滿了賞家的姓名、數目大紅金紙，紙張在風裏、戲詞間飄揚飛動，三天兩頭撕下一批名字換新的上去，臺上的調門愈提愈高，有幾個上了臺還明顯的宿醉未醒；臺下醉得更厲害。

在上臺下臺的女人當中，只有一位不化妝也不上戲更不出去鬥酒的女人，她幫忙收戲服、煮飯、買菜，她永遠是戲團裏最早起的人，她就是仇阿姨；但是我們在見到趙慶之前，從來沒在後臺看過趙慶。

每天，不管前一晚戲收得多晚，一大早準見到仇阿姨隨陸供部採買車上兵市場買菜。開車的老黃伯伯沒兒沒女開了一輩子卡車，他在抗戰時期就開車往返滇緬公路。他開車如飛，只要車子不拋錨，他不踩煞車。每天下了班他把車開回村門口圓環榕樹下停妥，一大早再開到陸供部接了伙委上兵市場。仇阿姨也不知道聽誰說起，有這趟便車，總之她每天坐車上兵市場買菜，她說這樣省錢。

後來，老黃伯伯不僅載她再回村子，早上還開車等在球場邊；看見過他們的人說仇阿姨上了車先微笑道早，雙手再奉上剛烙好的大餅配大葱，該做的都做了，之後靜靜坐在車後，說什麼不坐在前座，她說：「能讓我搭便車就感激不盡了。」

早上十點左右爲她一天最忙時分，忙而不亂。在臨時搭起的灶臺或水池邊，她麻利而無聲的洗洗切切做準備工作，柔軟的陽光照在她潔白的臉上居然會反光。準備工作完畢，尚未到燒煮時間，她退至臺腳邊，膝上攤本書，流動的空氣藉由布幕一搧形同過堂風，翻起仇阿姨深藍旗袍角，拂過她光亮的髮髻，這一切她渾然不覺，光專注在書上；潔淨的臉龐因低垂而形成另一種弧線，讓人先看到她寬敞的額角和瘦削的鼻準、下巴，因爲沒有瞳光及唇線干擾更覺得安靜。

路過行人在早上往往看到這麼一幅景象——空蕩的臺上闃無一人；臺下就一個俐落的女人忙著或看書。在陽光裏、在風裏似乎臺上有一齣落幕的戲，還帶了人生的餘溫；臺下則如一幅畫。

一個這樣的女人應當受過教育卻不太說話，久了自然引人注意，連我媽媽也留意到了，她問我：「那個常在球場洗菜的女人是誰？」

阿彭當然搶先回答：「她叫仇新眉。她說她有個小孩跟我們差不多大，她先生死了，她要負責養大小孩。」

阿彭打探這些事的確有一套，他東聽兩句、西問三句可以把聽來的話連成好幾個故事。

「小孩呢？」

「仇阿姨不要他沾戲團的邊，說這種生活對小孩不好。」阿彭得意非凡，覺得講得實在得體。

我媽持懷疑態度：「是那個仇阿姨親口對你說的？」

阿彭逞能：「當然！」

我點他：「阿彭——」

阿彭這才無可奈何：「袁伯伯說的啦！」

我媽迷惑道：「怎麼又跟老袁有關？」

這下阿彭不懂了，我也不懂。我們偶爾遇見袁伯伯因爲宿醉上班遲了不趕緊走反而站在球場邊曬太陽曬得滿臉汗。他原來上班一向不經過球場這條路，他嫌拐三彎四，他喜歡走直統統通往陸供部大門那條路，他大氣不喘地：「幹麼?!就算作惡我也要走大路去！」其實大路遠得多。他晚上走小徑，白天才走大路。

不知是哪次他和戲班細長眼梢女人喝酒，喝著喝著細長眼梢女人瞄他：「我就不信你死老婆也不掉淚！」當場被袁伯伯一巴掌打翻到路邊去，那女人躺了好多天，戲班子自己打可以，別人打呢？爲求長久唱下去光要求袁伯伯出了醫藥費，連道歉都不必他去。袁伯伯二話不說拿出雙倍錢發誓以後再不找命裏欠打的女人喝酒，可惜了那條通往戲班子的小路，老早被他走熟了，現在沒用了，拿出錢後，他笑說：「這條路至少有百來顆石子不是我踩平的就是我捐的！」

有回又是宿醉，他頭疼欲裂，決定白天繞小路走捷徑破破邪，他由小巷轉出去走到球場邊，看見了細長眼梢女人躺在臺邊陰涼處養傷，摔裂的手臂還上著繃帶，一旁遞水遞菸的女人總不嫌煩，有副長長的腰身，那女人就是仇阿姨。袁伯伯看到的第一個印象。他說他喜歡女人腰身長，適合穿旗袍。他家裏袁媽媽留下幾大箱旗袍。

袁伯伯說他討厭終日穿長褲的女人。

仇阿姨老早發覺有個不時出現的身影，細長眼梢女人也看到了，仇阿姨沒搭理，細長眼梢女人認定袁伯伯是去看望她，遠遠的，繞過戲臺後小路往陸供部走去，拿她這裏當個家出發。

袁伯伯這邊倒收斂得多，內心想什麼並不鬧開宣張出去，似乎他有所忌諱，我們總看到袁伯伯經過戲臺而李媽媽螳螂捕蟬般總跟在袁伯伯背後不遠，不過李媽媽原本便出沒無常，她在哪裏都很正常。

看袁伯伯如此沉著，我媽認爲：「這有點反常，老袁什麼時候安靜過了？」我媽對方媽媽說：「那小寡婦還長得眞俊，扮起男裝才叫玉樹臨風呢！」

方媽媽嫌我媽俗氣，她回我媽的話是：「我們景心最近老半夜才回家，人也瘦了一大圈，都是戲班吵人，吵得她在屋裏待不住。」她邁著小腳走過來搖過去，顯得特別忙。

我媽瞟了眼方媽媽，她們在方家客廳講話，素牆上掛滿了方姊姊的獎狀，放大的相片，像個人展覽館，不夠掛在牆上的全掛到方媽媽屋裏，她好睜開眼睛便覺得活著眞榮譽。相片裏方姊姊靜靜睇向前方。我媽不能不小心翼翼：「你們景心多大啦？該找婆家了吧？」

方媽媽老大不高興：「誰啊？景心至少得念個洋碩士才對她爺爺有交代。」

「爺爺？她爺爺還在？在臺灣？」我媽不解。

方媽媽這才好顏好色：「早不在了！她爺爺是前清翰林呢！我們方邦舉算沒出息，這輩子全毀在亂世手上，景心可是念書的料，方家靠她光大門楣呢！」

我媽嗤笑：「不要招贅吧？」

我媽懶得再說，她可不是開玩笑，方姊姊和小佘叔叔村子裏外全逛遍了，方姊姊表面上脾氣溫和，談起戀愛來烈得不得了，她逼一步，小佘叔叔退一步，他們之間交往不像談戀愛，倒像捉迷藏。

方姊姊有天大的熱情教小佘叔叔冷水一澆冒得滿頭滿腦是煙，小佘叔叔和她在煙霧裏情況更加迷離。他們的事宛似有天大的祕密卻又包不住。

絕的是就方媽媽蒙在鼓裏。方伯伯似乎頗知道內裏卻不表示意見。

戲一天天唱下來，我們整座村子每天只做幾件事——上學的上學，上班的上班，管家的管家；然後一塊兒去看戲；戲散大家回家睡覺。每個人站在太陽底下臉色一律鐵青色，因爲太晚睡的關係。

戲班團員則在下戲後才正式開始他們的一天。夜間活動太頻繁，團員們終於上了火熬成一隻火眼金睛，上了妝在臺上更明顯。臉也長了，聲音也尖了，一切都控制不住。

村上的媽媽們這下不再對生活裏的事蜚短流長，她們忙著交換舞臺上的劇情和看法，她們的看法永遠不一致。她們從來在傳誦別人隱私之外的事上沒如此複雜的心態，那些事她們說不周全。

袁伯伯曬了幾天太陽，頭不痛了，重新恢復走大路上班的習慣。他忘掉瘋大哥比忘掉頭痛更快速，幸而劇團來了，瘋大哥雜在我們當中也有事做，他總是一面看戲一面掉口水；再不哭得比誰都大聲，笑得比誰都快樂。他在看戲那刻似乎也忘了袁伯伯。別人往臺上丟錢，他往臺上丟石子磨成的小人。

袁伯伯頭痛好了很快忘掉發的誓，他又每天和細長眼梢及一羣唱戲的女人喝酒、划拳，毫無顧忌的聲浪在沉寂的夜裏不像人聲，像動物。叫得不知道有多淒厲。

他喝了酒不再發誓，光揍人，光挑細長眼梢女人揍，那女人被揍慣了，也不再要他道歉。她說永遠記得他遠遠窺探、關心的深情蜜意。袁伯伯一聽又揍她一頓。

袁伯伯揍完狠狠咒道：「叫妳永遠上不了戲。」

女人用細長眼梢瞄他：「我才不上你的當！別以爲我上不了戲會嫁給你，賴住你！你——放——心——！」這女人嘴特別硬。她被揍了以後眼皮高高腫起，很難想像她薄眼皮長眉梢的模樣。

她堅決不嫁袁伯伯，她好好想過的。每天深夜他們分手，第二天重新來過；她喜歡這種痛苦。她斬釘截鐵說：「什麼事都是這樣的嘛！臺子搭了又拆又再建；天亮了又天黑。我才不喜歡什麼固定！哼！再愛他也不嫁給他！」她不究問袁伯伯到底愛不愛她，她覺得她愛就行了！只這事她特別想得開。

袁伯伯這邊呢，說她挨打挨怕了，發展出一套悲觀的理論；這套理論光安慰她自己用的，所以她口吻特別鏗鏘。

對他們臺下的交往，我們村上一點興趣也沒，一方面袁伯伯故事太多；一方面看戲還來不及。

在夜晚看戲的行列裏，李媽媽「埋伏」的時間不知怎麼愈來愈長。她在白天幾乎完全停止了活動，白天她留在家裏哪兒也不去，我去找阿瘦，她完全不認得我，原本蜜黃如向日葵的膚色失去了太陽不再流動而減弱了光澤，黯淡得不得了。她見我進屋卻視若無睹，自己忙著一會兒站起身，一會兒踱步，一會兒嘆息。整個人焦慮不堪！

我小心翼翼問道：「李媽媽，阿瘦去哪兒了？」

中中由外邊跑進來：「你別惹我媽，她會捏你哦！」他站在門口，不敢進屋。臂上一道一道捏痕，有深紅、紫、淺褐色，多到他自己大約也弄不清楚哪道先、哪道後。李媽媽不管這些急切地：「外面幾點了？」

中中說：「還沒天黑啦。」似乎天黑她就要出去。那她什麼時候回來呢？

中中搖頭：「管她，反正我都睡了。她回來就哭，半夜哭到天亮。」他厭惡的表情使得他老氣橫秋：「那麼愛哭就別去看戲嘛！」

她看什麼戲看到半夜？十點戲就散了，半夜？除了袁伯伯他們臺下那場誰還逗留在外頭。聽到尚未天黑，李媽媽削長的臉色霎時更黯，黯到她原先蜜黃沉底所形成的明黃眼梢轉成綠黑，使她那張臉笑也像哭。

她坐在板凳上，輕聲顫哭起來，矮瘦的板凳瘸了隻腳，她坐在上面膝蓋突起老高，淡黃無骨的膝蓋骨隨著她的哭泣上下顫動，裙緣愈滑愈高終於露出一角黑色的內褲。她毫無辦法的哭著。

好像阿瘦聽到哭聲傳音由外頭衝進來，她似乎也沒看見我，一個快步半蹲在李媽媽身邊，遮住了李媽媽的膝蓋、大腿、黑色內褲。她溫柔出奇：「媽，妳哪裏不舒服？」

李媽媽不說話光搖頭。阿瘦又問：「妳想出去？」

李媽媽點頭，但是仍焦慮地顫動著身子，阿瘦又問：「很熱是不是？」

李媽媽哭泣得更悶更急。

阿瘦老到地將毛巾在涼水裏浸透了擰成半乾，當著我和中中面前撩起李媽媽衣服渾身上下擦了又擦，彷彿李媽媽是個火棒子。

一遍又一遍，天漸漸黑了，她渾身的無名熱也褪了，李媽媽於是也停止了哭泣。似煩惱似期待的出了門。

她前腳走，我們後腳跟，她在通往球場的巷口不意和袁伯伯遇上了，李媽媽緩緩停住腳步，望定袁伯伯，臉上一層一層泛開明光，露出裏面的蜜色。她拘謹地垂手擋在路中，袁伯伯過去也不是，不過也不是，她低了頭雙眼往上勾睇住袁伯伯，笑意一路由嘴角爬到眼梢，她不說話光伸出手，手臂直直凌空架住。半天袁伯伯沒反應，李媽媽一反手面無表情地原待收回手臂，袁伯伯突地急急在路旁籬笆摘了朵爬牆虎葉子遞到她手裏，雙眼無神地彷彿在哀求她，哀求她讓他過去？李媽媽雙手闔住緊緊握住那片葉子，空氣中似乎聽得見關節咯崩在響。袁伯伯看到我們，一閃身走了去。留下李媽媽一個人站在長條巷子口。

那天晚上，散戲後意外地戲班子女人沒等到袁伯伯。李媽媽恍恍惚惚坐在臺下最後頭，臺上哭她沒反應，臺上笑她更無表情，她似乎只負責坐在那兒監視，監視臺上一個人也不准少。她一語不發枯坐兩小時，卻在散戲前倏地失了身影；那是一齣團圓劇，結局爲臺上闔家歡喜，她皺了眉專心看臺上抱成一堆，好像那些人在胡鬧。

那天晚上阿瘦在黑暗的巷弄間穿梭了一整夜尋找李媽媽。

第二天大清早李媽媽自己出現了，一向紮雙麻花的辮子鬆綁開來，絲絲不苟垂在兩肩，如一個安分的大閨女。戲班子來後她偶爾會放開頭髮，現在正式放開了。李媽媽居然有一頭特別烏漆沉亮的頭髮，隨著她的走動與靜止，散放出一股強烈而沉默的光。阿瘦頭髮完全是另一種顏色——又黃又少。

那一晚，戲班子後臺整晚大亮著，長眼梢女人喝多了酒鬧臺，鬧得比正式上戲還熱鬧有勁兒，她又哭又唱，就不准人熄燈。

戲班裏男生光逗她逗得團團轉，女人中有用斜眼看她說風涼話的：「開燈做什麼？噢！關燈就不認得啦？妳是葫蘆還是根木棒他會不知道？」她們愈說風涼話，長眼梢女人就唱得愈大聲，她讓大家一塊兒陪她等袁伯伯。我們後來知道她名字叫李巧，他們喊她的時候舌頭還帶拐彎，一副不懷好意的味道。

最後，細長眼梢反串起生角唱戲做工，她愈唱愈專心，似乎對自己的嗓音極其滿意，唱著唱著索性放棄了身段，站在場子中央沉重淒越拉開嗓子放聲唱——

「不分日夜奔家園，一路只把賢妻念，只見她花憔柳悴在斷橋邊，小青兒腰掛三尺劍，圓睜杏眼怒衝天——」

又是《白蛇傳》！他們似乎越鬧越清醒，後臺角落，仇阿姨不知是睡熟了，還是嫌吵，她始終以背對臺口，整晚沒翻身。

阿瘦見李媽媽天亮才回家，二話不說立刻爬上床撣淨灰塵要李媽媽補覺。

李媽媽倚在門邊，臉上毫無半絲倦色。她對阿瘦微笑如儀，一圈一圈桃紅斜入鬢角，她甜甜說道：「我不累，我不睡可不可以？妳陪我說話好不好？」

阿瘦蹙眉：「說什麼？家裏又沒米了。」她同時以懷疑的眼光觀察媽媽，終於忍不住問道：「媽，妳一晚上跑到哪裏去了？」

李媽媽瞅她一眼：「不告訴妳！」神祕而快樂的笑了。前一晚焦躁悶煩的神色全消失了。

阿瘦更加迷惑，她想想，搖了搖頭，決定不管李媽媽的表情和講話方式，她以堅定的口吻：「媽，妳答應我不再隨便亂失蹤的，妳這樣會害我一整晚沒辦法睡。妳再這樣我就去告訴爸爸哦！」

李媽媽嘴一垮，情緒即刻又變得煩躁：「我還要怎麼樣嘛？」她低下頭，淚水掉到洋泥地面：「妳——妳——」隨之不斷抽噓：「妳說要帶我走的！」

分明是那天她堵住我的口氣。

阿瘦機伶地看我一眼，悍然回應：「媽，妳又來了，我們哪裏也不去，我們老老實實待在這兒。」口吻完全是教訓。

李媽媽則決定要回嘴，簡短說道：「我要走！」

阿瘦極不耐煩極厭倦，寡寡地說：「妳要走一個人走，我不想管了！」這幾年眞也夠受的。

李媽媽一聽，即時停住抽噓，眼睛一亮：「眞的？妳眞讓我走！」整個人如按紐燈泡，忽地一亮。

阿瘦冷冷道：「妳走了拜託不要再回來。」

李媽媽幾乎以踩蹻的身段走回她房裏輕盈嬌媚，我們聽見她情不自禁的笑聲，輕靈似銅鈴，悠忽如夢；過一會兒，她開始翻箱倒櫃，一件件衣裳送身上比畫，還拿面小圓鏡子全身照。鏡背後是鏤花的檀香木，照到左肩照不到右肩，她照著照著完全忘了收拾衣裳的初意，整個陶醉在衣服的夢裏。比畫完畢，衣服還沒收呢，她又從床底摸出個鐵罐，拿出枚袁大頭呼呼向錢背吹了口氣然後放在耳朵邊，悠忽清脆的絲帛裂聲由她耳邊拉成一直長線四處飄送，撥弄著人的神經。李媽媽雙眼微瞇，顯然認爲這聲音十分美妙，她在悠忽的絲帛裂聲中嘴角逐漸拉得更長。

袁伯伯沒有解釋他那晚爲何爽約，李巧只要有開口的意思，袁伯伯就叫她喝酒，她還想問，他索性給她一頓，打得李巧像上了發條的玩偶，一見到袁伯伯就笑，袁伯伯不怕她歇斯底里，他揍人還賣乖：「神經質的女人我見太多了！」

李巧笑話他：「你見過女人嗎？」她當衆扯開領口，將胸脯湊到袁伯伯面前，睥視道：「你見過嗎？」

袁伯伯搖頭：「妳還有多兩個更好看！」

李巧似哭似笑：「別以爲我不清楚你在搗什麼鬼！我不願意揭穿你罷了！」她敞低了的領口露出她自己指甲抓的痕跡，臥在雪白的膚色上，分外刺眼，像一隻隻吸血蟲。

袁伯伯突然酒醒了一樣聲音冷冷的：「妳最好弄清楚。」弄清楚什麼？他可沒多說，然而我們感覺得到他這次眞不會再和李巧喝酒。李巧醉了，但是她也清楚。

李巧從此夜夜不睡，白天精神還大得很，晚上她上了臺不像唱戲像跳脫衣舞，每一個動作都做得火辣辣，對自己極度滿意，而且吊人胃口。這樣折騰，有一天上臺後唱不出一個字。

沒多久，李巧的爸媽被叫來了，班主說李巧瘋了，要他們把她帶回去。李巧的爸媽是一對矮小的鄉下人，專門幫人做酒席；他們兩個急得快哭了，李巧的爸爸囁嚅半天才擠出一句：「留她下來洗衣服煮飯都行。」他努力維持聲音不抖：「我們沒有錢，訂金全花掉了。」

班主因爲長期不露面，臉養得白裏透紅，他不耐地：「錢我不要了！她在團裏會鬧臺，再鬧下去大家都別活了。」

李巧的爸爸這才鬆口氣：「等她好了我們再叫她來唱。」完全不問李巧是怎麼瘋的。班主點頭：「如果她好得了隨便你！她啊，這叫文瘋，想男人想瘋了。」

圍在四周的人全笑開了，他們對李巧離開似乎不當回事，完全拿她只是戲唱一段落下臺歇歇而已。

李巧挽了個包袱乖乖跟在她爸媽後面離開，她媽媽從出現到帶她走沒開口說一句話，同樣乖乖地跟在李巧爸爸身後面走，像他有兩個聽話的女兒。

但是李巧也不眞聽話，她爸爸走一步她跟一步，靠本能跟緊有溫度的物體罷了，像一條盲目的響尾蛇。她整個人呈完全渙散而無感覺狀，彷彿如果前頭那股溫度降低了她會隨之垮掉。

大家都說她瘋了。怎麼瘋了的人反而比較乖？

他們就這樣走遠了，而且班主說得對，李巧再沒回到劇團，聽說沒多久他爸爸就給她找了人，那人比李巧小上四五歲，力氣很大，頭特別大，經常莫名其妙把李巧揍得鼻青臉腫；那人沒出去工作，傳話的人笑彎了腰：「也是個白癡，說他永遠十五歲。這下可好，李巧就愛小白臉嘛！」

李巧的爸爸走老遠抬了喜餅來送，小小的頭揚得老高，鼻孔有別人兩個大，一直想說大聲話，可是長期聲道給慫著，大聲說只是更尖銳而已。他說男方家裏有錢有地，造橋修路不知道積了多少德，家裏頭就這麼個兒子，積德愈多，這個兒子就一天天倒著長，愈長愈小；家裏頭想到要給他娶房媳婦，相親也不知道相過多少，偏就看上李巧。在路上玩自己撞上的。

李巧父親心滿意足：「我們也不圖他們什麼。」

「這下對眼了嘛！」有人搭腔，又是一陣哄笑。

「李巧從小在外面跑，沒什麼朋友，所以喜餅送過來，無論如何大家沾些喜氣托大家的福。」說到這裏李巧的爸爸聲調又微弱了下去，不那麼扁、尖了。他從來沒過問他女兒是怎麼瘋的，誰引發的。他卑微的表示——那都是命。幸好他女兒瘋了，「否則還碰不見路上玩著的小丈夫。」他說。

李巧的爸爸走了以後，我們目送他提了根用來挑喜餅的單支扁擔步下坡道，這回他穿了雙布鞋，鞋底衲得老厚，他一邊走一邊猛用腳掌巴緊斜坡地。

仇阿姨正一個人在角落準備晚飯，洗菜洗米一個人忙得抬不起頭，菜刀切在砧板上鏗鏗鏗，劇團裏尚未從李巧嫁人這齣戲醒過來，仇阿姨的菜刀聲簡直就像幫他們司鼓，她從頭到尾也不知道他們在演什麼。

阿彭一見來人走遠了，立刻跑到袁伯伯家通風報信。袁伯伯渾身滾燙躺在床上，瘋大哥靜坐在黑屋子裏不願意走開也不接近袁伯伯，袁伯伯如果死在屋裏，他關上房門這屋子就再也沒有光，也沒有聲音。

袁伯伯喊乾了嗓子叫瘋大哥去請毛醫官，瘋大哥搖頭，他伸手去打瘋大哥，瘋大哥稍稍挪後點並不遠離袁伯伯視線，袁伯伯氣得大吼，外面戲班子正鬧得不可開交，把他的吼聲壓蓋過去。何況他的聲音乾乾的，沒什麼震撼力。

袁伯伯燒得滿臉通紅，眼珠子充血，頭髮更教汗給濕透了，枕頭巾上也一片汗漬。枕頭巾繡了對鴛鴦；是袁媽媽以前繡的，現在教汗給浸透了，彷彿兩隻鴛鴦正在戲水。阿彭湊臉靠近袁伯伯鼻嘴，袁伯伯一張嘴想講話噴得阿彭一臉熱。

阿彭就受不了熱，一熱他吱吱笑。給哈到胳肢窩似的。瘋大哥癡癡看著，不吭氣也不笑，只是原本坐著後來站直起來而已。

等我們把我媽叫來，門卻從裏面鎖死了。我媽大力拍門猛叫道：「袁寶！快開門！你爸燒昏了會死的。」

瘋大哥居然在裏頭回應：「不要，不會死！」他又問：「嗚嗚車來了沒有？」

仲媽媽撇撇嘴表示她知道原因：「袁寶要死守住老袁。」她禁不住興奮地：「我們叫救護車來！」

袁媽媽就是這樣被帶走的。

我媽沉思：「恐怕袁寶敏感！」她繼續好聲好氣哄瘋大哥：「袁寶，你餓不餓？我們吃蛋炒飯去！」

瘋大哥在裏面不聲不響似乎睡著了。袁伯伯也不叫了，他和袁伯伯相偕睡著了！我們聽到他抵在門後濁重的呼吸聲。

後來是小佟先生輕手輕腳由後門卸下了窗戶，抱起袁伯伯再由後門通巷出來，原來袁伯伯已經燒昏過去；瘋大哥則趴在地上睡著了。

小佟先生抱著袁伯伯無法快步走，袁伯伯癱成一堆軟肉，小佟先生隨時要以膝蓋重新支撐好抱的位置，他經過八號段家，席阿姨正坐在向光的後門剪指甲，見到隨光線而來的黑影，被小佟先生嚇了一大跳，小佟先生在村內一向少露面，更別說與女眷打招呼；席阿姨也向少出門，兩個人一照面，中間隔層紗，灰濛濛看不眞切，小佟先生就看到一個影子坐在黑裏，兩人各自當下楞住，段叔叔聽到聲響由前廳過到後頭，見袁伯伯瘟神似癱軟成一堆，驚惶失措「砰」地一聲關上後門。像他們是瘟疫。

小佟先生這下火大了，他雙手抱高袁伯伯騰出一隻腳去踹門，居然教他踹開了，小佟先生正色聲嚴：「等人死了你再關門還來得及！」他再瞄了眼席阿姨，仍沒看淸楚。席阿姨低了頭，他看到她偷偷在笑。

袁伯伯被抬到毛醫官診所，毛醫官量溫度後，叫小佟先生把袁伯伯擱在泥土地上，仲媽媽尖聲叫開了：「老袁要死了？沒救了？他是什麼病？」她不等毛醫官回答自己下了定論：「一定是見不得人的病犯了！」

毛醫官嫌吵，拍拍手要大家靜聲：「請各位回去吧！見不得人的病是會傳染的。」

仲媽媽尖叫著跑了出去。我媽不太相信：「老袁眞是那病？」

毛醫官笑了：「我說過嗎？」

袁伯伯在泥地上躺了一整晚，小佟先生和毛醫官分兩班輪守，每半小時搬動一次到新的涼的泥地。毛醫官說捱得過去捱不過去就看這一晚。毛醫官把袁伯伯衣服剝光了，剩下一條褲頭。

到半夜，深了寶藍色的天空，在毫無預兆的情況，下起毛毛雨，雨水逐漸布滿袁伯伯每一寸肌膚，他的膚色由深紅轉淡，小佟先生見狀抱起袁伯伯要躲雨，毛醫官制止他。毛醫官說：「這種小雨你求還求不來呢，正好給老袁冷敷。」

毛毛雨在天亮前刹住，袁伯伯高燒也退了。原來毛醫官用老方法以地氣降溫。雨水一遍遍沖洗袁伯伯滾燙的身體，袁伯伯有兩條路走，不是退燒就是轉成肺炎。

袁伯伯究竟得的什麼病？毛醫官說不上來，這種情況醫學上通稱爲「莫名的發燒」，他表示不明發燒的原因不下千百種，他要做的就是降低溫度，至於是不是「那種病」？毛醫官未置可否：「不知道。」

袁伯伯燒退沒多久又燒起，後來轉到軍醫院觀察，他在住院期間什麼事都不做光抽菸，把病房抽得煙霧瀰漫，醫官警告他再這樣抽法出得了出不了醫院大門很難說。

袁伯伯毫不在乎：「就算現在死了，也賺到了。」

那幾天，瘋大哥更加行蹤不明，我媽找去小廟幾次都沒見到他，她放了些吃的在廟裏轉個身去看每每碗底朝空，可是瘋大哥呢？

袁伯伯在住院第四天清晨醒來，床邊瘋大哥不知道什麼時候進來悄悄守護著他，瘋大哥短短數天瘦了半圈，臉上一團黑，看到袁伯伯睜開眼淚水撲簌撲簌滾下。

袁伯伯嘆口氣，伸手握他，瘋大哥低下頭，張嘴說：「爸爸——對不起！」袁伯伯拍拍他手。

瘋大哥側過頭去不忍心看他似的。到處找了幾天才找到醫院，他深怕白天人家不准他進，夜深後才偷偷溜進病房。這幾天他四處找不知道白走多少路。我媽放廟內的東西根本不是他吃掉的。

袁伯伯能下床走動了仍然查不出病因，醫院只好讓他出院，他叼著菸一面噴煙一面步出醫院。他回到村上立刻劇團有人上門轉述李巧嫁人的事，加油添醋的滿以爲會聽到一些驚人的反應。袁伯伯冷面冷聲向那人說：「我是個混蛋！那是我個人的事，李巧嫁給誰那是她的事！我壓根不認爲好笑。」硬給了一面牆碰。

那人惱羞成怒：「當然不好笑，誰惹的禍誰心裏有數，連打人帶玩弄，可愉快了！」

袁伯伯二話不說一揮拳打得那人飛出老遠跌成爛包子，袁伯伯冷笑道：「我打李巧算重嗎？」那攤爛包子呻吟道：「原來是個會家子！」

就這樣袁伯伯倒安靜了一段時間。他的安靜就是停止喝酒，而且除了上班哪裏也不去。他對自己體溫陡然高升認爲是一種警示，如同空襲警報，躲的時候當然得肅靜。

瘋大哥恢復以前袁伯伯上班時間他也出門四處走動的習慣。是甘蔗長熟的季節，一束束白芒草似的甘蔗芒花逐日倒垂，瘋大哥可以躺在小廟裏看一天甘蔗開花，他掘了個大泥洞埋甘蔗花，一層甘蔗花一層紅土像釀酒，奇怪埋花的地方再種甘蔗總是長不出來。他經常坐在小廟看見方姊姊和小余叔叔從花裏走來，方姊姊脾氣愈來愈不穩，常抱住瘋大哥悶聲痛哭，她對小余叔叔似乎極度不滿，不滿到不願意和他一起在人多的地方露面，所以，現在人多的地方他們幾乎不去了；人少的地方像甘蔗園又往往淒荒到容易勾起方姊姊沉蟄的自憐情緒，她哭得兇又倔強的跟小余叔叔耗著。小余叔叔表示：方景心不說分手，我們現在唯一能做的就是走一步算一步。

戲班子使我們村上如繃緊了發條般熱鬧，誰也無心多注意誰，全副精神投注於戲臺上的變化，方姊姊的事比較起來太單調了，尤其缺乏參與感。李巧出嫁那天劇團向村子告一天假開了大卡車去喝喜酒，回來說李巧婆家爲了沖喜老遠請來一臺戲表演脫衣舞，劇團團員調轉身分坐在酒席上大看脫衣舞，笑得前撲後仰樂歪了，這才替李巧鬆了口氣，比起脫衣舞女郎李巧算是「完人」了。

仇阿姨沒去，她自願留下看臺。這天，她不用趕早赴兵市場買菜，不用洗菜、切菜、炒菜，意外地多出一大段完整的時間，使她露出難得的笑容，他們一走，她就端了張竹凳子放在陰涼處，腳邊擺了套《海上花列傳》，她就這樣地點不動、姿勢不動看了一天書。且滴水未進。一直到天黑他們還沒回來，她抬頭看看天色，毫無惦掛之意。她闔上書起身往球場一角走去，球場角落她設了個小香案，她續上一炷香，香煙裊繞往天空漫去，她凝視香煙上升到半空不遠漸次散開，她久久不動，像正在看一本書。

袁伯伯踱過去，他知道今天李巧出嫁，我們村上鬧了那麼久突然靜下來倒使大家覺得輕鬆，誰也不想再上班似的趕到戲臺前，偌大的球場因此更形空洞。袁伯伯向來不按牌理出牌，他這時候在戲臺下逛倒沒引起太多注意。

奇怪是仇阿姨根本不記得他，她對他毫無印象，她甚至不記得李巧骨折那段時日他出現過，她也沒問到他到球場做什麼，直覺認定他來看戲沒得看。

袁伯伯問仇阿姨：「今天初一還是十五？」

仇阿姨出神道：「是我先生祭日！」

袁伯伯也合十三拜後，靜站一旁一言不發，一直到仇阿姨回過神來才告訴他：「你來看戲？他們到外鄉去了。」

袁伯伯：「我知道。妳一天沒吃東西了吧？我請妳好嗎？」

仇阿姨眉低目垂：「謝謝，我許過願吃素。」

袁伯伯溫柔簡短地說：「不礙事。我請妳吃素。」他幫忙收了供桌，將香灶移到後臺臺腳邊好繼續燃煙不教風給吹散了。一切都收拾妥貼，仇阿姨沒有理由不去，便淡然處之隨在袁伯伯身後，兩人一言未交談，吃了餐晚飯也算是消夜素食。

飯後，袁伯伯送仇阿姨回劇團。劇團人已經回來了，正在熱烈討論李巧的喜宴，袁伯伯送到距劇團五十步遠處停步，簡短地：「晚安！」走另一條巷道回家。他們沒交換姓名，似乎袁伯伯相信下回仇阿姨仍不記得他，他不必多說。

就在戲班子休息這天，方姊姊清早離家上學後再沒回來，方媽媽燃亮家裏所有的燈等到天亮，一大早校門沒開她就衝進校長室要人，這才知道方姊姊曠課過多，功課全部不及格，前兩天教學校給退學了。方媽媽當然不相信，認爲學校故意要加害方姊姊，女兒是她生的，方姊姊還曾經越級跳讀……，不管她說什麼校長都不相信，她也不相信校長說的話。最後校長拿出方姊姊的考試卷，方媽媽不認得字，但是阿拉伯數字她還懂，面對個位數的考試分數，方媽媽仍立意不信，不相信便只有彼此惡對扯破臉離校一途。她罵方伯伯！罵校長！罵社會、國家、戲班子！這下好了，更沒有人願意跟她說眞相了。她在家裏大聲足足罵了一天！

我媽看不過去，這才提了句：「去小余那裏看看！」

方媽媽當下愣住，一張臉轉紅轉紫，脹得飽滿然後消癟，憋足了氣蹬著小腳立刻找去小余叔叔住處。

小余叔叔正窩在房裏看書，哪有方姊姊的影子。他一聽方姊姊失蹤兩天先愣了下，隨即心裏有數似恢復正常，這下方媽媽全了解了，這個打擊比方姊姊個位數的成績單還大，她憤怒斷聲什麼話都罵了出來：「你喪盡天良，誘拐晚輩，你浪蕩成性毫無羞恥心，你說！我們方家哪點對不起?!你說話啊！」她根本沒有留一絲空隙給小余叔叔說話。

阿彭在旁邊倒衝出一句：「方姊姊不是小余叔叔的晚輩，是方姊姊誘拐小余叔叔的！」他平常在家裏聽他媽媽說多了。

這下小余叔叔罪更重了，方媽媽不怪阿彭揷嘴，反而找小余叔叔算賬：「你一個大男人居然敢說出這種話來！我們太錯看你了，哼，下一步你大概要殺我們全家吧?!我看你一定做得出來！」

小余叔叔面對排山倒海而來的指責並不暴怒，他一派鎮定彷彿在仔細分析方媽媽的話，最後他說：「我負責找她回來。」

這也不行，還沒完，方媽媽顯然爲了想彌補以往的不知情，堅持要小余叔叔多說些他們交往的情形，她抽抽嗒嗒邊哭邊自言自語，身爲母親她想知道一切，然而那神情眞教人不敢多說一句。小余叔叔光抽菸不再說話，方媽媽愈發覺得嚴重，她轉而開始怨嘆命運、社會風氣、教育措施，最後她罵累了脫水般暈倒在小余叔叔房裏。

方伯伯風聞趕到，他親眼目睹方媽媽自己氣倒，親耳聽到方媽媽把小余叔叔罵成個什麼樣子。他知道事情嚴重性，他重重嘆氣告訴小余叔叔：「盡量找景心回來。」

方媽媽醒過來後聲勢並沒降低，鬧得我媽不怕吵的都搖頭：「眞想不到，平常那麼溫柔的人。」

我媽最沒想到的是方媽媽反過頭來怪她，怪她不早講，又怪她說得太少。我媽這下上了火，她毫不客氣地：「我還怪自己說得太多了呢！」她說她不知道方媽媽爲什麼光管自己一步之內的氣流，不管別人身心冷暖。

方媽媽不怕沒情報，她把我們一羣小孩拴到她跟前，煮了一大鍋綠豆湯當獎品，誰告訴她一件方姊姊和小余叔叔的事就給一碗。阿彭一個人可以說三十件，但是阿彭搶著說光結巴，方媽媽不耐煩點名要阿瘦說，阿瘦正要開口，眼角閃到李媽媽在院外晃，她牽了中中便追出去；阿跳早不耐煩偷蹦開了，狗蛋雖死氣沉沉坐住，但他四歲不肯說話早有名，方媽媽不願放過我這唯一的機會，她口氣嚴重地：「責任都在你身上了！」我媽警告過我不許多話，讓她知道要剪舌頭，我搖搖頭：「我媽說我未滿二十歲沒有任何責任！」

這下方媽媽更認定全世界就她不知道方姊姊的事。這時候的她是憤怒多於擔心，小余叔叔去找方姊姊了，一直沒找到，更教她生氣。她認爲方姊姊設計串通好等她氣消了才出現，她蹬著小腳在屋裏來回走，氣呼呼說：「我永遠也不饒他！」她整夜不准方伯伯熄燈，說自己以前瞎了眼，以後要看個清清楚楚。

我們那兩排房子只有老馬完全不受影響，連袁伯伯都噤聲收斂，老馬照常叫賣他的豆腐，他照常跑進方家給方姊姊留塊嫩豆腐，方姊姊不在，他每天看一眼方姊姊的照片也高興。方媽媽倒從不問老馬任何事，她深怕老馬說得太直她受不了。老馬倒希望她問，老馬說：「我是個賣豆腐的我還怕誰？她要聽，我也沒什麼好的話說。」

吵吵鬧鬧半個月過去；方姊姊突然有了消息，方媽媽的氣罵罵算消了大半，當然，她並沒有停止她的猜疑和不滿。我媽窩囊氣當排泄掉後這才說了句公平話：「是我也要自我折磨嘛！做娘的什麼都不知道當然寒心。」

方姊姊回來那天，才走到下坡就有人上方家通風報信，半個月不見，方姊姊頭髮長了好大一截。小余叔叔肩膀掛著方姊姊的書包，書包外皮被裏頭書及飯盒頂得鼓出一塊飯盒形狀，她決定離家那天仍鎮靜地帶了便當；書包外皮有塊油漬，是每天每天放便當盒日久放出的成績，彷彿還聞得到每天一個荷包蛋的味道。

方姊姊臉上一直帶抹無所謂的笑的意思，沒渲染開來而已；相形之下小余叔叔凝重得多，他微蹙雙眉，我們知道他並非不耐煩，只是習慣而已。

他們雙手都空著，直直垂下，也沒貼著腿側，說不出的空虛，孤立的兩隻手。

方姊姊明顯的消瘦許多，身上是件連身大花衣裙，鮮麗的花色似乎仍飄出不知名的花香。方姊姊瘦的是臉、四肢，胖的是肚子，微微朝外凸的肚子撐得連身衣裙的花朵更燦爛、怒張。我們覺得方姊姊站的方式好像有點要故意誇張她的肚子。阿跳首先忍不住好奇蹦上前要試摸。還沒摸到就被我媽喝退了，我媽神色比小余叔叔還凝重。整臉快皺成一團包子。

方媽媽、方伯伯接到通報很快趕到村口攔人，方媽媽奔近了看清楚了方姊姊瘦削的臉、四肢和被凸出的肚皮撐開的花朵，整個人一矮，骨架子幾乎便要散掉，她還來不及痛哭痛罵，先一個箭步上前連甩方姊姊幾耳光，方姊姊被打，動也不動，細瘦的腿像兩根椿子釘死了，小余叔叔上前護衛也遭了殃，他們兩人全都沒躲的意思。

方姊姊挨了打卻似渾然不覺，她帶著無所謂的笑意，以五步外一棵扶桑花爲目標視線不變，眼睛眨都不眨，方媽媽這才撕開嗓子：「好！妳狠！算妳狠！我做女兒妳做娘算了！」方姊姊深深吸口氣，彷彿在忍耐什麼，並沒有其他的反應。方媽媽一看之下大受刺激痛聲哭倒在地，像做錯事的是她。

村口緊挨著球場，戲班子的人也圍了過來看熱鬧，沒過來的則站高在臺上指指點點，仇阿姨向來不看熱鬧的也不時側過臉傾聽，她似乎聽到方媽媽責罵方姊姊的話於是搭下雙眉繞到後臺去不願意再聽；袁伯伯從頭眼光跟她到後臺。他最近比先前更沉默。菸抽得更兇。

四周雖然圍觀者不少，卻鴉雀無聲；方媽媽死命捶打泥地，誰也拉她不起，她哭得那麼傷心，大家看她哭看得幾乎忘掉她哭的原因。

方伯伯這才上去拽方姊姊，小余叔叔又護在前面，他瘖瘂地說：「老方！別這樣！」簡短深沉道：「我會負責。」他的疲倦立刻讓人覺得是因爲他原來也不知道方姊姊肚子大了。

方伯伯橫他一眼又去拽方姊姊，方姊姊掙扎幾下自個兒轉身就往村口朝外走，方媽媽由泥地快速撐起身子老遠便往方姊姊撲去，嘴裏發出尖聲：「我就這麼個女兒，妳乾脆連我這條命也帶走一了百了！」她連小余叔叔也罵上：「你眞狠！你看你把我女兒弄成什麼樣子！」當下惹來一陣笑聲。站在戲臺上的團員連聲附和：「是啊！是啊！」

方姊姊被纏上不得不停步，她總不能拖著方媽媽的身子像拖一隻死狗似往前移，她抬頭挺腰，站得筆直，眼光不注視任何人，光吊在空中，不勝煩擾地開了口：「媽，妳別這樣好不好？我又沒怎麼樣？」

方伯伯極痛心：「景心——」彷彿實在叫不下去，一嘆息：「妳還不回家？站在這兒丟人現眼！」

方姊姊收回不耐煩的眼神，溫柔又無奈地向小余叔叔笑了笑：「余蓬，是你要我回來的噢！」

她面上浮著一層苦笑，近乎嘲弄。說完，方姊姊帶著她一直若無其事的態度往家的方向步去。第一現場觀衆失去了女主角，立刻陷在交頭接耳陣中腦筋醒了過來。方姊姊的倔強冷漠，使得這場短兵相接形成一面倒的態勢。

方伯伯揮手要小余叔叔先離開，小余叔叔猶豫，仍將書包交給一旁的我，然後大跨步邁下坡道，他走路一向沒什麼架勢，從來不像軍人那麼堅挺，十分自然就是。但是這天他離去的步履卻十足拔營的味道，迅速而堅決。

方媽媽見方姊姊已往家裏頭走，立刻忘了打罵小余叔叔；隨後緊緊跟住方姊姊，一路走一路哭，方姊姊沒回過頭。

回到家，方姊姊關起房門平躺在床上問什麼都不吭氣，方媽媽盤問孩子是誰的，方姊姊只說了一句：「我的。」

方媽媽滿肚子怨恨沒處出，方姊姊偏軟硬不吃，她怒極一狀告到陸供部、副本送監察院、立法院、行政院、省政府、國民大會核備，她厲聲指責社會風氣如此敗壞，做父母的如何放心？她還說一家三口跟隨政府來臺勤儉持家，爲什麼臨老讓她家破人亡？洋洋灑灑請人整整寫了六大張十行紙。

另一方面，方媽媽突然整個個性大轉變，她變得果敢而獨斷，她公然當著全村面前以超強手段僱車帶方姊姊去拿掉胎兒。

那天過了午後，我們這條巷子比什麼時候都沉寂。方姊姊回來以後，方媽媽不准任何人接近她，她認爲連瘋大哥都有問題，她更不准我們在巷子裏玩，以防混水摸魚。阿跳偷偷在方家院裏種了棵桂圓樹苗，這下不准進去澆水定死無疑，然而方媽媽門禁之森嚴連阿跳這尖屁股亦毫無辦法，他想偷偷將桂圓樹移植出來也沒成功，最後阿跳猛在方家門外倒水，一天倒三、四回，他說也許對桂圓樹有幫助。

方媽媽僱來一輛三輪車等在她家門口，方媽媽喝斥看熱鬧的人都站遠些，三輪車後座廂擋帘垂覆得嚴嚴密密，方媽媽挽住方姊姊手臂肩靠肩坐進後座廂，幾天不見方姊姊她人更白了，原本就秀致的臉蛋足足小了一圈，腹部倒高了；她低垂眼簾，嘴角含笑，柔順地上了三輪車。捧著她的肚子。

瘋大哥跟我們一道兒躲在我家紗窗後偷看，他看到方姊姊一現身便忍不住高聲喚道：「糖心！糖心！」

方姊姊抬臉找他，她在亮處我們看得見她，屋內暗她看不到我們，但是她知道我們在屋裏，她朝我們這方向咧嘴笑了笑，比哭還難看。果然瘋大哥就陰著聲音：「糖心！妳去看病是不是？」哽咽道：「妳看妳生病了。」

「不是，我去玩，一會兒就回來。」方姊姊也大聲回說。

方媽媽制止她再往下說，快手放下布帘，臉色僵硬地叫三輪車直接踩進醫院。

等天完全暗了，三輪車才轉回來，又換了另一輛三輪車便是。他們直接由家到醫院，再由醫院回家走同一條路。手扳煞車停住吱呀一聲，方媽媽挽住失神的方姊姊直直走進院子，阿跳早趁他們出門後溜進院子移走了他的桂圓樹，他迎向方媽媽她們心情輕鬆的學瘋大哥：「糖心！妳看病回來了啊？」

方姊姊聞聲後腳一軟暈了過去，方媽媽也不叫人幫忙，踮起小腳獨力支住方姊姊倒水似的倒在床上。方媽媽自信十足，她堅信有能力讓方姊姊變回從前樣子。才半天工夫方姊姊肚子眞扁了下去。他們進屋後很快熄了燈。

這場局小余叔叔完全被擋在局外，他被部裏下令限制營區待命。他每天要面對三次以上筆錄，他一直都表示這件事的確因他而起。

監察官例行程序上方家問案，方姊姊要求單獨應詢以免被干擾，她以堅定的口氣說：「這一切都是我設計好的，我比一般女孩子早熟，身爲女人我心裏明白自己什麼時候排卵，我要不想懷孕避開這一天不就成了？我們又不是每天在一起。」她說她喜歡余蓬，爲了達到早點和他一起生活的目的，她讓自己計畫懷孕，她得意難掩：「余蓬是聖人，他根本不願意碰我！」她笑了：「當然，他現在願意了。」

她說的這段「實話」大膽而眞誠，監察官根本無從下筆，照實記錄壓根是一篇社會報告，不記錄則無法對方媽媽的告狀交代，他尷尬地結束詢問抽身離去：「我要回去想想看，這案子很棘手。」

方姊姊：「長官，我句句實言，我告訴你如果余蓬被判刑，我會沒完沒了。」

監察官：「方小姐，如果不辦余蓬，令堂大人會沒完沒了，妳告訴我，是妳，妳怎麼辦？」

方姊姊稍沉吟：「我希望我們能消失。」

監察官：「方小姐，但願妳不是在暗示我！」

方姊姊的大膽並不能改變小余叔叔命運，案子迅速進入簽核程序，懲戒命令下來，只差沒給判刑關起來，但也沒繼續讓他留在陸供部，結論是——余員因不適任現職，降調外島服務，陸供部本部永不得錄用。

方媽媽這裏手段是不准方姊姊再去學校，她自己也沒去學校，因爲上回去鬧得太丟人。方媽媽指揮若定，邁著她的小腳。她要求方姊姊在家自修，以同等學力報考大學，她確信方家祖上有德，起碼會有一個狀元出世。她斷絕方姊姊與外界的一切接觸，她說：「久了大家就淡忘了。看不到面還有什麼想頭？」連窗戶玻璃她都糊上一層毛邊紙。

陸供部怕節外生枝，急於盡早送走小余叔叔結案，人事生效日期比人令下達時間還先一步。小余叔叔無法跟方姊姊聯絡上，看樣子得孤單的離去赴外島報到。

是小余叔叔要走的前一天晚上。方姊姊離奇地在我們家出現。

我媽看戲去了，狗蛋獨個兒睡在床上，聽見叩窗聲我先頭以爲是阿彭，這老小子有事沒事就在戲臺、家裏兩頭跑，趁空檔回家扒兩下功課，自以爲聰明得很，他就這麼點本事還老以爲占了多大便宜。我吼出去：「有話就說？弄神弄鬼的做什麼？」

窗聲又叩兩下，我不耐煩地推開窗正要罵，窗外赫然是方姊姊，她要我開門讓她進屋。她頭髮長得沒道理，彷彿她的煩惱和著頭髮有一分心事就長一寸頭髮，她的臉色不出門給捣得白裏透青。她進屋後，隨後跟進一道風，鐵皮屋頂受了刺激簌撲作響，找到共鳴般興奮不已。最不可思議的是她渾身上下就用一條床單稀鬆裹住，方媽媽不僅將她剝光還把屋裏所有衣服都搜盡藏起來，幸而還有床單。她用床單裹住身子的模樣眞像個修女。狗蛋在昏暈的燈光底下睜開眼睛，一眼看到修女模樣的方姊姊，倏地眼眶注滿了淚水，他專神一意凝視方姊姊，我拭乾他左眼淚水，他右眼又注滿了。

方姊姊淒然一笑，卻又十分地堅強：「狗蛋，我不打緊，笑一個給方姊姊看。」

狗蛋眞朝方姊姊那麼一笑還開口說：「我們會保護妳。」

方姊姊要我找一件隨便什麼媽媽的衣服給她套。她的肚子完全扁得癟了進去，手臂瘦得變長了似的。她急切而直截了當：「老石頭堆子，我一定要去見小余一面。」她要我陪去。

狗蛋雙眼又注滿了淚水，方姊姊摸摸他的頭頂，狗蛋不再說話目送方姊姊由後門出去，他潔淨的眼神給予方姊姊一股神力似的，一路上她腳步矯健，警覺得像身上披了偵察器，一會兒工夫便到了巷口。

我媽身材比方姊姊起碼寬三分之一，渾身空出的布料和她的身體在夜巷中產生摩擦發出沙沙聲，彷彿一條響尾蛇，正向黑暗撲去。

我小快步在前頭放哨，全村都投入戲臺前，臺上的光及活力彷彿整個村子就舞臺那一角活著，少數沒去看戲的屋子爲了省電使么么拐高地幾乎全陷於黑沉。

黑暗的範圍似乎比什麼都大筆直往前延伸，直到我們望見小余叔叔屋裏的燈光，在黑暗裏，那比什麼都亮。

方姊姊連門都沒叩便旋身衝進屋，小余叔叔乍地再見她且不說話也不驚訝，先就死命抱緊她，彷彿知道她會來，而他早養足了精力等待。他好像拚了一場命。

他整條手臂圈住方姊姊，突然意識到他貼住的她整個身體，他很快推開她，無法置信地望著她的肚子，眼眶注滿了霧氣與憤懣。他以前常說自從少年離開老家就沒掉過一滴淚。

他痛惜地說：「妳的肚子——眞是太過分了。」

方姊姊滿不在乎笑著：「沒關係，我們可以再生。」她看見他便忍不住笑。

方姊姊看也不看呆站一旁的我，以下定決心的口氣說：「老石頭堆子，你出去等我。」

沒有光的屋子裏傳出巴哈的《郭德堡變奏曲》。小余叔叔說巴哈的音樂就是生的禮讚。阿彭說什麼鍋蓋煲、雞腳煲的。

屋子裏除了巴哈，靜得令人窒息，彷彿他們在屋子裏什麼也不做光在黑暗中凝視彼此。這份窒靜包在黑屋子裏醱酵、扭動，產生了一股強而悶的力量，與巴哈唱和。靜止居然也有靜止的節奏。

野地間吹來一陣陣青草味，晚風帶了幾分腥澀及燥熱，我孤單單在生的力量之外，靜靜地等待這兩股漆合在一起的力量分開。我突然明白他們的事了。

不能再晚，方姊姊才打開了小屋的門，她站在門口光束裏，外面比屋裏亮，她捲起了衣袖光著兩條膀子，瘦得可憐的手臂給月光一照鑲了層金邊，她過肩的頭髮彷彿皮毛坎肩，也鑲了道金光。她的神情有點滑稽，臉上的光卻讓人不能正視。

方姊姊語氣堅定而平穩的對小余叔叔說：「我不在乎誰！你放心去。我不喜歡送人，我喜歡你看著我走。」

方姊姊挺直薄弱的身軀彷彿舞臺上高貴而不可侵犯的女神，因此不輕易在舞臺上晃動身子，她站在哪裏，哪裏就代表堅持，她下達決心般背著口訣：「我想通了，緩和一下情緒也好。」

第二天大地一見曙光，小余叔叔聽方姊姊的話帶著「巴哈」赴外島服務處報到準備上船。他的其他裝備鎖在舊住處，他原單位並不在意他占間房子；他們向來喜歡他，我不明白事情怎麼弄成如此大。

當然方媽媽發現方姊姊偷溜了出去，我和方姊姊當場被她堵在門口，見到方姊姊，她當場一矮身子撒潑撒野地雙膝跪地叩頭道：「祖奶奶，求妳饒了我們，算我們欠妳，妳整死妳親爹親娘又有什麼好處？」

方姊姊倒十分平靜，披掛著全身大床單便要進屋子，方媽媽當然不甘心，急急抓住她，沒料到人沒抓牢倒一把扯滑落方姊姊身架上的床單，方媽媽一見光溜無遮攔的方姊姊愣在原地發呆，急得上前便待用自己的身子去抱去遮住，她才撲上去，方姊姊機伶地閃進房間讓她再度撲了個空。方姊姊全身光溜的時候仍直挺著軀幹。

我抱緊媽媽的衣服呆站在院子外說不出話，當場方媽媽另外找到了出氣目標，拖了我便回家找我媽算賬。她一路罵我：「你這個小漢奸！你讓我們家破人亡有什麼好處！」

她拐著小腳三幾步扭到我家，方媽媽先不進去，立在院子外就朝裏喊：「我可是只有景心一個女兒，誰成全成全我讓我們有個人送終吧！我們又沒三男一女的！」

我爸躲在屋裏頭不願意出來，我媽平常屬於不太好惹的也站在馬路上足足挨了幾個鐘頭罵，三更半夜的倒一點不妨礙方媽媽的睦鄰之道，最後罵來罵去全怪別人，全是那幾句——大家眼紅他們方景心能念書又漂亮，都在咒她呢！誰咒她誰不得好死……方媽媽小腳支撐她的體重還支撐她擲地有聲的話可一點不嫌累。

「眞有潛力！」我媽聽完訓話後回到屋裏一頭汗：「一個人狠了心護兒女那眞是拚了命！」

她沒有絲毫不快。

我爸倒不是光火，然而頗不以爲然：「老方的老婆別是瘋了！」他搖頭對我媽說：「妳以後少管孩子管成這樣！我們要識相！」

方媽媽不只罵我們家，她咒罵全世界，誰都是她管訓不好女兒的禍首。她對這世界憤怒至極。半夜時分我怎麼都睡不著，眼前光浮現小余叔叔黑漆有股神祕力量的小屋，方姊姊鑲了金邊的皮膚，暈紅的臉色，如醉如夢任由我牽她回家的表情。她手心全汗透了。

我們繞過荒涼的野郊往高地走去，月光下的高地就彷彿一座高聳的古堡，老遠便聽得見貓在屋頂上哀叫，把一切都叫活過來了：方姊姊離開了小余叔叔的視線好像呼不呼吸沒有了任何意義，她夢般的臉龐是失去知覺後所造成的效果。當我們走到高地腳下，我用力扯了把她衣角：「妳要不要把衣服換下來？」覺得自己是大人。那時候我們還不知道方媽媽已經發現她不在的事了。

方姊姊背向我在月光的野郊地換下我媽的衣服重新披回床單，她及肩的頭髮覆在細白的背部，肌理柔淨的背部隱隱包住脊椎一路往上爬，在頸子口開出一朵黑色灼靜的花，並且散放銀光。原來有比黑暗還黑的東西。

第二天小余叔叔上了船：方姊姊平靜和祥重新書桌前坐定，彷彿從沒離開過。方媽媽在偷溜事件後准她穿上睡衣，她總在桌面攤本英文課本，曲裏拐彎的字形方媽媽說她在攞符咒：「姑娘！妳咒妳自己不像話吧！」

老馬一向是神出鬼沒，他溜得進方姊姊房間，他見一攤淚水泡大了英文字，他不認爲那是咒文，他乾笑兩聲，以極度不屑的口氣自言自語說：「眞可笑！外國人哪兒懂咱們？」他塞張紙條到方姊姊手裏，上面是小余叔叔外島信箱號碼，方姊姊定睛看了幾遍，低鬱深沉喉管裏「咯！咯！咯！」抖笑了起來，戲臺上那種笑法——唱的一般，帶幾分滑稽。老馬禁不住也給逗笑了。

小余叔叔畢竟調遠了，我們村上冷清多日的戲臺子這才恢復正常而且情緒比以往更熱烈；方姊姊鬧事那段日子，現實生活裏就有戲演，大家樂得當自己是劇中一個角色，又愉快的另外扮演臺下觀衆的角色，總之忙壞了；只有李媽媽對周圍的事毫無興趣，她按時在開鑼前坐在老位子上，即使全場根本沒什麼人，她仍然一個人坐在最後面，而且她坐的地方總黑天墨地挖空陷下去一塊似的最黑暗。

當大家重新回到戲臺前，發現長期不變的苦戲不那麼有勁道了，比較起來臺上的淚水如汗水酸得緊，愈用力哭愈像在開玩笑，不如方姊姊的故事眞正有笑有淚。阿跳此時不安於室老說要跟戲班子去，笑雨聽完戲回家便不肯吃奶，我媽這才不再去看戲。大家都不去了。

戲班一看這下風向不對，再唱下去，下個碼頭都耽擱了，班主當機立斷，趁大家尚未眞正膩味前放話出來說要拔旗走人，不走也可以，得用包臺的方式。村子上一羣老太太這下慌了，一個個老太太，挨家挨戶去認捐，這些老太太不是同事的母親、長官的太太，便是同學的祖母，誰家也不好意思向外推。這家拿一點，那家出一點，老太太們更是金鐲子金耳環都貼了進去，戲班子勉強留了下來。她們拿包租金給班主那天，後面跟了一羣媽媽大嫂子們，老太太們用個竹篩裝鈔票，裏頭以金飾壓著紙幣，跟去看金飾出土的媽媽們說從沒見過花樣那麼多的金飾，也從沒見過那麼多金子；平常老太太們看上去都苦哈哈的，手上沒兩個銅板的樣子，沒想到：「中國人眞能裝！」她們邊形容邊樂得什麼似的，說得眉開眼笑的德行，就彷彿那些錢是她們的一樣。

戲班子雖然留了下來，臺下看戲的情況並沒轉好多少；戲班子女人臺上一旦放鬆下來，下了臺多的精力走到哪兒吵到哪兒，成羣結隊串門子，走到段叔叔家門口便給嘗閉門羹，席阿姨她們也見過，但是就不敢跟她搭訕，當然她們之中也有些想試試席阿姨的，席阿姨倒不拒絕，無論她們在屋外鬧成什麼樣，她坐在屋內擺在臉上是淡淡微笑。

這些，段叔叔全不知情，他從來正眼不瞧一眼這些女人，女人們越來越張狂，於是他不准席阿姨拋頭露面免得被那些女人擾上，他每天上班自備便當，回家的路上買妥菜帶回家，那些女人見到拿這事笑他，她們沒見過如此家庭化的男人，覺得滑稽。

我問爸爸：「段叔叔在營區裏也這麼管事婆？」

我爸皺眉想了想：「好像並不這麼緊張。」

「他們生個小孩人家就不講話了。」

我爸臉一正：「奉磊，我警告你男孩子少關心女人的事。」

我因爲不看戲，每天早早便睡了，狗蛋似乎還沒跨過他的嬰兒期，大半時間都在睡眠中；阿跳則是死不睡，他比我起得更早，睡得晚，每天天一露光便不知去向。我總在起床後先到方姊姊窗口下望望，再轉到巷子口坐一坐，我們村子每天被戲班子那些女人鬧得沒日沒夜的，晚上睡不好，白天自然起得遲，往往天大亮了，還沒幾個人活動。那些金飾一出土，影響整個風水都爲之丕變似的。

這天一大清早我便醒了，整座村子安靜已極。

方姊姊面朝外，淨白的臉皮浮著細微青血管，成透明狀，使她如同坐在光裏。她臉孔向外，我分明就站在窗前，她卻恍如未見，黑白分明的眼球一點光澤都沒有，黯得像無法感光。但是因爲星黑，她似乎望得比一般人更遠。

方媽媽在屋裏剝花生吃，一顆接一顆，方姊姊鬧事後她戒了菸，從前我們玩笑時叫她「煙囪」，現在她不是花生就是瓜子，吃得喀嗞喀嗞響，阿彭叫她巫婆，說她像在吃小孩手指頭。

這會兒，整條巷子只有清晨的安靜和牆的倒影如同方新村的紙鎮。段家牆角伸出半截玉蘭花樹枝子，清淡的花苞像發芽的葉尖，枝頭旁大門深鎖，屋裏頭沒半點聲音。我踮起腳往院子裏望，看見屋內的黑暗一路由裏面往外延伸到院子青石板上，隱隱約約的光影構成一幅畫，屋內凝靜到好似沒有活的生物，暗影繼續擴張彷彿繼續長大。我輕輕一翻身進到段家院內，院內的玉蘭花枝葉比露出牆外那枝濃茂得多。

倒奇怪玉蘭花樹空有個大架子，卻沒開出半朵玉蘭花。我輕手輕腳湊近了紗窗往裏望，屋裏擺設就那幾樣，因爲暗，倒彷彿擠得爆滿。臥室最靠裏頭有張床，床上睡著席阿姨，她蜷縮起身子背朝外頭姿勢半天不動，翻外的腳板極細白，光潔像瓷片，她大約很少用她的腳，那腳板簡直比小喜還光細潔白。

段叔叔沒睡床上，他在床邊竹椅內弓身卑微地坐著睡，頭太重了斜倒靠在自己的肩胛上，睜大了眼睛視線斜斜地仍投在席阿姨的背弧上，眼睛比平常睜得大，大得不成比例，並且他換了姿勢眼皮仍撐得高高的，一直瞪住席阿姨的背影以及身體前方的黑幽處，不曉得有多不放心。原來段叔叔是睜大眼睛睡覺的。而且他不和席阿姨睡一張床，他自己睡竹椅。天早已大亮，段叔叔卻睡得如此熟，他整夜監視席阿姨一清晨才睡去？

一直到老馬宏亮的叫賣聲緊扣巷子逼到段家門外了，我才不得不在老馬驚訝的注視下由他面前翻門出去。他吞下了他的叫賣聲。

連接幾天的午後雷陣雨稍稍褪去了些窒悶的氣壓，每天下過大雨後，黃土路面便浮著一層薄煙水氣，不知道白天日頭曬得多燙，給雨水一澆又不曉得多痛似的冒出了熱；方姊姊坐在薄煙後面，雨後的天空飛得遍野遍空是大蜻蜓，怒長的颱風草上空聚集了各類會飛的生物，方姊姊興奮地抬頭凝望天邊大塊紅雲：「小余回來了是不是？」她總認定那是小余叔叔寫給她的啓示。方媽媽呸地吐出瓜子殼：「說不定他早死了！」方姊姊偷運出院門寄給小余叔叔的信一封也沒回來。

颱風草幾年都沒這種長法了——長得又高又密，完全掩蓋了其他植物的光華。大家都說今年來幾場超級颱風避免不了了。

戲班子決心在颳颱風前大撈一票，班主放話出來要加包臺費。戲正唱到半途，老太太捨不得丟下不看，這段時間村上有幾家遭了竊，都是些貴重金飾，但是查歸查誰也沒把這事列入重點，倒是老太太們整天捧著募錢簿挨家挨戶募錢；各路小販這陣子也由四處湧進村子，不知從哪兒聽說我們村子油水豐，還有用不完的金條金塊呢！他們看我們村子裏的人的眼神像看笑話似的。老太太們募起錢來精神十足，一回上門不成，明天又來了，全是些長輩，大家全不好說什麼，但真是沒錢，有錢也得留著吃飯，看戲又救不了命。

這下老太太們一張張臉比什麼都苦，站到你家院外先不說話光掉眼淚，倒像來報喪的，弄得整條巷子、整村子大家心裏都不舒服，也都苦著臉，只好當是躲瘟疫似的躲在家裏，但是沒有用，村子裏人自由進出旁人家慣了，又磕頭磕腦的熟得很，除非你生病住院，遲早給揪出來要你捐錢。

這下，小佟先生按捺不住了，他四處強調：「再這樣唱下去，這個村子還有朝氣、還有秩序可言嗎？」他挺身而出也依樣挨家挨戶去唱反調，才沒唱兩天，結果是只要天一暗下來，他便被不知名的怪手揍倒在巷子裏、水溝邊邊。他毫不在乎站起身繼續大聲疾呼他認爲振作之必要。戲班子的人恨得幾乎連亮處也想撂倒他。

小佟先生似乎忘了救袁伯伯那次在後頭巷子曾和席阿姨照過面的事。這天，他捧著連署簽名簿走進段家，席阿姨一人在屋裏摺疊收回來的乾淨衣服，她摺一件又亂了一件，她動作一向遲緩，彷彿因爲沒有目的地，所以比較周折。當然，小佟先生並不知道這些。

一和席阿姨照面，小佟先生當場愣住，我媽說小佟先生一輩子沒見過三個女人，他頂小由家鄉逃難出來，沒人教給他女人的好處，他慢慢也知道一些女人的事，都是胡扯時聽來的，都是些不正經的女人和事，因此他仍很少正眼看兩眼女人——他看不懂，也記不住那些面孔。他看住席阿姨，覺得哪裏見過，這對他而言簡直是大考，他急得滿臉通紅；席阿姨原本便不愛說話，這會兒也靜靜望向他，等他開口。

小佟先生這才自以爲領悟到了，原來他們長得像，彷彿一張臉拍兩回相，都有雙薄薄單眼皮吊梢眼一黑一白而已。席阿姨眉梢有顆紅心痣，他和小佟先生對望那一瞬間紅心痣似乎特別光亮桃紅。小佟先生笑了，席阿姨同樣笑意盪漾，那顆痣擋下席阿姨薄薄大大單眼皮的笑，使她的眉目變得特別跳動。有人說痣生在手紋的末梢象徵勞於手，生在眼梢便是勞於視覺；眉目清疏表示情感淡薄。那紅痣生在眉梢，象徵困於情？

他這才突然憶起段叔叔甩他後門的事，那眞是沒什麼個性的男人。他連帶想到她是那沒個性的人的老婆，不禁頓時洩了氣。席阿姨追問：「我是席宜芳，有事？」小佟先生不說話快速轉身離去。

段叔叔回到家，立即嗅出有生人上過他們房子，屋裏有股不同的氣味——男人的味道，在他看來那當然極爲不潔。他勃然大怒，再三盤問來人是誰，席阿姨不死不活地：「上回抱了小袁送醫急救經過我們後門的那個人。」她說完，冷冷觀察他的反應，冷靜的程度倒像一盆水淋到火爐上，彷彿在問他：「看你怎麼辦？」

段叔叔一反常態被這股冷熱交煎形成的逆差力量一激，大跨步出了門衝刺到了小佟先生面前。那又是椿大事，頃刻門外全圍滿了人，這對段叔叔簡直就是酷刑，他在衆人注目下，大聲痛斥小佟先生：「你居然敢趁我不在家公然上我們家門！」

大夥兒努力克制住自己的笑的衝動，果然，小佟先生皺緊眉頭：「難道你們家的門不是給人『公然』進出的？」他不懂。

段叔叔聲音因爲太高亢變了調有點心虛：「你帶進去的細菌我一輩子洗不掉！」

小佟先生大爲不解：「什麼細菌？」難道他看一眼席阿姨就算褻瀆了她？

段叔叔的聲音這時簡直就是興奮已極的尖銳：「你侮辱我，也侮辱我太太！」頻率太高，讓人眞要懷疑他的話的原意，光看到他一張脹紅的臉突出來抵住小佟先生鼻尖。

小佟先生終於明白他遭遇到一個什麼樣的男人，他對這種事顯然十分頭疼而且不信，他故意以很清楚的語氣對段叔叔說：「那好，我讓你多多習慣些！」他邁開大步重再跨進段家，他站在院子青石板往屋裏望，望見先前沒注意到洗得發白的一切像一面鏡子，他終於明白了。他凝視席阿姨的眼光就彷彿她就是受巫婆詛咒麻木了的白雪公主。席阿姨羞愧難當地坐在屋裏流淚。

小佟先生喚她：「席宜芳，這沒什麼嘛！」

段叔叔隨後跟到，衝上去抱住小佟先生，兩人旋即扭成一團，段叔叔明顯地要制止小佟先生做任何發言。他寧願冒被弄髒的危險跟對方拚命也不要小佟先生開口講出來什麼挑逗的事讓他和席阿姨聽到。

如果是袁伯伯和別人打架恐怕圍觀的人不會那麼多，今天是小佟先生和段叔叔火併，一傳十，十傳百，短短一會兒時間幾乎整個村子外帶唱戲的人馬圍滿了我們這條巷子，因爲這是不可能發生的事卻發生了——段錦成和佟傑打架。別說大人，我們小孩也興頭得不得了。

只有方姊姊眼皮都沒掀一下；方媽媽捧著一把瓜子邊看邊嗑，口中不時發出近似自言自語：「打！打死了好！」段叔叔很快在戰況中臥倒在尚冒著暑熱的青石板上。

小佟先生臉色一正：「我警告你，你再繼續虐待人，我要你好看！」小佟先生由人堆中擠身出去，無視於圍觀者訝異、批評的眼神。

晚上，全村人在鑼鼓聲中一面豎尖了耳朵聽戲，一面傾聽段家動靜。大家失望了，什麼事也沒發生，光是段叔叔刷洗青石板的水聲，在月光下，水脈流往鄰居門外，彷彿只有水聲是眞實的。在水聲後面，我覺得聽見一些對話。阿跳回來說他悄悄去挖回偷種在段家的小芒果樹也聽到了對話，他眞有本事，連段家他都能偷渡種樹，他說他把芒果苗貼在玉蘭花根部種下，不是專家根本分辨不出來這兩種樹的差別，還以爲芒果幼樹是玉蘭花樹新長的苗。

阿跳回來轉述他們的對話給我和狗蛋聽，狗蛋心不在焉地微笑聆聽，光聽而已，他是不發表意見的。

席阿姨說：「錦成，你別洗了好不好？我頭疼！」

段叔叔不理會她，席阿姨又說：「你爲什麼用這種法子羞辱我，我們是夫妻啊？你寧願洗地卻不願意碰我一下，不顧我的感受！」

段叔叔截釘斬鐵地：「我沒辦法！」

「你嫌髒對不對，可是誰家夫妻是這樣的？」席阿姨尖聲說：「這樣有名無實。」

「我尊重妳！我們到臺灣來搬了多少次家，妳惹了多少禍，我還能碰妳嗎？」段叔叔哽聲哭了，阿跳說就像蚊鳴困在黃昏裏，他說刮耳朶得很。

席阿姨：「你自己知道根本不是這樣。」

他們不再說話。不再交談，只剩下刷地聲和水聲。

狗蛋靜默聽到這裏突然發言：「他們以後不會搬家了，席阿姨不想動了。」

阿跳偷回了他的樹，其餘他根本不要知道也不要管；說完話他捧著他的芒果樹又忙著去別處「揷花」。狗蛋不一會兒睡著了。我遠遠聽著外頭熱鬧的鑼鼓聲忽揚忽隱，突然覺得小余叔叔似乎走了好長一段時日了，對門方姊姊近期愈來愈沉靜，靜到像一隻隱身暗處伺機攻擊的豹子，她的眼睛亦在黑夜中發著異樣的光。方媽媽把關，方姊姊卻正眼都不瞧她一眼。

小余叔叔是在一個無風無浪的黎明前離開臺灣的；他在外島期間並無想辦法聯絡方姊姊的跡象，他用行動和時間證明他絕非耐不住無聊才找上方姊姊，然而聽說他們部隊裏並不那麼容易忘掉他鬧的新聞，拿他的事當個案教育阿兵哥，他總是淡然處之；誰要嚇阿兵哥是那些人的事，他可不是嚇大的。

方姊姊每天給小余叔叔寫信，每封信編上號，如果中間漏掉一封，看號碼便會曉得。每天都是老馬去送豆腐的時候順便夾帶出來投郵。再有三個月小余叔叔便有十天返臺假，這件事我們小孩全知道，就方媽媽不知道。

我媽說起方姊姊的事總帶了三分憐惜味道，拿她當晚輩又是同輩看，本來她們沒差幾歲，她居然憋不住問我：「你方姊姊這樣光寫情書行嗎？」她意思是將來怎麼辦？

老馬夾帶信件出來的事，就方媽媽一人面前保密；信一出方家院子大家都知道今天是寄第幾封信。仲媽媽最愛一把搶過去在手上掂幾下猜今天寫了幾張信紙，然後要老馬拆開給大家看看內容。老馬鼻子哼兩聲：「寫什麼？寫今天天氣眞不壞！」

仲媽媽嘲笑老馬：「老馬，你根本不認得字嘛！信封都拿倒了。」

老馬雙眼一瞪：「要認得多少字?!光余蓬兩個字那味道還不夠？非看通內容才懂啊？沒知識。」

一封信這樣傳過來，遞過去，不曉得帶給大家多大快樂。方姊姊和小余叔叔前陣子所牽連出的痛苦大家早忘了。

颱風季節眞要來了，段叔叔果眞沒有搬走。收音機每天報告氣象，先說太平洋上方有低氣壓正在形成，再報告又說轉成氣流，反反覆覆報了幾次都沒報中，有一次甚至都發布海上颱風警報了，大家急忙又釘窗子，又綁籬笆，又疏通水溝，後來也沒來——擦肩過恆春半島走了。氣象報告員說這叫——拂袖而去。

總之氣象沒一次報得準，最後大家聽氣象報告完全拿反面心情去聽，他說什麼，你反對什麼就對了，就像方媽媽跟方姊姊的關係。

戲班子這下急了，眞來個超級颱風徹底休息幾天也好，偏偏這樣吊胃口，弄得不能停又不想演，情緒大亂下，使得戲的進展無形中加快了節奏，每次戲碼讓大家看得情緒還沒起來就滅了下去，愈看愈累。老太太們首先受不了要求換個快樂點的戲碼唱唱，班主一推二六五倒也乾脆：「價值不一樣哪！」又要加錢。

這種唱戲的快節奏眞要把人精神弄崩潰，村上有些老爺爺說話了：「光哭都哭倒了楣。」他們治理村上一切大事，女人的事他們一向插不上手，所以說兩句風涼話也好。老太太們經歷了風風雨雨也明白不能再挨門挨戶樂捐了，再樂捐遲早捐出條人命，小佟先生她們怕了，苦戲也看了，她們索性自個兒苦中作樂，管他什麼靑衣、武生、老旦一亮相，她們就跟染病似的笑個不停。

只有狗蛋，彷彿聽得見她們的狂笑，她們外頭一鬧，他就掉眼淚，害了眼病似的，不曉得多傷心的德性。

我媽這下眞火了，她拿出她潑悍的一面站在自治會門前罵：「演個什麼啊？喪權辱國嘛！有個完沒個完啊？」她罵村長：「耳朵聾了？唱什麼內容你會聽不到？從水溝到菜市場到食衣住行育樂全沒管好！」

村長倒冷靜，抱定好男不跟女鬥的態度，我媽愈罵他愈高興似的，光搖頭晃腦在那兒笑。我們村上選村長向來被動得很，左鄰右舍不強推選不出來的，好似拋頭露面不曉得有多丟人，我媽批評：「就愛裝，還以爲這是前淸時代啊？小老百姓見到你要磕頭才了不起？做事沒個做事樣子！」她根本認定懦弱的男人不如女人。

村長再沒料到我媽是不只光說，她放話出去，不要別人推，她決定出馬競選下屆村長，這比颱風所造成的風暴還驚動全村。

颱風還沒到，選村長日期倒先到了，選舉前，她讓阿跳各家去分發油印政見，她讓我抱著笑雨一家家挨戶去拜託，笑雨見了人就要抱，全村人沒有不喜歡笑雨的酒窩的，只有我爸躲得老遠，他不知道怎麼面對原來的村長，陸供部一直要我爸勸我媽退出，我媽不聽，我爸說：「你媽簡直成了怪物。」幸而我媽有小佟先生做助選員，他一家家熱心去說明我媽的政見，就每次經過八號席阿姨家猶豫一下跳過去，席阿姨坐在屋裏聽見外頭鬧哄哄，由院子青石板看見一道影子過去，被拉長了，不知道是男是女，影子頓了下，或許因爲玉蘭花被風一拂，妨礙了陽光的流動造成這種效果；一會兒，那陣哄鬧就過去了，其中摻有大人小孩的聲音。忙著幫我媽助選，我們更少見到席阿姨，她近來愛上在黃昏到甘蔗園附近散步，都說她眉梢的痣比以前黯淡，她到甘蔗園散步，有時一個人，有時瘋大哥陪著；瘋大哥原先窩身的小廟被拆了，他抱著石頭小人堆移到甘蔗園更深處，「他們倆散步什麼話也沒有。」見到的人回來說。

小佟先生經過二號袁伯伯家相同的也會頓一下，袁伯伯家大門老上鎖，李巧結婚以後，袁伯暫時安分了一段時間，那段時間大家很少見到他，後來聽說他喝酒喝得比以前更兇，不曉得有多痛苦，他沒有再去約仇阿姨，上班的地方也很少露面。不知道他被什麼事絆住了。倒是常看到李媽媽找人似的東瞄西看的。

我媽因爲忙著競選，暫時管不了瘋大哥，是席阿姨送東西給他吃，帶他在小溪裏洗澡；瘋大哥每回脫得精光泡在河裏，光露出一個腦袋在河面，席阿姨幫他把衣服洗乾淨，他在水裏頭換上衣服才上岸，沒幾分鐘就讓風給吹乾了。他堅持要穿回原來那身衣服，衣服是袁伯伯買的。

颱風要來那幾天溪水漲高不少不安全，席阿姨便帶瘋大哥回去在她家洗澡，段叔叔回來前送走瘋大哥，段叔叔進了門尖起個鼻子到處亂嗅，也許嗅出什麼，他倒是一言不發，嗅完了，將屋子四周徹底洗刷一遍，他彷彿知道那味道不是小佟先生。他不問，席阿姨也不說明。

村長選舉投票那天，原任村長公然在投票所外頭發肥皂，他不問你投誰，光衝著你笑很自然遞過來一塊肥皂，和氣到近乎白癡。他倒沒遞肥皂給我爸我媽，他假裝沒看到他們。等我媽盯著他的肥皂他才似笑非笑地：「何必呢！」

我媽眼睛不放鬆肥皂，但也不惡聲惡氣，她鼓大了腮幫子，正義凜然：「買票！」

村長仍一逕說：「何必呢！」

他掉過頭跟我爸說：「你投誰？」

我爸初初有些爲難，一個是老同事，一個老婆，他嚅嚅兩聲：「那——那——」

村長唉聲道：「你應該同情男人，原本沒她這女人出來攪不是好好的？你看，女人當村長管我們男人成什麼話？」他當自己在做官。

我爸抱著笑雨，笑雨在我爸懷裏扭個不停，伸出手好奇地擰村長的臉，他那頭一邊說，她這頭一邊擰扭，把那臉當橡皮。他嘴巴一直不停，像個上緊發條的洋娃娃，笑雨八成想要他停止發聲，突地以指尖使勁一摳，村長當下痛得哇哇跳腳。大家再沒想到小小的笑雨會敎一張老臉皮上留下一道流血的傷口，狹擠的投票口頓時辦喜事一般壓抑著一股喜樂，每個人都喜不自勝，但也不好擺在臉上。

趁這趟亂，有人不止拿一塊肥皀，有一傢伙摸兩三塊的；但是投票不一定投給肥皀的主人。因爲小孩對善惡的直覺往往像一條狗，他抓誰，誰就是壞人。肥皀是沒有名字的。

選票開了出來，我媽以高票當選。我媽踱了，她說：「這就是民主政治。」她還跟卸任村長握手。這些選票當中，有存心攪局的、有圈錯的，但是絕大部分是男人的票，我們村上投票的大半是男人，有人說是因爲這些男人讓男人管理早不耐煩了，前任村長又老愛罵人，罵幹事老李罵得頭都抬不起來。反正這下我媽出意外地當選沒有任何理由。

我媽甫上任等不及就去跟戲班子交涉，希望他們說出個期限離開。她自己一人去，她由戲班子出來臉上一股厭棄神色，遇見死老鼠那表情。她說沒看過像班主那種男人，說起話來像掐住嗓子在講話，手勢比他身邊的花旦還俏還多。說他皮膚比女人細白三分。不男不女的。

我爸說：「那八成是個二姨子！」

我媽不願多講，簡短地形容現場：「可是他身上一直靠著個女人。」

我爸樂了：「妳確定是個女人？」

我媽略一思索：「女人什麼樣我還不知道？」她不十分確定了：「好像帶三分男氣。」

我爸才問：「他同意走嗎？」

我媽搖頭：「扯半天什麼結論都沒！」

我爸笑了：「人家是高招呢！」他逗我媽：「妳現在知道管事不容易吧？」

我媽嘆氣：「眞是不服輸還不成。」她苦笑：「這種不請自來的最痲煩。」

還沒等我媽跟戲班子談妥，小余叔叔回來了。

颱風一直沒吹成，但是颱風季節不穩定的氣流一直徘徊不下；小余叔叔回來當天下了一場奇急奇大的午後雷陣雨。陣雨過後，紅蜻蜓像一頂紅帳子掛到東掛到西，停在我們家大葉片樹頂上就像一隻大紅火鶴，每家都挺了隻大火鶴。我們村上幾乎家家都種有玉蘭樹，家家都有隻發香味的大火鶴。天邊一叢叢紅雲，千變萬幻，忽而化爲動物形狀，忽而化爲風景畫片，像在想盡辦法招火鶴回去。大自然的變化彷彿有許多暗示在裏頭。

老馬一溜煙地鑽進方家，方姊姊不待老馬開口便先說出要老馬去告訴余蓬她要見他的話。老馬拿她的話當聖諭，方姊姊英明到會未卜先知。

小余叔叔在我們村上出現時，還真引起一陣大騷動，他以往滿不在乎的神情不見了，長方瘦臉黑了也結實了，奇怪的是他好像又長高了點。

小余叔叔直統統站在方家院外，伸手便去敲方家大門，方媽媽不耐煩地在裏頭答應：「誰啊？」全村人都知道他們家是不歡迎人家上門的。

小余叔叔回道：「是我，余蓬！」小余叔叔奇異地拉長調子，使得聲音有更長的空間起共鳴。方媽媽裏頭快速地蹬著小腳一把拉開了大門掃帚先掃了出來，打得小余叔叔一臉一身，我媽看不得男人挨打，趕上去拉住方媽媽：「方太太，人家有心有意妳何苦呢？女孩子遲早要嫁人，妳幹麼當惡人？」

方媽媽呸地一口口水：「騙子！」

小余叔叔理性地說：「方大嫂，我從來沒騙景心的意思，妳懲罰我也就夠了，妳還能怎麼樣呢？」

方媽媽氣得全身全臉煞白，迅速失去了理智破口便大吼一聲，手上同時再度要揮掃帚過去，忽然聽見小余叔叔聲音怪異地朝院裏喊：「景心——」方媽媽轉頭一看，整個人呆在原地；方姊姊臉色平和，身上脫得只剩內褲站在院子。雪白的肌膚像抹了層粉，又滑又有彈性，線條柔和地只在小腹處微微凸起，可疑地彷彿那裏頭藏了什麼。

方姊姊神情恍惚，面上微微發笑，那笑像嬰兒，像笑雨，小小的嬰兒有了女人的雛形更像個小動物，方姊姊語意清晰：「媽，我要出去。」小余叔叔上前用整個身子包住方姊姊，說不出一句話，臉上全是痛惜。

方媽媽一聽當場暈厥過去，昏倒前還大聲吼道：「叫憲兵來！」

我媽忿忿拉了我們就往家裏頭走：「這下好了，我們村上金童玉女全瘋了！」沒一個人去叫什麼憲兵。

方姊姊受了風，連著幾天不停在對門屋裏打噴嚏，她就不肯穿上衣服，方媽媽搬出以前收起的衣服穿到方姊姊身上再用繩子將她身體綑得死死的，她照樣扯得開，她光著身子在屋裏晃，聽見外頭有腳步聲便整個人貼住紗門傾聽，好像一隻標本。奇怪的是她的身體就在這情況下一天比一天豐盈起來。

小余叔叔可沒被打跑，他每天一大早準時站崗在方家門口，他在休假誰也奈何不了他，他站在那兒又不犯法。他一出現方媽媽就隔著門罵，方姊姊就在屋裏晃得更兇，如同一隻戰敗的鬥雞，且一天比一天暴躁。終於，在這樣的僵持下方媽媽先病倒了，臉龐比平常足足腫了三分之一，俗語說：「男怕穿靴，女怕戴帽」，方媽媽氣得可不輕。

方姊姊整天在屋裏喃喃自語，雖說是喃喃自語，倒聽得十分清楚，她說這次誰也搶不走她的孩子，她在房裏哭泣對院外的小余叔叔說：「你記不記得你走的那天晚上？」她破涕爲笑：「我要嫁給你，誰說結婚不好。」她拍拍她的肚子。方姊姊又懷孕了。

方媽媽當然聽清楚了方姊姊的話，但是她強悍地堅不相信方姊姊又懷孕的事情。他們家現在簡直如在鬧劇上演，不論誰講什麼對方全唱反調，方姊姊倒一直不聽方媽媽的，她柔鞣的程度就跟她的身體一樣。方媽媽則是方姊姊講什麼她敏感什麼。於是她們一個不聽、一個成天罵人。方媽媽說方姊姊走出大門她就上吊自殺。

小余叔叔休假總會滿的，但是這回他並沒走，方姊姊這回懷了孩子內心不像上回那般穩定，這下恐怕被方媽媽再強押去打掉會逼她發瘋，小余叔叔似乎明白了上回方姊姊爲什麼冒險在他走前去找他，她早知道那天她會懷孕。

方姊姊隔著香玉蘭花對站在院外的小余叔叔說：「小余，你走開我就帶了肚裏孩子嫁給別人。」她是說得出做得到的。

小余叔叔逾假不歸，獎懲通報很快發了下來——限他二十四小時內歸營，否則視同陣前逃亡。小余叔叔一點辦法沒有，方伯伯回家在門口兩人見了面光只有搖頭嘆息的分。

蔗園大火出事那天李媽媽不知怎麼溜進去的，她站在方姊姊窗口，方姊姊一點不怕，李媽媽藤黃臉上掛著模糊的笑，方媽媽也見到了她，一時沒回過神，還忽地以爲是小鬼來拘人了，不禁渾身冒冷汗；等看清楚是李媽媽，她嗓門倒大得很：「滾出去！」方姊姊已經幾天幾夜沒睡了，她看到李媽媽想起什麼，李伯伯在外島跟小余叔叔同個單位，她突然明白什麼了想要告訴李媽媽，方姊姊直直朝李媽媽走去，彷彿可以經此穿出院子一去不回。方媽媽狠手狠腳一把拽住她，方姊姊哭了：「媽，妳看李伯伯好久沒回來了，李媽媽好可憐，李伯伯也好可憐。」

當憲兵找上我們村子要抓小余叔叔，全村一問三不知，都說沒見過這人，陸供部覺得我們村子全瘋了。我媽是村長必須出面，她不著邊際亂說：「村子以外的事我管不著，村子裏出了事你們負責。」

後來大火燒了蔗園燒出兩具屍體，方媽媽先還認定方姊姊在床上補睡覺呢！

方家屋裏散發濃烈的茉莉花香水味兒。

方姊姊光著身子，小余叔叔回來後她開始在身體擦很厚的香水，茉莉花香味逐漸瀰漫在室內各處，一天比一天強烈直到香水用光爲止。到最後這香味讓人直覺——只要那香味存留就表示方姊姊在家裏沒跑出去，沒想到香味積存到某一種程度就像積蓄一樣不願意落單。

床上，方姊姊堆了幾個枕頭假裝是她的身體，枕頭也留有她的香味，小余叔叔站崗那幾天，方媽媽碰到人就唸：「景心從小就愛抹香水，成天香噴噴的。」法醫驗屍報告下來——方姊姊肚子裏已經懷孕三個月。焦黑的屍體不再有香味。方媽媽咬牙切齒罵道：「人死了還受你們糟蹋，誰會相信！」

起火的原因始終不明，也許是小余叔叔不小心丟菸頭引燃的。也許是阿彭的火把，我寧願這麼相信。也有人說不會那麼巧，何況人還有兩條腿，燒起來還不跑。

出事後我們村子開始陷入一份莫名的低潮中，別說看戲，連話都懶得多講，彷彿小余叔叔、方姊姊當著全村人面前自殺的，誰都沒去攔。

戲班子這次知道再待不下去了，他們自己來的，要走，當然不必向任何人報備。他們來的聲勢浩大，離開時倒靜悄而迅速，沒一天工夫全部撤得一乾二淨。

戲班子撤走後，大家發現——李媽媽失蹤了。阿西狗也不見了。

阿瘦整座村子裏外全找遍了，沒有在巷口轉角、土地廟、村子口突然發現李媽媽的身影，她才黯然而肯定地表示：「不必找了，她跟戲班子走了。」

沉默之島——飄流的島嶼

6

晨勉悠忽醒來，恍恍惚惚意識到自己心跳在睡眠過程曾經停止。這一覺睡得好長，由一種寂靜中復甦，彷彿生命自生自滅。睡眠的經驗，她最常嗅聞到自己是一座島的氣息，在月光下載浮載沉向海岸飄去。這次，她卻沉沒了，她甚至聽到海底潮汐的聲音。她醒來的時候，覺得自己浮出水面有了呼吸。原來外頭下雨了。

她住的屋子不大，她喜歡房間少窗戶多而明亮的住宅，那使得她的房子完全沒有家的味道，正確的說，沒有家庭生活的痕跡。每天，最常在她們家出現的，是光，陽光或者月光，這兩樣東西都不會老。她收集那麼多光做什麼？她不知道。

下雨的日子讓她想起祖，祖曾說雨天讓他覺得飢餓，她問怎麼樣的飢餓？祖說：「像性一樣，永遠吃不飽。」永遠下不停。但這種飢餓對他反而是一種希望。性引誘他繼續活下去，飢餓使他意識到身體的存在，明白自己仍活著。

晨勉強烈覺到，晨安陪祖回美國不短時間了，爲什麼去那麼久？難道發生了什麼事？祖的母親不像喜歡任何人在他們母子四周，尤其晨安對祖的珍惜。如果晨安是糾纏而去的，那一定會出事。祖的母親喜歡糾纏，而祖，最怕糾纏。

晨勉打電話去祖母親醫療的病房，醫生很願意和晨勉談這件事，因爲個案太特殊了，晨勉是條線索，原來祖的母親連第二階段療程都尚未告一段落。醫生說：「沒見過意志力那麼頑強的病人。」祖的母親控制一切，她拒絕進食，卻又精神奕奕教人恐慌，他們問她需要什麼？她說什麼都不要，她很好。與醫生交談，侃侃而談，醫生甚至切不進話。從來病人都依賴醫生，連精神患者都是，祖的母親不是。

面對物競天擇的現實世界，祖的母親放棄了退縮的個性，以積極的風格面對世俗，完全沒有祖的世界中那套委屈，她非常知道怎麼演戲。然而就因爲太會了，讓醫生更淸楚看到她的失常。他們唯一所依恃的。

當然因爲晨勉的出現，以及他們的失蹤一下午，祖的母親也曾經失蹤了一天，去找祖的父親。祖就像跟著瘋了似的，忘了這是他母親住了半輩子的城市，翻天覆地去找。最後在舊家巷口找到。

晨勉聽到這裏，覺得悲哀，祖的母親贏了，再古老的伎倆沒有了，卻用來戰勝自己的血親。她同時想到，如果晨安的血緣理論是成立的，那麼她和祖製造血緣，遠比祖承續他母親血緣，力量來得大，也只有她可以打敗祖的母親。爲了祖，她願意去打敗一個女人，而不是爲一個崇高的使命。

晨勉只是不明白，爲什麼祖要晨安陪著走，如果祖的母親是那麼喜歡相依爲命的感覺，除非晨安保持沉默，但那太不像晨安了。

晨勉對醫生說出她的想法，醫生大吃一驚：「霍晨安嗎？不可能！他們出院以後他還來過。」那麼是晨安孤注一擲跟了去，他是聽了自己的話去做什麼囉？晨勉內心一沉，不敢多想。

她等了兩天，什麼事也沒辦法做，晨安或祖一個電話都沒有。晨勉決定採取主動，她一定要做些什麼！她先去劇院找了祖的資料，那上面有祖的美國聯絡電話，祖留的學校研究室的電話，總比沒有強。第二步，她又打電話去醫院問到祖舊家巷名，然後憑關係到所屬戶政事務所翻閱祖家的戶籍資料，上面清清楚楚記載祖父親死亡遷出的紀錄，她影印了下來。在等影印的時候，晨勉心疼祖，默默流著淚，她實在不能忍受，一個早就宣告死亡的人卻一直有人在找他。

將祖的家的資料握在手上，晨勉才打電話去找祖，祖的學校說他延緩了論文及口試時間，他的指導教授也失去了他的消息。晨勉又問到祖指導教授的電話，這名教授晨勉聽過，非常有地位，晨勉讀學位絕不考慮跟這種人，看來祖的程度及態度都在一般之上，這使晨勉比較放心，至少祖的指導教授對他印象不會壞，對方越關心祖，越有希望詢問到祖的事情。

祖的指導教授果然十分客氣，聽到是祖工作的劇院，立刻給了晨勉電話。如此周折，好笑的是，她不過需要一組電話號碼。

晨勉當即打了電話去，沒有人接。也沒有電話答錄，就是鈴聲空響著。

就在這時，多友又回到了臺北。他以爲晨勉還在劇院，打電話去不在又以爲發生了什麼事，晨勉聽到多友焦慮的問候時，深深意會到，誰付出的愛比較多，誰就比較焦慮。

他們是在晨勉家裏見的面。晨勉不放心出門，怕有電話進來。她要多友特別繞到他們相遇的小酒館買幾瓶可樂娜啤酒，她實在需要一點屬於記憶方面的安慰。一種氣息。

多友一看到她，忍不住哈哈大笑，晨勉知道他笑什麼，但是也無可奈何。

多友搖頭：「妳怎麼變了一個人似的，我從來沒看過妳那麼緊張。」

晨勉苦笑，灌了一口可樂娜：「我以前從來不緊張嗎？」

多友：「妳知道，負責的人才會緊張，妳可不是個對感情負責的人噢！」

晨勉嘆口氣，啤酒的味道，使她心思穩定多了，她很快喝掉一瓶，對自己勇敢的樣子，尋找什麼邊喝又邊想哭：「我看上去很憂愁嗎？」

「很不像妳。我第一次看到妳，只覺得妳散發一股恍惚的魅力，但不是悲傷、孤僻，就是疑惑的神情，後來跟妳做愛，又感覺到妳對某些事的神往和潛力，總之妳向來沒有一種很實際的情緒，晨勉，妳現在成爲一個眞實的女人了，妳以前太像一個精靈了。」

「怎麼會呢！我一直就是一個很實際的人。」

「那麼是愛情使妳改變了！我見到妳的時候，愛情先把妳變成一個精靈，現在愛情又使妳恢復了現實的個性。」

當天晚上多友住在她家，晨勉說了一些祖及晨安的事，晨勉問多友：「在這種情況下你想我還能做愛嗎？」

多友：「太好了！妳告訴我能不能？」多友帶著他的口頭禪回到了臺北。

晨勉個性中冒險的成分並未完全泯滅，她一向樂於在性這件事上發現自己。她願意試試看。然而晨勉不行，她對做愛的想像力整個消失了，那使得她的身體死掉一般，她無法呼喚它。

晨勉放棄冒險：「對不起，多友。」

多友再回到臺北，也已經不像那個性格單一的多友了，他們情感中最危險部分已經消失，多友因此變得寬厚，更近似祖的溫和。

多友並不失望，他說：「不要爲自己的身體覺得抱歉，它不像妳想像得那麼脆弱；反而是妳的心靈，晨勉，我在妳這裏受挫後，明白心靈的經驗是最難取代的。妳如果覺得內心不安，爲什麼不直接去找祖呢？如果妳去了晨安已經回來了，至少祖還在那裏。」

因爲身體以及情感的關係，多友成爲晨勉最好的朋友；如果不是因爲通過了身體及情感，他們僅可能是一對普通的好朋友，對一男一女來說，他們之間什麼事都發生過了，現在還沒有成爲情人，他們可以成爲最直接的好友。

晨勉決定聽多友的話盡快去美國走一趟，她因爲不打算再去美國，簽證早已過期，必須等待重簽。

等待的日子是漫長的，晨安和祖仍然毫無音訊。晨勉每晚和多友到小酒館坐兩三個鐘頭，多友白天寫論文，他喜歡在臺北的異國情調裏思考。晨勉覺得自己的生活在迅速的縮小，沒有愛情、工作、家庭。只有多友一位異性好友。縮小以後反而不那麼浪費，多元化生活只是一種形式的存在。

他們在小酒館遇到過羅衣，羅衣身邊又換了新面孔，晨勉已經無法用以前那種浪漫純情感角度的方式看羅衣，她因此覺得羅衣淺薄，這種類型的人，大概抽離了熱情就什麼都不剩。晨勉實在無法想像羅衣仍然那麼起勁，不被情感打倒，也打倒不了情感。她眞覺得浪費。

當然她了解羅衣不得不那麼過，反正大家都是無路可走。也沒什麼選擇。

由小酒館出去晨勉總是直接回家，她以前需要那麼多社交，她要繞好幾個地方最後才會回家。她現在的確改變生活了，不是家庭使她的生活純淨，是愛情。她並不保證永遠如此，至少目前如此。碰到天氣好的時候，又有月亮，多友會和她散一段步，她總是沉默居多，不像以往那麼多「想法」，她覺得恐慌的是，她對祖的記憶，最先忘掉的，是對他身體的嗅覺，她曾經非常記得那種香的味道。

多友見她如此沉默，便引發她談一談祖，晨勉不知道爲什麼，並不想談他，交談並不能幫她記憶他。晨勉因此深深覺得感傷，她驚然意識到，這情緒是她以前所沒有的。她明白，她正在失去祖。

「爲什麼有人離開，是以一種香味消失的方式？」她問多友。

「妳呢？妳可能以什麼方式？」

「溫度吧！」晨勉想起有次在祖屋子，祖正趕譯劇本，其中有一幕戲，祖非常不解，一對戀人，他們隨時隨地可以爲對方死，他們是那樣思念對方，不斷傾訴，但是劇中卻沒有半點暗示他們曾經有過性關係，一種聲嘶力竭的愛。

祖在校譯時，就想以現代的情感角度詮釋。那時候天色漸漸暗下來，天如洪荒，祖的書桌臨窗，祖停下筆，凝望窗外，他們的影子倒映在窗上，如懸空的天梯，每一秒鐘都在安靜的消失，身體在絕對靜止的狀況下，居然可以是抽象的。

祖靠坐在書桌邊，腿伸得長長的，晨勉站在他兩腿間，黃昏的天色散發一股秋草的氣味，生命正在翻案。那些劇本中死了的十九世紀的情侶，在二十世紀末，繼續又死了一次。人的情感不僅不能超越命運，也不能超越時間。

祖整個身體摩擦她，生出慾的火花。

晨勉問他：「你還好嗎？」

「那些可憐的十九世紀情人。他們的愛太吵了。」他無言看著晨勉：「可以嗎？」

晨勉一直無法抗拒祖這種沉默的力量，他從來話少，他們的愛反而十分集中，一向不需要說什麼。

祖的手心貼著她的背脊向前走。「最值得冒險的身體，」祖曾說，他現在遇見了一處隘口，她前身伏在他胸口。

「讓我過去。」祖的手心是他全身溫度最低的地方。

「祖，我們正在窗邊。」

他轉身換位置，晨勉背著窗，他面向黃昏：「讓他們看我。」他的臉孔放大了鋪在窗口玻璃，像面銀幕，這屋子的場景立刻不一樣了，由十九世紀換成二十世紀末。他們再不做，時間一到，他們又將回去十九世紀。一種僵持的關係。祖不說她知道：「多麼可惜。」空白錯過了。

祖的手心回到她背部不再移動，他們之間逐漸緊張起來，祖自然地被她吸引伏過臉重重吮吻她，一波又一波，手心往上移，托住晨勉頸項，如死亡之吻。

「我不能呼吸了。」晨勉輕呼道。

祖則大聲如宣誓：「晨勉，那年代的人一定不懂，人生能掌握的事實在很少。」他裸露的背部沁出汗珠，一具哭泣的身體。在晨勉的安慰下，悲劇的心逐漸平息。

他們正在上演一齣劇，晨勉突然希望有人看到他們，學習他們，而且記錄他們。他們是那麼明白彼此的節奏，是的，不需要語言。

「怪不得我母親喜歡表演，那使她知道力氣放在哪裏，如果有觀眾，她會忘掉自我。」

「忘掉她！」晨勉哀求祖：「否則忘掉我。」

祖什麼也沒說，他向晨勉展開的身體是獨立的。晨勉察覺他的溫度持續上升，如一支體溫計。你正在測量我嗎？她心底問祖，說不出話。

祖的高溫度數即將衝破上限，她溫度多高，祖就有多高，他在回答：「是的！」祖爆炸時彷彿有星火自他們四周紛紛落下，她又清楚地察覺他的冷卻，她心裏覺得痛，一種毀滅，離開就是完成。

她自己在做愛時是沒有溫度的人，因此祖體溫的變化使她印象深刻。他離開她的方式只有她知道，她只有保持沉默。

晨勉就在這年的一開始便處在等待的情況裏，動彈不得。

等晨勉終於拿到簽證，馮嶧十萬火急由大陸打電話來，他的生意需要她。晨勉決定跟馮嶧說實話：「我明天就要搭機去美國，晨安需要我。」她大致說了梗概。

馮嶧斷然說道：「我們的生意就靠這次決策。」

晨勉平平回答：「這是晨安一輩子生命的事。馮嶧，你如何判決我們的婚姻我都接受，但是這次我必須背叛你。」

馮嶧緘默片刻，平穩告訴晨勉：「妳到那兒一切要小心，盡量跟我保持聯絡，如果無法聯絡，回到臺北一定打電話給我。」

晨勉：「謝謝你，馮嶧。」

馮嶧：「妳別忘了，妳是我眞心誠意娶的妻子，我喜歡妳這個人，妳做了什麼都代表妳這個人，妳並沒有變，我可以理解。」

馮嶧的性格講求實際，就是那一點點實際，使他能夠分辨他要什麼，其他都是次要的。相形之下，晨安雌雄同體複雜的個性顯得枝枝節節，異常瑣碎。

晨勉丟下多友，由臺北出發，在一個雪天中抵達祖的城市。她在住定後，即刻打電話到祖家，是祖接的電話，晨勉不相信電話接通了，一輩子那麼漫長似才開口說話：「丹尼，我是晨勉。」她在英語世界很自然叫他英文名字。

「妳來了？」祖猜到了。

「我找你大半個月了，晨安在哪裏？」

「妳在哪裏？」

祖到旅館見的晨勉，她完全不像在臺北那麼純淨，顯得焦躁。

「晨安呢？」晨勉覺得不對。她從沒料到他們的重逢是因爲第三個人，不是因爲他們自己。

「剛走。」

晨勉大聲：「什麼叫剛走?!五分鐘前嗎？走去哪裏？」

「昨天離開這裏回臺北。我聽說妳在找我，聽我的指導教授說的，我告訴他妳可能會來！」

晨勉不明白這麼簡單易答的問題，祖何以說來如此困難，似乎因爲避開了關鍵內容，使得他說的話像謊言。一種情緒性的假。

晨勉坐了二十個小時的飛機，整個人極度昏沉，又陷在虛假的境地，使她分外不耐。她突然覺得她來錯了。她甚至不想看到祖的臉孔。

晨勉住的是國際連鎖旅館，樓層很高，她的房間在十二樓，可以俯瞰一大片燈海，站在落地窗前，平面的影子映在玻璃上，還有雪天的反光，這使得她的心像透明的，冰一般冷。

「告訴我，發生了什麼事？」

「我根本不清楚，晨安說他來開會，順道看我——」

「他是專程來看你的。」

祖將臉埋在手心：「我後來才知道的。晨勉，妳原來就知道嗎？妳爲什麼還鼓勵他完成他的想法？」

「他有權追求他生命的形式。」

「我如果接受他呢？妳可以同意我們的形式嗎？」

「我們是獨立的。」

祖搖頭：「晨勉妳知道嗎？妳應該鼓勵晨安了解自己，而不是鼓勵他追求不確定的性徵，他被拒絕，將使他整個世界瓦解。」

「你拒絕他了嗎？」

「他並沒有表達得很明確，他說妳鼓勵他至少做些什麼。我感覺到的。他大概是越來越不喜歡他周圍的人，所以反過頭來接觸我，他頂多是個中性罷了，否則爲什麼以前我們之間沒事？」祖說出眞正想法後，整個人才釋放出來。

「晨安中間發生了什麼變化我不清楚，如果說他是中性，中性的人會不會慢慢發展出尋求另一邊的性的傾向？」

「妳不懂的事，我更不懂。妳別忘了，我是經過妳才懂得人事的。晨勉，事情過去了。我很高興妳離開了妳的島來這裏。」祖上前沉沉擁抱住她。她曾經因爲失去他的消息一點不想談他，晨勉並沒想到她看到他了，反而覺得沉重。

祖一定感受到她在他懷中的木然，便放開了她不知所措。晨勉坐到床沿，迷惘極了。千里迢迢她以爲關係到晨安生命奔來此地，她何嘗不是想念祖，但是爲什麼他們交談半天，一點交集也沒有。問題到底出在哪裏？一陣陣倦意往上湧，她的時差比祖嚴重，一直沒醒。極度疲憊。

「你母親好嗎？」

「前陣子住院，治療她的失眠，出院了。」

怪不得沒人接電話。晨勉又問：「你的論文呢？」

「我母親這樣我沒辦法完成。」

癥結還是祖的母親囉！晨勉心想：「我會抓到妳的。」她不能讓祖及晨安被毀掉。她感覺祖的母親一定也對晨安做了什麼，光是祖的拒絕，晨安不會留那麼久，晨安不放心祖的母親的病態？不放心她那樣對待祖？

晨勉平躺床上，如果這一刻她死了，她將非常不甘心，目前等於她人生最壞的狀態。她對祖說：「我想睡了，你要走還是留下來陪我？」祖不喜歡旅館，還有他母親站在他後面。

「我等會兒走。」

祖的臉浮在她的臉上方三寸，晨勉閉著眼說：「丹尼，你在哪裏？」

祖的臉埋下，他的唇及鼻尖冰涼的，但是晨勉有一種熱的感覺，將她浮升向他迎去。

「難道我飛過半個地球，來跟你溫存？」晨勉睜開眼睛，好陌生的空間，只有一種功能的地方。現在，窗外雪天的反光讓她覺得燥熱。

「完全沒有道理。」晨勉快被對祖的母親的恨意淹沒。她伸手抱住祖，仍然沒有柔軟的情緒。是祖使她軟化的，現在，祖使她尖硬。她甚至聽到雪崩的聲音。祖的母親所築的冰雕城堡。

晨勉問祖：「你聽到什麼？」

祖：「妳來了。」翻越雪鄉，祖在低處與她會合一起攀爬冰脊。祖以驚人的體力與意志貫穿北極，帶領晨勉望到南極星。在那個世界裏，他們的身體最熱。

「我看到光了。」晨勉聽到雪花落在樹間的聲音。像她對祖的愛一樣那麼沒有分量。沒有分量到像尚未開始。彷彿他們什麼也沒做，她的身體絕不同意。

晨勉決定去找祖的母親。祖並沒有反對。

這次見面，沒有經過刻意安排，祖的母親在自己家裏，顯得軟弱多了。她以爲晨勉來與晨安會合，晨勉家的人都敗在她面前，這點，使她驕傲。

晨勉一句話都不想占上風，她將祖的父親死亡紀錄影本遞給祖的母親。祖立刻被支開。

「妳要什麼？」祖的母親比晨勉想像堅強。原本就應該那麼堅強吧？堅強達到殘忍。

「放棄威脅祖和他弟弟。」

「妳看到的，我什麼都沒有。」祖的母親異常平靜。

「妳沒有妳自己想像的那麼可憐。」

祖的母親露出微笑：「妳在爲妳弟弟報仇嗎？」那笑，絲毫不覺得輕鬆。

「他只是暫時受挫而已稱不上仇，妳才眞正被人傷害了。」

「妳會得到報應的。」祖的母親平聲詛咒道：「妳不要妳這個人生，但是我要！妳擺脫不掉妳的命運的！」

晨勉又聽到那「三句預言」之一，但完全相反的語意，祖的母親誣陷她否定生命。晨勉站起身；「妳放心，妳沒有機會的。」

晨勉離開時，祖的母親在她背後說：「事實上妳根本不敢把祖的父親死訊告訴祖。」

「不妨試試看。如果有那麼一天，在他們兩弟兄心中，妳將什麼也不是！」是祖的母親的仇恨令晨勉達到心狠終線。

當天晚上，祖留在晨勉房間，他母親放他一天假。祖一旦鬆弛神經，對身體機敏的警戒整個解除，使他恢復彈性。晨勉覺得人眞可憐。爲親情付出重大代價，眞的比付出在愛情上值得嗎？

那一天晚上，晨勉眞正明白冷的滋味，一種眞空，冰原上獨行。什麼叫做凍結，她得到一個失心的情感。她已經得到報應。她重視的是得到報應以後的處置，而不是報應未出現前。

祖的心靈開放，使他身體熱情異常，他有發揮不完的愛，他來不及敍舊，來不及道別，帶著使命而來，把一生傾瀉給她，他們重逢充滿永訣。

祖失去了最讓晨勉醉心的細節能力。晨勉是哭著接受這一切。是什麼因素，祖改變了自己的磁場。

祖問她：「怎麼了？」

晨勉搖頭：「你只要記住，將來不管發生什麼事，我永遠站在你這邊。」

「妳不再見我了嗎？」

「如果你願意見我，我們才有可能見面。」就在這時，晨勉聽見冰雪相撞的聲音彷彿道別，天地正在破裂，微渺的人唯有以肉身抵抗，保持精神的冰潔。一切太殘忍。

第三天，祖留下，晨勉回臺北，約好祖到旅館送她去機場，祖又沒來，這是祖第二次失約。晨勉在機場打的電話，答錄機裏留了話給她，祖的母親自殺送醫。臺北突然變成一個遠不可及的城市。

當她回到臺北，等著她的，是一個更殘忍的消息，晨安沒有原因的在住處猝死。一切靜止下來。

晨勉強打精神陪伴她母親，她父親懊悔沒有適時對晨安援手，等於孤立他，她母親一直說；「晨安不應該獨居的，有人推醒他就沒事了。」死亡有它自己的解說。

晨勉知道，晨安爲自願使生命消逝，他潛藏這份能力，那對一個碎心的人多麼容易。一切來不及了。

「晨安，這樣値得嗎?你又得到什麼嗎？」晨勉爲晨安作誦經法會，晨安爲他自己所做的，跟死亡比起來，顯得微不足道。晨安如果有知，生命將爲他所做的努力而哭泣。

在埋葬晨安那天，晨勉對多友說：「你還願意跟我做愛嗎？」悲哀像浪頭，下次必將擊倒她。一遍又一遍，她心底念著：「丹尼，丹尼，丹尼……。」

多友的愛未來將無法取代，已經還原他最初的愛。多友即將離開臺北。馮嶧大陸的生意暫告一段落，他正在趕回臺北。

晨勉陪多友去小酒館。晨勉並不相信人的靈魂會尋索舊路，如果眞能夠，她最願意回到的地方是這間小酒館，快樂的河岸。

在一個充滿離別的城市，人人得而選擇走開，晨勉的靈性降到谷底，她無法離開這個島，沒有理由離開。她像一個單細胞植物，沒有腳。

從祖那裏回臺北後，晨勉就沒辦法睡，跟祖的母親一樣，她患了嚴重失眠。她打電話給祖，祖永遠不在，等於宣告失蹤；晨勉隱隱感覺到，祖以這種方式告訴她一件事：他自己深陷在恨的情緒裏無法釋懷，他不能原諒晨勉。

至於他恨晨勉什麼，晨勉也就了然於心。答案不久揭曉，晨勉收到祖寄給她的一封信，附上晨勉帶去的他父親死亡登記。

祖在信上說，他不是一個偏執的人，但是他深深覺得晨勉嚴重犯規，她站在一處不敗的地位，等於重力推他母親落海，而他母親的精神反應已無法游泳求生，他說——

晨勉，我會不知道我父親可能已經死亡的事嗎？但是我母親事實上是行屍走肉之身，她根本失去了理性，完全活在演戲的空間，而且嫻熟於那樣的環境，爲什麼不能容忍一個瘋掉的人呢？我這樣取悅妳，但願妳能明白我的心思，諒解我母親，妳卻殺了她，也殺了我父親一次。我已無父無母，我最重視的一件事卻與妳情感相違，妳千里迢迢跑來殺我母親，晨勉，妳何至於如此？我已無法見妳。

晨勉亦無法再見一個那麼憎惡她的人。她無法再見他的另一個理由是，她發現自己懷孕了。這孩子是祖的，但是祖卻那麼恨她，一種悲劇必須一再重演嗎？祖的母親恨祖的父親，祖的孩子有祖的血統，帶著先天恨她——恨母親的血統。更讓晨勉恐懼的是，她爲什麼在這個時候懷孕？這胎兒是誰來轉世？以祖的母親的意志力，或者晨安的陰沉，都有可能。她從來不相信前世今生，這次，她無法解釋。

如果胎兒是祖的母親轉世，她不能想像這一生的糾纏，那是她的孩子，卻是祖的母親，孩子若是長得像祖，就是像祖的母親，她下輩子都將面對一張她不能同意的臉孔，與一個惡魔的成長。如果孩子是晨安來尋求與祖聯繫之路，晨安孤高與她不容的個性，他們這一生，做姊弟都沒有緣分，何況母子，她若生下這孩子，將使她更孤獨。

她不再見丹尼，唯有拿掉孩子，否則有生之年，她都會希望爲孩子找到眞正的父親。另外一個理由是，這樣對馮嶧不公平，這段日子馮嶧不在，事實明顯，她瞞不住他。馮嶧即便能接受這件事，她不能如此沒有良心，欺負一個對她眞心誠意的人。

多友已經離開臺北，如以往，他在離開時，開玩笑重複：如果妳懷孕了，請一定告訴我。晨勉說：「你明明知道跟我有關係的不止你一個。」

多友：「由我來判斷。」

在三月往機場的高速公路兩旁，杜鵑花期剛開始，晨勉送多友去機場，多友說他獨來獨往慣了，他自己可以走。晨勉堅持，她說：「這是我唯一能爲你做的事。多友，謝謝你毫無理由的站在我這一邊。」

多友說：「怎麼會毫無理由。妳是我唯一做過愛的東方女孩，妳別忘了。」

「以後不會了。這是我另外一件唯一能爲你做的事。」晨勉不知道那時候祖的母親或晨安已經在她子宮裏逐漸成形，她只想到失眠，並且疲倦於不斷發生事件。

她生命中的房間已經空了下來，將不再有男人。一個人一生能做多少次愛？

「四百次。」晨勉記得這樣回答祖，並不多，但是她與祖與多友四十次都沒有。

馮嶧回到他們的房間以後，晨勉將一切發生原原本本告訴了他。她終於藉由敍述，將自己這一生情結理出一條路，必然的發生，她完全不由自主，無路可走。

馮嶧同意陪她去拿掉孩子，他對晨勉說：「妳生命的本質並沒有變，沒有人能使它改變。」

晨勉去醫院那天，當她進入麻醉狀態，眼前一道光由她眉心注入，她知道自己毫無意識，但是清楚聽到金屬相撞的聲音，痛徹生命，世界一片混濁，地心引力強制拋棄她，她聽到那三句預言的原始聲音告她：「我將宣告妳死亡。」她將死亡。生命不再站在她這一邊。

晨勉由醫院回家路上已是深夜，她在醫院昏厥過去，沒有危險顧慮以後，醫生才讓她出院。

春天的深夜向來是最迷人的一部分，清涼安靜，每一個人是月光下完整獨立的島。她無法離開她的視線，失眠正在遠離她，她有一股沉睡的渴望。

重返她的家，她將勢必留在那裏，這是她心甘情願的選擇。

晨勉記得很清楚，祖曾經問她爲什麼喜歡島，她說：「這裏有我要的一切。」她仍願意重複一次：「在這裏，我很容易碰到事情發生。」

7

晨勉渾噩地回到新加坡。一下飛機就聽到辛釋出出版集團的消息。並且，辛是同性戀的事實，喧騰了當地高級商圈，這件事，怎麼被掀出來一直衆說紛紜，厭惡之情，則一致。

辛徹底垮了，築得越高的地位，垮得越重。當著晨勉大家避而不談辛，同情她是受害者，晨勉知道她才是既得利益者。

辛離開了新加坡，晨勉不便再打聽他。情感上怕糾纏不清傷了辛；事業上，避免引起辛在金錢上負欠她的誤會。她要即刻進行的是，保住她的事業。當初那些是辛出面招的股。最大的股東是家建設集團老闆——印度人伊文都蘭。晨勉從來沒有看過都蘭，她這輩子連在美國大熔爐念書時沒看過幾個印度人，她印象當中的印度人總是黑的，到新加坡才弄清楚，也有白種印度人。

都蘭就是白種印度人。晨勉沒料到的是，都蘭的貴族氣質比英國貴族更勝一籌。他的貴族氣質使他不輕易見人，這足以解釋爲什麼晨勉開始沒見到他。

伊文都蘭同時是個有尊嚴的人，晨勉一眼識破了他的害羞。

他用中文問晨勉：「需要我幫什麼忙？」

晨勉不解他爲什麼用中文表示親近。都蘭立刻明白她的疑惑：「我祖母是中國人，我有中國人的血統。」他特別喜歡他的祖母，他說老人非常美麗、智慧。他說講太多了。

晨勉也才明白伊文都蘭爲什麼會幫助她：「我來謝謝你，也許你要把資金抽回去。畢竟辛離開了此地。」

都蘭：「我喜歡妳直截了當。我祖母常說壞人的心眼有十八個洞，我喜歡正直的人。」

他們一起進的晚餐，都蘭吃得很少，他們一餐飯用得似久別重逢的戀人。晨勉被丹尼訓練得會識別酒的年分，都蘭頗有點喝酒的興致，不擾人的晨勉是最好的酒伴。

都蘭對晨勉說：「我需要像妳這樣的聊天朋友，我們也許保持現狀。」

晨勉懂得顯露適當尊嚴：「可是我們並沒有談什麼。而且，交朋友與生意夥伴是不一樣的選擇。」

都蘭沉穩地說：「中國人不是說朋友有通財之義嗎？也許倒過來講也通。」

晨勉忍俊不住：「你祖母中文教得眞好。」

都蘭尤其愛飲烈酒，白蘭地系列；喝了酒，他忘卻自己的拘謹。他是晨勉所遇最循規蹈矩的人，也是最壓抑的人，結了婚的女性不准外出上班，都蘭說這種傳統令人窒息，但他們跑到月球也改變不了傳統。都蘭已經有兩個太太，他說時機成熟，會步祖父之後，娶個中國人。兩個歷史悠久文化的結合。

晨勉的善於傾聽，等於完全釋放了都蘭對中國女性長久期盼的緊張心結；相對晨勉則令她暫喘一口氣。後援財庫無慮，晨勉回復清淡的面貌，不再像剛到新加坡豎直了鮮豔的羽毛。

都蘭講得很清楚，他要的是位中國太太，名分沒有大小之分，事實上是個妾，這在晨勉經驗之外，令她緊張。

更令晨勉緊張的是都蘭兩位太太都各生一個女兒，都蘭說他們家族一向單薄，他祖父五十歲娶了中國祖母才傳下一子，照目前情勢上看來，未來是中國人的世紀，也許他已過世的祖母會賜給他一個中國兒子。印度人本來深信輪迴之說，都蘭言之成理，晨勉完全無法反駁。

不久晨勉生日，都蘭具名發出請柬在他家裏擺席，吃傳統印度菜。晨勉保持緘默，因爲無由拒絕，都蘭是有分寸的人。

都蘭自己擁有國際化開發公司，自宅興建、室內規畫當然在水準之上，一切也都在晨勉意料中。都蘭並不蒐集西方藝術品，他的中國及印度收藏則有一件是一件，隋唐名家石刻、米芾的字、吳道子的人物。西方藝術品只有一件亨利摩爾的銅雕裸女，線條沉美，巴掌大小，看得出絕世精品，又充滿隨意。都蘭爲晨勉挑的生日禮物。

「我不能要。」晨勉並非認爲她不值得，是禮物太重，像契約一樣，形式上的重。

「不是買的，是交換來的。這件作品氣質像妳。」都蘭握住晨勉的手：「再給妳看樣東西。」

都蘭帶晨勉走進一間設計成起居室的書房，寬敞明淨，熠熠暮光游走，如時間緩緩流動，介乎虛實。

書房一角置了張大書桌，上面放了幾十幀相框，都蘭示意晨勉要看的便是這些，全部是都蘭祖母的照片，由年輕到垂暮，晨勉猛地就明白都蘭要她看什麼，心思頓時一片空白，命運向她當面展示神力。晨勉完全像都蘭祖母的翻版。

她不解其中蘊含什麼指示，光表象的巧合也足夠給一個名目。

「晨勉，我不認為這是轉胎，我祖母過世時妳已經成年了；中國人說，不是一家人不進一家門，我比妳更需要一種解釋。」

「都蘭，我沒有解釋。唯一的解釋是我和你祖母都是中國人。」晨勉努力保持鎮靜。她知道自己厭惡這種發生的動作會多大。

「你對我來講，非常神祕。」

「沒有你想像那麼神祕，我只是正好長得像你喜歡的親人，你對我產生好感，我們開始交往，我進入你的生活，這都是非常自然的事。」

都蘭意識到晨勉的不快，有些意外；他以為女性都喜歡一些神祕的巧合，所以刻意在晨勉生日這天向她示愛，不想反而激怒了她，據說生日當天不快樂，這一年都不快樂，他不願如此。

「我覺得抱歉，我只是想證明妳是我要找的中國太太。」

除了命運，晨勉都不敏感：「都蘭，我沒辦法進入你的家庭，我喜歡我的事業。」

「幫我生個兒子。」

「你是說做愛的代名詞還是眞的兒子？」

都蘭微笑：「都有。」

晨勉搖頭嘆息：「你的運氣不會壞到一項都撈不到對不對？」

都蘭游視晨勉的臉有了勇氣：「在這之前我常覺得窒息，環境太光亮了，看到妳的那一霎間，我才知道生命是有出路的，並不一定是妳長得像我祖母，而是很多巧合的集中，我也可以有自己的呼吸。我非常厭倦這種不需要努力的身分，使我缺乏個性。」

「你只是不知道我會怎麼反應，你怕我，我像你祖母。任何人面對長得像最愛的人，都會失去個性。你比我想像得有活力。」晨勉平穩下來，她知道不宜在情緒上反應過度。都蘭不需要承擔她一生。

「晨勉，妳知道嗎？妳是唯一願意告訴我眞相的人。」

晚宴來賓衣飾排場隆重，晨勉看到了伊文都蘭的實力。幾乎以往和晨勉及辛有來往的朋友都請到了，並沒有點明是晨勉生日。都蘭宣稱和霍小姐合作愉快，會繼續支持，這是一個遲到的簽約酒會。

印度菜的辛辣貫穿晨勉四肢、意識，有如配合節奏強烈的印度舞蹈，不斷由指尖及眼神中流露出故事；她思索別人對他們之間的反應同時，分明嗅聞到一股更強烈的情感瀰漫都蘭臉上，都蘭的表情毫不隱瞞，撲向晨勉，他絕不將眼光收回；這使晨勉明白，除非她答應做他第三個太太，她將在新加坡待不久，這終究是個男權社會。她只是不清楚都蘭預知到這種結果嗎？如果他知道，第三位太太？這是愛一個女人的方式嗎？如果不是，他怎麼排遣將看不到所愛的人這個事實。

他說她是他的希望。

餐後，晨勉不願意留在他的屋子裏讓別人看著她留下，她有自己的空間：「請給我起碼的尊嚴。」

都蘭隨晨勉回她的屋子，坐她的車。他們穿過市區，可以看見一場情節發生而無交談的必要。在這個城市裏沒有意外。

都蘭被禁錮太久了，身體像硬鐵一般缺少彈性，他甚至沒有主動性。他是一個毫無創意的人，不懂得追尋抽象的力量。他只有男性的平面本能。

都蘭在床上非常安靜，又不見得專心。男人的本能驅策他的衝動；不太強烈的本能分解了他的衝動。

晨勉已沒有哀矜的心，但深知處理不愼，性的不潔感便會毀了都蘭和她。都蘭是以眷戀祖母的蒙昧之情行愛，而她如果跟著沉淪慾火，也許刺激，但是任由行愛走火入魔，他們之間的情感將似精神亂倫。她誘導都蘭在適當時機反應快感、需要、語言，讓都蘭明白做愛的階段，她要他直接被做愛吸引。都蘭一次便意會到了。那天深夜，電話在都蘭正結束時響起，晨勉說：「沒關係。」她不要接電話，應該是丹尼。

晨勉彷彿匯集畢生功力爲都蘭打通血脈大傷，結束後久久動彈不得；都蘭抱緊她：「累到妳了，對不起。」

丹尼在電話答錄中留話：「妳的生日我永遠不在，今天去喝了一大杯啤酒爲妳慶祝。Happy好嗎？長大了吧？非常想念你們，妳過生日去了嗎？」最後嘆了口氣。

小哈趴在電話架旁聽到丹尼的聲音，朝那方向豎直了耳朵，丹尼說完，牠回電話兩句低吠，音調迴繞，還記得丹尼。

都蘭也聽到了，問晨勉：「是男朋友？」

「情人。」她一點不怕激怒都蘭。以前她卻怕得罪辛。他們要的不一樣，同樣使她覺得是在設計一件事。

「妳會嫁給他嗎？」都蘭問。

晨勉不作聲，她不願意說謊，但她和丹尼的事太複雜。心理的複雜，他人不該參與。從此，都蘭奉行的聖旨是：「嫁給我。」他富到在愛情這件事上不理會現實，行徑如兒童，缺乏世故，要一切他要的。

如果必須選擇，晨勉寧願嫁給天生的同性戀者，不嫁後天合法的多妻者，環境之命運腐化了後者的性靈。都蘭是一個例子。

都蘭的示愛有一個好處，他使晨勉在當地營苟，通暢無阻。晨勉曾經自問：「妳要不要？」看上去很困難的攀赴，她卻只開了個頭就到達。

她要。

她一直沒回丹尼的電話、不寫信，她的新局面，丹尼將會收到訊息。

然而她低估了都蘭，都蘭長期主持一個大財團，他拿運作手腕的百分之一應付晨勉，足以構成陷阱：晨勉將成爲另一種附屬品，唯一的生活便是逛街、購物、聊天，附屬到最沒安全感，只好生小孩，抓住婚姻或男人。

她現在跟這隊伍不同的，是她自己賺錢，表象不同而已，錢從都蘭的帳戶匯入她的帳戶，不直接交到手裏罷了。

她與都蘭的關係越近，那些後期靠上來的集團、公司，開始藉口以任何理由不再續約，意思到了——反正你們是一體。掛單企業成爲其附設心理諮詢中心是晨勉後來發展出的業務，事實是以都蘭的人脈爲籌碼。基本構想來自——員工是公司的主力；心理問題，最宜直接輔導，以免事端擴大；她也爲每家企業設計了心理講座、規畫人生。這個案子，效果很好，連都蘭都誇有創意。她甚至關了文化沙龍，專注經營心理中心。

她不了解的是這個城市的企業倫理，那是這個國家最後才會垮的一環，建築得銅牆鐵壁。而且在以男權爲主的社會裏，晨勉的工作能力是不存在的，就算起初有，他們也只把它視爲選美一樣的東西，僅爲了謀取歸宿。

在都蘭刻意庇護下，晨勉的花瓶形象通過追認成爲事實。大家以輿論主張：她何必如此辛苦工作，玩票算了。一個沒有活力的圈子，是一個沒有是非的圈子。她徹底了解，她周圍的企業環境，靠的僅是利害。不會有人以友情伸出援手的，辛就是一個例子。

晨勉困獸猶鬥，都蘭面前，不動聲色。都蘭不會同情她的，只會輕視她不懂他們的默契。都蘭觀察時機差不多了，比晨勉所想更訝異的，是他向晨勉提出結束中心，到他集團擔任公關主任，他要臣服她。這完全是男人統治王國的一套。

晨勉因爲長期壓抑，最明顯是造成生理週期失常，對自己言詞反應因而分外謹慎，她要把持自己不在沒價值的環境裏發瘋。

「我思考一下。」結束要有結束的代價。她近來對都蘭十分冷淡。並且特別想念辛，他是一名同性戀者，但那是他情感世界的缺角，他在商場徵逐上無私地幫助她，代表了他性格上的良心，以敗德的程度說來，辛算有情操的。辛的悲劇在於他沒有辦法實現他自己。

以時序上算，應該已是深秋，但這個城市永遠夏季。毫無變換的季節讓晨勉不耐，她相信任何地方無視季節遞嬗的啓發，人們勢必喪失悲喜能力，他們不懂摧毀與秩序。

她恐懼的是，她一個人可去哪裏。她的悲劇是，她擺脫不了她自己。

小哈已經長成一條大狗，牠同樣很寂寞；牠似乎相信丹尼還會再來看牠，有段時間都蘭每天隨晨勉回家，聽到開門，小哈比什麼都急於看個明白，都蘭出現後，小哈低吠兩聲無趣地走開，一直等電話鈴響，牠才又興奮起來。丹尼的電話牠絕不會猜錯，如果是答錄機，丹尼留完話，小哈必溫馨地輕吠幾聲，表示聽到了。等晨勉回家，向她報告丹尼電話是第一大事。牠的報告方式就是跑到電話旁邊。

晚上，晨勉無論多晚回家，一定帶小哈出去跑一圈，有時候和都蘭做完愛，都蘭下樓回家，她牽了小哈下樓蹓狗。

在都蘭面前，她越來越形成狡黠的傾聽性格，她要聽出他的眞正想法。只有每天帶小哈在黑夜中散步，她恢復丹尼一直傾心的她的敍述能力，她跟都蘭不對，她一向知道，她不要跟他對。他們的關係在都蘭是一種滌洗，於她，根本缺乏探索的可能。

小哈顯然並不喜歡牠的散步，跟與丹尼散過步的香港離島比較，這裏缺乏人文的活動，氣氛不對；這裏甚至沒有野狗，小哈無法和牠們交談，牠也聽不到別的家狗吠聲，整個世界似乎只剩下牠一隻狗，牠很寂寞，總是不積極地陪晨勉走一趟，彷彿認爲需要散步的是晨勉。

晨勉相信小哈的確是這想法，因爲在離島，她每晚留下丹尼和牠獨自出去散步。散步時，晨勉會整理一天的頭緒，面對未來，竟無退路，心緒不由一次次失去彈性，她越來越不相信任何事。

晨安那裏似乎也陷在膠著狀態，她和亞伯特的復合之路並不像先前所想像那麼有階段性有進展的空間。

「很勉強。感情沒有動機就沒有熱情。」

「你們不是有性嗎？」

晨安竟有片刻的沉默：「他和別的女人也有，我和別的男人也有。那不是唯一的。」晨安放棄了她「亂搞」的哲學。

「晨安，那就放棄他好不好？」

「放棄他也一樣，我不可能永遠在放棄。晨勉，我們事實上是無路可走。」

晨勉心疼晨安，血脈重重往下沉，無聲無息，死掉一般：「晨安，找個理由愛下去，活下去。」

「我很好，過一段日子就好了。」

「妳要我來陪妳嗎？」

「妳也不好過，如果妳決定結束和都蘭的關係，妳再來。」

晨勉突然覺得待在一個沒有季節只有時間刻度的地方眞可怕，她們好像與世界隔絕了，只過一種眞空生活。

「我最近就可以決定了，我必須細算我能得到多少利益。晨安，我們什麼都沒有，只好斤斤計較這些了。」

晨安沒有說話，晨勉知道她想說：「我們活得那麼努力，就爲了得到一點東西，我們要得到一點點東西爲什麼那麼困難？」

晨安說得沒錯，晨勉是後來才終於了解丹尼對都蘭的意義，她如果擁有丹尼的愛，都蘭就在別處弄得她無路可走，毀掉她和丹尼的後盾。她十分小心走棋，否則都蘭會吃掉她。

晨勉維持一種冷淡的態度，沉住氣等都蘭開口。她盤算過了，都蘭不買心理中心權利，沒有任何企業會買。而當初開幕時的裝潢、保證金尚未回收，都蘭出的價不會高。原來是他投資認的股，買權利，無非發點獎金給她。

晨勉盡量不更消沉下去，那將使她內心加大恐懼；她的經驗是，任何一種創造力消弱，都會使人對未來充滿悲觀的想像，覺得自己沒有價值。

但是現狀的確像把刀，砍除她周圍的花樹孤立她。都蘭的現實性格來自遺傳，遇到他要的東西，他會先貶低這東西的價值，然後肯定這東西的意義。非常周折，富豪無聊的樂此不疲的遊戲。晨勉知道都蘭迷戀她，他需要她的活力；但都蘭的性格使他們相處變得毫無情感可言。她唯有用冷漠來貶低他，等待時機。至少在話頭上，她要扳回一份尊嚴。她要都蘭買回他的股，而不是用錢買她這個人。

都蘭在年底提出買回股權，那是他的時機，來年將重新有個面貌；他有年關觀念，沒有時序。條件是晨勉到他公司。

晨勉答應了。她的條件是，即期支票及公司配給宿舍。

她的員工是她親自訓練的，花了相當精力，中心的工作流程一定讓大家清楚。因此，她退出後，原班人馬有能力很快自組另一家事務所，規模小得多，但足以說明市場需要。都蘭則說前景黯淡，企業要打壓他們太容易了。晨勉心想，我那麼傻。別人未必要靠企業吃飯。這地方瘋子那麼多，瘋子最需要有人了解。

第二步驟，她退了房子，搬進都蘭為她租的住處，家具她全部送給中心同事，只帶走小哈。都蘭委請房地產經紀人找房子，開出大坪數條件，以為晨勉喜歡。晨勉則選了間規規矩矩的二房二廳。現在她要克服空間障礙的背境消失了。她只維持每天晚上散步的習慣。

都蘭在性上越來越依賴她，她啓發了他，他覺得可以從她那裏得到力量，她不知道那也是一種控制，也許他不願意這麼想。在晨勉將支票匯到香港帳戶，完全結束中心後，晨勉對都蘭說：「你以後要跟我上床，必須付費。」

都蘭即刻明白晨勉用性挾持他，也用性關係表示憤懣，她不再有顧忌，並且傳達得很清楚──我們彼此利用，你要從我這裏得到什麼，必須付出代價。不一定是金錢。

晨勉已經決定由新加坡撤退，她在這個城市，事業及情感都毫無發展。她經常跟晨安通電話，讓她十分不安的是晨安越來越自閉的傾向。時間彷彿凍住了，過去得非常緩慢，沒有任何事發生。她正在一個關口，無法離開。

都蘭為了安撫她，刻意帶她出去旅行建立新關係，她說想去峇里島。

住在同樣一家旅館，同一間房間，她記得房號是三一七。對都蘭來講旅館嫌太寒傖；對晨勉來講她將毀滅記憶──和丹尼共同創造的記憶。她每天待在游泳池畔，不去任何地方。泳池邊吧臺有名服務生常為她送酒，還記得她兩年前也喝可樂娜，還有丹尼。他有天為她看手相，說她近期會得到一筆財產。她當時以為指的是買股權的錢。

當他們回到新加坡，接到亞伯特電話。晨安自殺身亡。

那一刻，晨勉的身體迅速熔解流失，不是她的心臟爆炸不再存在。是世界消失了。只留下她一個不完整的人。

不完整到她必須忘了自己存在，她完全不能想晨安，那讓她發瘋。當天晚上都蘭留在她那兒，她對他說：「讓我們來做愛。」做愛使她放鬆，那天晚上，她一直叫：「晨安！晨安！」她聽到一道道碎裂聲音。

她這次無法帶小哈走，只好再回來。她向都蘭要了一筆現金，她要把晨安的骨灰運出來，運回臺灣，這些都需要現金。他們相處以來第一次，晨勉誠心向都蘭說：「我永遠都會感激你。」

天亮後，她啓程去英國。她母親死，晨安和她都沒回去奔喪，那時外婆是她們的退路；現在晨安也自殺，晨安是眞的無路可走了嗎？她也將無路可走。

「晨安，妳爲什麼不來跟我在一起？」晨勉問晨安。

「妳不也沒跟丹尼一起。這是命。」晨安說。

晨勉一天一夜沒有闔眼到了英國。在飛機上她藉由想像和丹尼做愛，產生亢奮方式，淹沒她對晨安的思念。丹尼教的。

亞伯特非常自責，他以爲他們會有個好的再開始，但是沒有，晨安與他復合後徹悟：他也不是她的希望。但晨勉不想再聽他分析晨安自殺的原因，她知道晨安在死前多麼寂寞。

「晨安是一個人孤獨地死去！」她對亞伯特說：「你曾經安慰過她嗎？」晨勉知道她過分苛責亞伯特，他們背景多麼難以融合。

亞伯特問起房子如何處理。他需要晨勉的證明及同意，以便合法取得所有權。

晨勉：「隨你處理。」她因此在英國又多待了幾天，睹物思人，一點一滴晨安布置起來的家，晨安一直渴望的東西，晨安的性格害了她。

當地正大雪，晨勉住在大學附近，充滿人文氣息，晨勉一向書讀得很好，卻並不喜歡學生生活。每天傍晚晨勉散步到學校去，延續晨安的生活作息，那就是晨安的命脈，晨安沒有死，她能爲晨安過多久就多久。

夜裏，晨勉想像這一刻晨安也許正在等她的電話，她現在納入晨安的時空裏，與晨安脈息相通，精神狀態較前穩定——她已經到了。她正在晨安的視線下注視自己，沒有一個可以交談的朋友，與那些和她做過愛、談過愛、同學、同事、異性戀者、雙性戀者，毫不相干。

晨勉留下來，等待清理晨安財物，辦房屋繼承，每天都漫長。調查小組有天開了晨安研究室讓她清點遺物，她從未進過晨安研究室，書桌上放了一張放大照片，她一進研究室就看到了，是她父親、母親抱著幼小的晨安，外婆遠遠站著，就是沒有她。黑白生活照，在空氣不再流動的研究室，像枚童年胎記，烙在時光的心板上，也像大霧落在生命中——晨勉想不下去，不忍心再製造愛和想像。晨安從未提起這張照片，也許以爲她知道，也許——。晨勉拿了相框淡淡地說：「這是一個紀念品。」父親果然很白，比她印象中更白而不羈，母親更小。她有父親，這念頭成爲一種意識狀態。

晨勉冷靜下來以後，追憶起照片應當是外婆那次搬到臺北，無意中翻出來又帶給晨安的結婚禮物之一，晨安必定以爲她看過了，甚至也有一張，雖然那上面沒有她。

晨安的銀行帳戶裏留下一筆錢，不算少，可以確定晨安這幾年日子過得相當省。晨勉猛然記起峇里島服務生算的手相，她決定帶走這筆錢，她把她的決定告訴亞伯特，亞伯特不以爲然，他當然有份。晨勉不客氣地說：「這是天命。按照你們國情我一點不讓，你又能如何？房子留給你，錢我用來厚葬晨安。」

事情處理妥當之後，晨勉打電話給丹尼，她要去看他，丹尼問她在哪裏，她說：「英國。」丹尼回晨安好嗎？晨勉說：「你記得她把我託給你嗎？她死了。」把晨安死亡的訊息講出來，晨勉覺得心情好多了。她突然可以了解丹尼在母親過世後的沉默，他成爲一座孤島。現在，晨勉自己也是一座孤島，必須自養。

丹尼母親給他一枚戒指，指引他的情愛將在東方；晨安留給她一張父母親、外婆及晨安的合照，預言她將不再孤獨。

死亡第一次使丹尼回頭找她；第二次，她再遇見丹尼將發生什麼事？他們像兩座島嶼彼此吸引。

那天晚上，丹尼打了三通電話給晨勉，他不放心她，晨勉要他不用擔心亞伯特，亞伯特無法刁難她。丹尼說不是，他就想聽到她聲音，晨勉明白了，丹尼怕她過不下去，她說：「我不會自殺，我從小就不斷看到死亡，了解死亡會帶給人們什麼，我也死了，晨安的後事誰辦？」丹尼要她把事情經過講出來，晨勉不願意，她不必再殺晨安一次。

他們這樣交談到凌晨，丹尼說：「再過幾個小時我們就可以見面了。」

晨安的骨灰事先報了關，通行順利。晨勉抱著骨灰罈，沒想到一個人燒成灰這麼輕。骨灰罈是在晨安家中擺設挑的一個白霧玻璃瓶，隱約可以看見晨安令晨勉心平。

丹尼大雪中到機場接晨勉，一身冬天裝扮，大衣還是上次晨勉在他家門口看到那件，冬裝的厚拙感及顏色，越襯出丹尼的溫雅。除了上回來德國，晨勉曾遠遠看到丹尼著冬衣，他們一直在夏季或熱帶地區見面。大雪使得視界不遠，不也有冬天的島嶼，人們都做什麼？寒森的島嶼，人們都做什麼？傾聽狂風，爐火前喝啤酒、不散步。太漫長了。

丹尼換了車，不是她看過的福斯國民車。

「換車了？」晨勉有意無意露出一句。

丹尼看她一眼，有些疑惑。他很少談及生活中如此瑣碎的事。

晨勉只有一件行李，新加坡穿不上冬衣，她身上看見的裝備都是晨安的，完全是晨安的風格。丹尼看她亦有些陌生，不止沒見過她這種冬季穿著，也因爲晨安在風格上比較明朗——鵝黃色料大衣、沉藍手套、米灰薄羊毛洋裝、咖啡色平底馬靴，條頓民族氣息；晨勉自己總是深灰或黑色，東方民族的深沉。

丹尼爲晨勉訂了飯店，不方便請晨勉住他家，晨勉暗示他們學校附近有間不錯的小旅店，丹尼正在趕論文，來去方便些。房間視野很好，在十二樓，窗外是個無聲缺乏變化的世界。晨勉將晨安的骨灰罈放在床頭櫃上，丹尼過來擁抱她：「很抱歉，我母親不在，妳住在我家不方便。」

「我知道。」室內有暖氣，晨勉開始一件件大衣、外套、手套脫掉，還是熱，便脫了馬靴，光著一雙腳站在浴室的瓷磚地上：「奇怪，我怎麼一直由腳底熱起。」

丹尼走到她身邊，蹲下去用冰手去鎮她的腳板，一邊輕緩地順著腳尖撫摸每節趾紋。

晨勉抬頭看見晨安的罈子，熱的感覺在身體中間匯集。她心底問晨安：「晨安，妳在嗎？」她覺得自己全身在等待什麼。像條等待潮汛的魚，準備溯源。

丹尼的手往上攀登魚梯似至手臂最高停住，將臉埋在晨勉腹間，喃聲說道：「晨勉，妳終於來了。」他看到她，熟悉的身體裸露她特有的氣息，恍惚中聽到潮水起伏，尤其他們在香港分手前的記憶太好。晨勉隱約聽到晨安在叫她，多麼好，他們三個在一起。晨勉問丹尼：「你聽到什麼？」

「潮水的聲音。」一座倒懸的魚梯。

她不再呼喚晨安，她對晨安的思念已經進入她身體，納入時序，她再問丹尼：「你聽到什麼？」

「妳！」一個實在的晨勉。

晨安孤獨時對她的思念在她身體延展最高潮，一種抽象的完成，純淨感動，令人畏懼，她終於明白，人體用什麼解釋抽象。

丹尼並不知道瓶子裏是晨安，雖然他研究亞洲民族行爲，他也同樣不懂晨勉爲什麼窺視他的生活。

他帶晨勉去學校附近一間酒吧，他最喜歡靜靜喝兩杯的地方。

晨勉要了黑啤酒及這裏最出名的無污染生菜、香腸，丹尼照樣一份。

丹尼若有所思凝視晨勉：「妳來過這裏？」

晨勉：「來過。」

丹尼：「我那天眞的看到妳？」

他回憶舞會夜裏他站在門口等人那天。

「嗯。我在你家對面租了間套房，學德文，觀察你的生活。」

丹尼握住晨勉的手：「再多說一點。」

「我相信自己並不純然是善意，但是我並沒有偷窺你生活的意思，我很抱歉。」她喝了一大口黑啤酒：「我到這裏時你正好出城去了，我便先去了巴黎，決定不告訴你我來了，我不確定會看到什麼而且越來越不確定，後來我學德文認識了一個朋友——多友，她非常獨立；我看到你的學生生活作息、家人、舞會，其他就沒有了。」

丹尼不再要求她多說話，他半晌無話，菜上來了，他們各自用餐。丹尼舉杯敬晨勉：「我一直在等妳來這裏，妳來了，待那麼久一段時間，獨自視察我，妳不覺得這很浪費嗎？我們相處時間最長也沒有兩個月，而且用妳暗中看到的事迷惑我，多麼殘忍。」

晨勉推開椅子站直身子：「的確不可原諒。我不想再繼續欺瞞你，所以決定告訴你。我了解你的感受，如果我是你，可能更憤怒。丹尼，你是我這一生中最接近我生命的男人，謝謝你。」

她避開丹尼，並且了解他將不會追出來，不像在峇里島。那次，他們對避孕的觀念有差距，造成她不知道要先說明的情況；這次，她整個欺騙了他。

晨勉一直等到第二天丹尼都沒來找她。她帶著晨安，離開仍下著大雪的丹尼之城。她對丹尼的歉意將隨她的足跡一路追過來。冥冥之中，晨勉覺得她永遠擺脫不了丹尼。

抱著晨安，她決定先回新加坡整個作次結束。她的車子是公司的、房子是公司的，她的職務無涉公賬部分，向都蘭借的私人現金，對都蘭不算回事。眞正重要是帶走小哈。

晨勉悄悄回到新加坡住進飯店，第一步先找了律師，擬妥存證信函發都蘭公事公了，鑰匙她交由律師保管，負責還給公司。爲什麼這麼做，理由很簡單，法制的事法制解決，新加坡的遊戲規則。感情的範圍大得多卻只有原則沒有法制，她和丹尼之間即是。

一切都定案後，她回家帶小哈。之前，她託了打掃的清潔工每天來餵小哈、蹓狗。

晨勉對那天小哈的反應印象深刻。

小哈一直是條沉默、溫和的狗，從來沒聽牠大聲吠過。但是那天她剛進屋，人才到玄關，小哈便站在客廳凝視她，對她狂吠不止，她嘗試走過去安慰牠，小哈後退一步繼續狂吠，並沒有攻擊她的意思，反而像要保護她。

「小哈，你在抗議是不是？」晨勉與牠交談，假設小哈氣她遺棄牠。

小哈嗚咽兩聲回她話。晨勉認爲她猜對了，正要靠近不料小哈再度朝她狂吠不已。見到鬼似的。

「你知道我跟丹尼的事了？」晨勉強行過去撫摸小哈的頭。

小哈無力反抗，哀傷地用鼻尖嗅聞她全身，如告慰陣亡同袍，然後走開，離晨勉遠遠的，卻一直盯著她在的地方看。

整晚，晨勉都聽到小哈嗚咽如與靈魂對話。

幾乎環繞過地球，晨勉回到臺灣。對於身體不斷湧上來的疲倦感，這是以前所沒有的現象，因此晨勉將它歸爲年齡——她不再適合作連續飛航旅行。這疲倦一波波無處可躲，足以將晨勉淹沒。更令晨勉沮喪的是她的體力，她毫無體力做任何事，而她這輩子最重要的事都集中在眼前待做，她要爲晨安超渡，爲全家人找一處大墓地，將家人骨灰遷出。光找墓地足夠她筋疲力竭。當一切就緒，晨勉去看醫生，醫生宣布她懷孕了。就在那一刻，她再度聽到清晰的碎裂聲音，她周圍的世界，迅速整個崩塌，先是晨安；現在那個「眞實的晨勉」應聲而倒。新的王國正在重生。她的懷孕和她這輩子最重要的事一起發生。

她剛回臺灣，毫無頭緒，租了套房安身，周圍環境非常差，白天她出去辦事留小哈在屋裏；晚上連小哈散步的地方都找不到，晨勉開始考慮未來的動向。她不能給孩子這麼一個環境。

她終於知道小哈爲什麼對著她狂吠，是晨安給了她這個孩子，也許這孩子就是晨安，種種跡象顯示，她沒有理由不相信。她在這個世上有了一個直接跟她有關係的人。

就在這時候，她重新遇見辛。她在報上看到辛的消息。辛在臺灣創辦成功一本跨國女性雜誌中文版，他自己亦成爲公衆鋒頭人物。更令晨勉驚訝的是辛的中國話，他完全克服了「外國」人生存在東方土地的精神挫折感，臺灣的中國人對外國人友善的特質，激發他的內在歸屬，以語言參與，光聽他講話，很難辨識出他外國人的身分。

晨勉一跟他聯絡，他立刻聽出是晨勉。

辛改變不少，頭髮更短、微笑著、隱藏起對異性的退縮神情。乍然看見，晨勉以爲是丹尼。辛完全不提離開新加坡的事，臺北出版界有人以前聽過他，因爲不很淸楚他的背景，以爲他是顆棋子，轉移市場，造成神祕與話題。

晨勉比較辛以前的格局及背景故事，不免黯然，尤其涉及她。他們的交談進行緩慢，經歷的洗滌使他們不急於申述。

他們現在有著共同的故事、共同認識的人，晨勉開始覺得他是一個朋友。辛仍保持敏感與觀察，在對話不多的情況下，他很快發現晨勉的恍惚是因爲體能狀態的改變，而且，晨勉擔心未來，這是以前的霍晨勉不屑爲的事。

辛直接問道：「妳變脆弱了，以前那個勇敢的霍晨勉呢？妳生病了嗎？」

晨勉低頭：「我懷孕了。」她曾經恐懼辛會把愛滋病傳給她。

辛略爲驚訝：「妳有意讓它發生的嗎？孩子的父親是誰？」

「我一直沒有避孕，但是從來沒懷過孕。我不確定孩子的父親是誰，我最近生理週期非常亂，辛，你相不相信，但是我知道孩子是誰。」

辛半帶嘲弄：「都蘭把妳搞那麼慘嗎？人都搞亂了。妳不用告訴我細節，我相信妳的說法，中國人太神祕了。」

晨勉沉穩到近似悲哀：「辛，我需要你的幫助，孩子生下來需要一個名義上的父親，不管孩子的父親是誰，你是西方人，血統上吻合。」

晨勉無意貶低辛，但是辛同性戀者的身分，使他不可能結婚，不結婚，辛沒有資格合法居留臺灣，和同性結婚又不具法律效力。辛答應考慮三天，爲免造成辛的心理障礙，晨勉有意地透露和丹尼已有半年未見，暗示孩子不是丹尼的。

三天後，晨勉和辛公證結婚，她戴著丹尼送的蛇信戒指，她爲辛準備了一只刻有龍紋的銀戒指，依照生肖推算，辛屬龍；蛇亦屬小龍。辛倒十分欣賞她這些說法，全盤接收，沒有追問晨勉的戒指意義，大概以爲晨勉屬蛇吧？畢竟是西方人，下輩子如果投胎中國人，不必經過學習。

預產期設定在年底，漫長的八個月。晨勉不希望以等待來迎接孩子，那樣什麼事都不做太不正常了。但是臺灣的人事生態並不適合她找工作，她需要一個穩定的環境，作長期停留。和辛商量後，她打電話到香港以前的公司，即刻便獲得回應，副總裁喬治仍當權，準備賺殖民地時期結束最後一筆，他們歡迎晨勉回去共度終程。香港的商業體質，英國人的法治觀念，也有中國的利益前提。因此喬治並不計較晨勉曾經離職。

辛陪晨勉一齊赴香港，晨勉仍希望住離島，辛則考慮待產不方便，晨勉答應預產期前會先住到醫院待產，如果要她住市區，她寧願留在臺北，臺北更不適合孕婦，辛又陪著晨勉到離島找房子。

在往離島的渡輪上，人文所形成的地理環境如流動的空氣，靜中有動，海水的紋路漩在船身四周，激起浪花撲打晨勉的臉及記憶。冬天的海水沉到最深處累積出幽藍；她終於可以擺脫與丹尼的關係了，她整個人，沉到生命最深處，只惦記未出世的孩子。梭羅說，多數人都生活在絕對的寂靜中。

辛在渡輪上問晨勉：「妳眞的不知道孩子的父親是誰？」

「不知道。那時候我的生活非常混亂你也清楚的。」

離島慢慢近了，碼頭等待客人的餐桌已經排列妥當，紅格子花布、蛋民、汽笛傳送訊號，維持著以往的離島。

「妳的地盤又到了。妳會恢復多少以前的生活？」辛沒到過離島，但是他喜歡一切新鮮的事，這段時間，辛處處陪伴她，是位完美的朋友，充滿愛心、誠懇。這種品質，非常適合幼年的孩子。至於未來，她和辛會如何發展，她不知道。

「不會了，一個母親是沒有亂搞的精力。我現在只要求一種最安全的生活。」

「妳想以前住的房子賣掉了嗎？」

晨勉微笑：「沒有，我相信沒有賣掉，它應該在等我。」

「我不懂命，但是我相信人的作爲，什麼樣的人就會碰到什麼樣的生活。」

「辛，謝謝你爲我做的一切，那對我非常重要。」

辛像丹尼一般握緊晨勉的手，手掌大小、溫度、勁道幾乎相同，也許一種感覺上的相同，也許完全不感覺的相同。

辛有些恍惚：「多重要？」

晨勉回頭注視丹尼曾經坐過的椅子，現在是空的，整條渡輪沒有幾個旅客，冬天的離島不適合度假：「等於我自己生命。」

事實上晨勉已經越來越清楚，德國大雪唯一發生的事——她有孩子，孩子是丹尼的。她去德國會丹尼，就爲了讓晨安有條出路重回她身邊。她沒有離開丹尼。她寧願相信生命是這樣發生的。丹尼不依賴生命，她依賴。現在，她確實知道自己在哪裏呼吸，不是抽象的性；不再與「那個晨勉」有關。

丹尼有一次問道：「妳爲什麼喜歡島嶼？」

晨勉記得非常清楚，她說：「我覺得完整。太大的空間對我沒有意義。」

每個人都是一座島嶼

袁瓊瓊

我對《沉默之島》有一點特別的感情。除了自己的，這是第一本書，我看著它逐漸完整、成形。這經驗很難以別的狀況類比，既不像觀看別人生孩子，也絕不是參與什麼的創造過程。在經歷《沉默之島》的從無到有的這一年裏，我想我所知的是兩種情形：一種是蘇偉貞內在騷動的漩渦，另一是她如何提淬自己經驗化成文字的方式，她同時在做內在和外在的整理。而由於蘇偉貞和我是兩種類型的作者，思考重點和方式的迥然不同，使這段經歷對我而言，既珍貴，又有趣味性。而她的寫作方式，對我來說，似乎也撞擊出我自己的某些通路，我自己過往不曾想過：「小說也可以這樣子來寫的。」

而《沉默之島》，在最初，完全不是現在這個樣子。

《沉默之島》的寫作方式，在我看來，和小蘇的爲人相合，是橫衝直撞式的，至少在外表上看來如此。蘇偉貞爲人其實是強旺和富於生命力的，她其實瘦小，身子骨劣極，渾身毛病，但就是莫名所以的有極大能量。常常在相約聚時，我和愛亞在後面慢吞吞跟著，小蘇則小鋼砲似的，像似衝鋒般義無反顧在前疾行。她就算走在陌生街道上，也是這種勇往直前的調調，絕無任何的徨顧徘徊，寫作亦是如此，在面對新素材時，她亦是橫衝直撞，義無反顧。好像要用血肉之軀去「殺出一條通路」。寫作對她，完全不是靜態的形容，寫小說於她是拚命事業。

我們偶或見面，時不時她就唰地抽出一疊稿子出來，讓我看看，跟我講她在寫的是什麼，問我是不是看出了她要表現的。隔一陣子，唰，又是另一疊，還是原來那篇小說，但是重寫的，另一種表現方式。她那些文稿來來去去，巨大的字填在格裏，周圍是修改的，扯了線標示的大字小字。她寫稿像胡蘭成形容張愛玲看原文書：「切瓜似的。」隨隨便便就是一大疊。我和愛亞偶或看偶或不看，但是一致對她哪裏來的精力和時間十分敬佩，在寫《沉默之島》的這一年裏，她同時是職業婦女和全職主婦，公婆和丈夫都曾經患病住過院，有許多日子她是家、醫院、辦公室來回跑，而在這樣的困境裏，她居然還念完了一個碩士。

依我們看，小蘇寫作速度實在是快，到最後成稿的這篇《沉默之島》，眞正著筆時間不到一個月，且是全新的，與前面我看過的任何一篇都不一樣。而她一直說她寫東西奇慢，堅持任何人寫得都比她快。到後來我悟出一理，蘇偉貞寫作是動作派，她思考的方式就是不停的一字一句刻出來，不白紙黑字擋在目前，好像就不曾思想過似的。因爲一再的寫了又寫，仿如在沒有盡頭的路上前行，造成她自己的慢的錯覺。而她的揀擇和豁然貫通，是神祕的過程，曾有的那些篇章如何成爲迥然兩樣的現貌，亦無跡可尋。

《沉默之島》即使不以獎來論評，亦可斷論它的特殊性。它可能是國內第一部以新時代思潮的理念來執行的小說，而奇妙的是小蘇完全不接觸新時代思想，我只能說她的內在節奏應當和「新時代」相合，所以才能渾然不覺的創作出了一本書來演繹了一切「新時代」的理論。這本書其實很簡單，不過在講述人在時間與空間中的無限性。「霍晨勉」在這本書中只描述了兩個，而其實尚可以有第三、第四，以至無限的霍晨勉的小宇宙，而透過無數的分化的這個「我」的經歷，最後是組合成一個完整的大我。從這個觀點看蘇偉貞這本書，兩個晨勉是相干而又不必相干。而晨勉身邊的人的身分和性格以及與晨勉的關係也一樣，似乎是可以相干而又不必相干的。在看評審紀錄時，我感覺似乎沒有任何人看出了這一點來。可能因爲這是太悖常規的思考方式，因此看不出這本書的大。

新時代的基本理念是：「人生的目的是學習。」這學習的意義是廣義的。兩個晨勉在學習的是與內在的自己相安。我覺得晨勉也是你也是我，人人都是島嶼，能夠有的眞的也只有自己。

袁瓊瓊，作家，著有《紅塵心事》、《自己的天空》、《滄桑》、《今生緣》等書。

追蹤愛情的氣味

——談蘇偉貞的《沉默之島》

王宣一

自解構主義興起，魔幻寫實小說、後設小說……紛紛出籠之際，小說形式的多變，由二度空間、三度空間節節上升，所有創作上可能的想像、閱讀上的經驗都是全新的，而在這些海埔新生地一塊塊冒出來之際，臺灣現代知名小說作者蘇偉貞，也同時推出了她近年來的新作品，長篇小說《沉默之島》。

乍看《沉默之島》，以爲又是一篇肢體零碎的解構式作品，同樣名字的兩羣人，有時候雌雄同體陰陽不分，有時候同名異體，情仇相似，然而細細讀下去，才發現蘇偉貞實則在這一片新的國度中，卻採用了最基本的寫作形式，一點一滴將她建構的小說世界（或者說島嶼也可以）堆砌起來，捨棄了耀眼繁複的空間擴張，以她多年來益形圓熟的文字，巧妙地運用了簡單的包裝形式，建造了一座穩固結實又不失美觀的城堡。其閱讀與內容上的成就，是近幾年讀到的臺灣現代小說中最流利者之一。

事實上，這篇看似人物角色關係錯綜複雜的長篇小說，其實若簡單地將兩條主線分開，故事便可以相當順利推進。我們看到A、B兩條主線中，都有一個叫晨勉的主角，同屬女性。A晨勉出生臺灣，有一個背景奇特的身世，母親當年殺了父親，一直關在牢中，在A晨勉二十五歲那一年，妹妹晨安念完書準備出國之時，母親在獄中自殺身亡。A晨勉因此在母親與扶養她長大的外婆亡故之後，便離開臺灣到香港工作。往後的歲月，A晨勉和她妹妹，便幾乎切斷了對出生的那個島嶼的關係。B晨勉同樣出生臺灣，在劇場工作，已婚，有一個弟弟也叫晨安。A晨安妹妹和B晨安弟弟，後來一個自殺一個猝死。

A晨勉和B晨勉都有一個男朋友丹尼，A丹尼是德國人，B丹尼則是華裔美人，英文名叫丹尼，中文名叫祖。B祖同時是B晨安同性戀的對象，而A晨勉尙有新加坡男友辛，辛同時又以A丹尼爲同性戀對象；另外A晨勉和B晨勉並且都有一個叫多友的朋友，A多友是女性，B多友是男性。此外A晨勉還有印度男友伊文都蘭，以及鍾和喬治，B晨勉還有羅衣。

這兩羣姓名、行爲雷同的人，除了在小說的第一章同時出現過，基本上並沒有任何交集，作者爲什麼沒有將他們交集在一起，我們並不知道。雖然由第一章看來，作者並非沒有這個企圖，但是後來也許是作者不願落入後設式的陷阱中，或是有其他的考量，將兩條線淸楚分開。總之，處理這樣一篇小說，形式上後不後設和內容上的成就並沒有關係，我想探討的是爲什麼作者要安排這情節類似的兩條線呢？

基本上，作者運用A、B兩線互相呼應的寫法，以對位加強角色與情節的凸顯，現在我們來看看互相對位的這幾個主題。

一、信戒

A丹尼和A晨勉認識沒幾天，便送給她一枚戒指，戒面一抹蛇信，是丹尼母親造的，內刻Danne；B晨勉也送給B祖一枚蛇信般的戒指，戒指內刻祖的英文名Danne，這戒指是B晨勉在德國買的。不同的來源，有著相同的答案。

二、發燒

A晨勉第一次和丹尼做愛是發著高燒的；B晨勉和祖做愛，也特別強調發燒。做愛和發燒，原本不是必然的聯結，但是作者在這裏運用了一種說法，將疾病過給別人的說法，因此當做愛做完，燒退了，作者描述「她的燒很快退了。過給了生命本身」。

三、牢籠

A晨勉的母親，日日在牢裏，看著孩子長大，她並在孩子獨立後，自殺身亡。不論是母親的母親，還是A晨勉姊妹，好像都鬆了一口氣，實則不然。A晨安最後終其一生，擺脫不掉，甚至不知什麼是愛；A晨勉則開始紊雜的情欲關係，終究也沒有脫出情愛的牢籠。另一面，B祖的母親和父親離婚，感情上卻從未脫離父親，行爲上以高壓手段控制兒子，成爲兒子的牢籠。

四、懷孕

A晨勉不避孕，卻一直到A晨安死後，才懷了丹尼的孩子，A晨勉一面認爲是給晨安一個出路回到她身邊，同時一面認爲這是她一輩子擺脫不掉的丹尼；B晨勉也不避孕，在B晨安與B祖的母親死後，發現自己懷孕，她擔心這是他們投胎轉世，很怕他們之間錯綜複雜的仇恨延續下來，毅然要求她丈夫陪她去墮胎。

五、島嶼

做爲一名臺灣人，向來對島嶼這樣的字眼，很容易產生複雜的政治想像，幸好作者在此，卻只簡單地運用了這個可以擴充無限涵義的意象，走回最傳統的比喻。不論是臺灣島、香港島、呇里島還是A晨勉居住的那個小島，僅只是代表一份空間。A晨勉最後說爲什麼喜歡島嶼，因爲覺得完整，太大的空間對我沒有意義；B晨勉說，在這裏我很容易碰到事情發生。島嶼，自有其島嶼性格，多變、複雜或者狹隘，這和愛情的本質是相似的，不是嗎？

除了上述幾個問題，可以歸納對位的還有很多，作者處心積慮安排這些情節，最想闡明的應是生命本身的輪迴性格吧？A晨勉與B晨勉儘管在三十歲以前是不相同的，也儘管在開宗明義第一章，作者便標示出「以後，命運是她們兩個人的事」，然而繞了一大圈，情感的歷程上卻仍有著相同的宿命。

事實上，在閱讀這部小說的時候，感覺本體的描寫濃度就已經很強了，對於A線與B線之間的關係有沒有呼應，似乎並不重要，重要的是在處理這繁複的情節過程中，有沒有將這一連串的情欲糾葛磨成平面。

撇開形式上的討論，接下來，我們回到這部小說的主題。小說的主題，簡單的講是愛情，也就是人與人之間的關係。首先，我們攤開來看，作者是如何分配這一段段交織的情仇愛欲。

㈠A、B兩組母親與父親

A晨勉的母親殺了父親，但是從後來A晨勉和她母親在獄中的對話中，她知道母親一直是深愛她父親的，對於孩子的愛，反而是有距離且冷淡的。B祖的母親和父親離婚，但卻一直深愛父親，她有強烈的性壓抑和性飢渴，最後只好將占有欲轉嫁到兩個孩子身上。因此，當B晨勉拿出祖的父親死亡證明書，等於拆穿B祖的母親自建的情感堡壘，於是一切都結束了，祖的母親遂也自殺。

㈡A、B兩組晨安

A晨安一直沒有找到眞正的愛情，或者說根本不願費心去找，最後冷酷地了結自己。A晨勉在晨安死後找到一張少了她的全家合照，她才了解晨安的冷血，原來她以爲的手足之愛，對於晨安都不那麼重要，她似乎從來不知道怎麼去愛。B晨安和B晨勉，姊弟二人一直有著微妙緊張的關係，並且由於中間還夾著祖和祖的母親，和A組中，辛喜歡A丹尼，而A晨勉懷了A丹尼的孩子又嫁給了辛一樣，同是一張混亂不清、錯綜複雜的網。

㈢A鍾與B丈夫馮嶧

A組之中的鍾，甚至印度人伊文都蘭……等，和B組中的丈夫馮嶧，他們對A、B晨勉的感情是相當一致的，一種遙遠清淡的，需要的時候，便無條件的奉獻出來，有點虛幻，是小說中較不眞實的一種感情。

㈣晨勉與丹尼

不論A晨勉與A丹尼或B晨勉與B丹尼（組），這兩組感情是極爲相似的。晨勉和丹尼，感情似乎永遠處在失焦的狀態，從沒有對準過，包括愛或者恨，比較像現代人的愛情關係。

總的歸納出這幾種愛恨情欲，不論是浪漫的還是鮮血淋淋的，這部小說中，呈現出愛情元素中最爲鮮明的特色，既是獨占的又是糾結不清的，情與愛、愛與欲、欲與恨……，同時由主角所提供的環境，我們也看到華洋雜處、雌雄同體的新世代愛情關係，立體交叉的、敗德的、頹廢的、自戀的，與喃喃自語的。

喃喃自語一直是這部小說的一個特性，作者雖然以第三人稱來寫內心世界的變化，但是因爲主述的風格，以至於放棄了較寫實的部分。作者似乎也曾驚覺到這一點，例如在進行到A晨勉第二次到德國去找丹尼的時候，說他換了車，丹尼愣了一下，因爲，「他們的交談很少談及生活中這麼瑣碎的事」。生活中的瑣碎在這部小說中略去，有時候會使得狀況失眞，但是也許並不妨礙作者想表達的意念，只要前後一致就好。然而在後段，突然去大陸一趟，在末尾，又突然蹦出一隻活生生的小狗，作者急著替牠安排生活，請人餵飯什麼的，這情節好像太寫實了，有點小小的氣質不合。

不過，綜觀全篇，文字上的喃喃自語倒自成一種風格，脫離了寫實，卻反而有一股安靜與焠煉之後的清香，沒有火氣的，不似某類主題意識強烈得讀起來像部非小說。因此讀者若想在這裏尋找答案和意義，恐怕必然是失望的。

以愛情爲主題的小說和以推理爲主題的小說和以任何爲主題的小說，我最想在這之中尋找的是脈絡。像動物尋找屬於牠的獵物，憑聲音、氣味來追蹤，人類愛情行爲背後的動機與生活行爲、動物行爲其實也都是一致的，其中特別的原因與理由，一樣是有脈絡可循的。我不是專業的小說評論者，我只是提供我讀《沉默之島》的一個脈絡給有興趣和我分享的人，讓我們和作者一起追蹤A晨勉和A丹尼、B晨勉和B祖，該屬於他們的聲音和氣味。

王宣一，作家，著有《旅行》、《少年之城》等書。

蘇偉貞創（編）作年表

書名	文類	版本
〔著〕		
紅顏已老	中篇小説	聯經　一九八一年三月
陪他一段	短篇小説	洪範　一九八三年二月
世間女子	中篇小説	聯經　一九八三年十一月
歲月的聲音	散文	洪範　一九八四年七月
有緣千里	長篇小説	洪範　一九八四年十一月
舊愛	短篇小説	洪範　一九八四年四月
陌路	長篇小説	聯經　一九八六年四月
離家出走	短篇小説	洪範　一九八七年二月
流離	短篇小説	洪範　一九八九年二月

來不及長大	散文	洪範	一九八九年九月
我們之間	短篇小說選集	洪範	一九九〇年九月
離開同方	長篇小說	聯經	一九九〇年十一月
過站不停	長篇小說	洪範	一九九一年二月
熱的絕滅	短篇小說	洪範	一九九二年五月
沉默之島	長篇小說	時報	一九九四年十二月
夢書	長篇小說	聯文	一九九五年六月

〔編〕

愛情人生	短篇小說選集	前衛	一九八二年
鍾情	短篇小說選集	林白	一九八四年
一又二分之一	散文選集	林白	一九八八年
向人生開玩笑	散文選集	晨星	一九八九年
各領風騷	小說選集	晨星	一九九〇年
拿世界來換你	散文選集	晨星	一九九二年

蘇偉貞得獎作品表

作品	文類	獎項
紅顏已老	小説類	一九八〇年　聯合報中篇小説獎
東西南北	小説類	一九八一年　聯合報極短篇小説獎
回家之後	小説類	一九八二年　國軍文藝小説金像獎
世間女子	小説類	一九八二年　聯合報中篇小説獎
生涯	小説類	一九八四年　國軍文藝小説銀像獎
袍澤	小説類	一九八五年　國軍文藝小説金像獎
離家出走	小説類	一九八六年　中華日報小説首獎
重逢之路	小説類	一九八六年　中央日報小説獎第二名
沉默之島	小説類	一九九四年　中國時報第一屆時報文學百萬小説評審團推薦獎
兩地	散文類	一九八二年　聯合報散文獎第二名

問路回家　散文類　一九九三年　中華日報梁實秋散文佳作獎

爸爸回家時　劇本類　一九七七年　中華兒童戲劇獎

張韻淑　劇本類　一九九一年　文建會優良舞台劇本獎

蘇偉貞作品評論索引

篇名	作者	刊載刊物、時間
心嚮往之：評〈陪他一段〉	馬叔禮	《中外文學》一九八〇年二月號
評〈情份〉	林雙不	《明道文藝》一九八一年六月號
凋萎於虛無的愛：論蘇偉貞的《紅顏已老》	曾昭旭	《聯合報副刊》一九八二年五月一、二日
評〈長年〉		《台灣時報》一九八三年七月三十日
筆劍指神州：評〈回家之後〉	金　兆	《香港時報》一九八三年二月二十七日
論蘇偉貞小說的愛情觀照：〈陪他一段〉、《紅顏已老》	陳樂融	《中外文學》一九八三年九月號
雄雞一鳴天下曉：論蘇偉貞小說的社會意識	高天生	《文訊月刊》一九八三年十二月號
也是爲了愛：我看蘇偉貞的小說	袁則難	《新書月刊》一九八四年一月號
評蘇偉貞小說	李　明	《婦女雜誌》一九八四年一月號
《世間女子》探討周		《大華晚報》一九八四年六月十四～十七日
傳統現代兩不厭	王鼎鈞	《聯合報副刊》一九八六年一月二十三日
我們應該引以爲傲：簡評中華日報小說獎得	林耀福	《中華日報副刊》一九八六年十月

獎作品〈離家出走〉		
評〈重逢之路〉	尼　洛	《中央日報副刊》一九八六年十月二十七日
女作家的現代鬼話：從張愛玲到蘇偉貞	王德威	《聯合報副刊》一九八八年七月十三～十五日
水仙人物的再探：蘇偉貞作品析論	陳炳良	《中外文學》一九八九年十月號
評《我們之間》	鍾　玲	《中國時報開卷版》一九九〇年十月十二日
評《離開同方》	張大春	《中國時報開卷版》一九九一年一月十八日
眷村的童騃時代：評《離開同方》	李有成	《中時晚報時代副刊》一九九一年一月二十七日
悲憫撼人，爲一個時代作結：評《離開同方》	陳義芝	《文訊月刊》一九九一年三月號
評《過站不停》	李有成	《中時晚報時代副刊》一九九一年四月十四日
離不開的同方：評《離開同方》	王鼎鈞	《中央日報副刊》一九九二年十二月二十九日
評《熱的絕滅》	平　路	《聯合報讀書人版》一九九二年九月十七日
小說的啓示及其艱辛的設計：對蘇偉貞《熱的絕滅》的思索	劉介民	《文訊月刊》一九九四年三月號
每個人都是一座島嶼：評《沉默之島》	袁瓊瓊	《中國時報人間副刊》一九九四年十一月十二日
追蹤愛情的氣味：評《沉默之島》	王宣一	《中國時報人間副刊》一九九四年十一月二十日
評《夢書》	袁瓊瓊	《金石堂出版情報》一九九四年六月號
向內在心靈世界探索：評《夢書》	胡錦媛	《聯合報讀書人版》一九九五年六月十五日
《沉默之島》的嘉年華文體與雌雄同體的象徵	劉介民	《中外文學》一九九五年六月號

國家圖書館出版品預行編目資料

封閉的島嶼：得獎小說選／蘇偉貞作．--二版．--臺北市：麥田出版：城邦文化發行，2002〔民91〕
面；　公分．--（當代小說家；4）

ISBN 986-7895-27-4（精裝）

857.63　　91009044